造字六大法則

蔣世德

文字學

說文部首篇

目錄

自序

《說文解字》（以下簡稱《說文》），是我國第一部以六書理論有系統地解釋字形與字義的書。為東漢許慎所著。許慎，字叔重，汝南召陵（今河南省郾城縣）人。生於漢明帝永平元年（西元58），卒於漢桓帝建和元年（西元147）。許慎精通古文典籍，是一位著名的經學家、文字學家。被時人譽為「五經無雙許叔重」。許慎約於漢和帝永元十二年（公元100年）開始《說文》的寫作，至安帝建光元年（公元121年）成書，共歷時二十一年。

所謂「六書」。是中國文字構造與運用的六項法則。六書並非造字之前就有的，而是有了文字之後，對文字的構造與運用的歸納。中國文字的構造與運用，絕不會脫出此六項範疇。在漢代提出六書的人很多，如班固的六書為：象形、象事、象意、象聲、轉注、假借。許慎的六書名稱及次第是：指事、象形、形聲、會意、轉注、假借。關於六書的內涵，在後面《六書概要》單元中予以說明。

許慎在《說文》中共收集九千三百五十三字，另重文一千一百六十三字（說解共十三萬三千四百四十一字），這是漢以前使用過的文字，可能有少數字失收。許慎對九千三百五十三字，絕大多數都採用篆文解說，僅有少數採用古、籀文。許慎在《說文．敘》中有這樣一段話：「蓋文字者，經藝之本，王政之始，前人所以垂後，後人所以識古。故曰：『本立而道生』。知天下之至嘖而不可亂也。今敘篆文，合以古、籀。」漢代早已使用隸書，且楷書也在慢慢地形成，許慎為何不使用隸書說字？反而倒回頭採用篆文及古、籀。當然是有其緣由的。春秋戰國，諸侯力征，各行其道，各國擅自改變文字的筆畫，以致形制各異。秦統一天下後，自然也要統一文字。許慎在《說文．敘》中說：「秦始皇帝初兼天下，丞相李斯乃奏同之，罷其不與秦文不合者。斯作《倉頡篇》，中車府令趙高作《爰歷篇》，大史令胡毋敬作《博學篇》，皆取史籀大篆，或頗省改，所謂小篆者也。」李斯、趙高、胡毋敬都是根據大篆的形體，「或頗省改」：省者，減其繁重，改者，改其怪異，或之云者，不盡省改也。由大篆經過省改的文體，稱為小篆，也就是今日所通稱的篆文。秦統一天下後，成為一龐大帝國，文書行使繁忙，篆文書寫不易，耗時費事，不得不再改為較易書寫的隸書。因為此種字體，在秦代僅施之於徒隸，也可能是命令囚犯奴隸抄寫的公文，故稱隸書。隸書是秦始皇令下杜人程邈所作，邈為秦之獄吏，乃增減篆文，去其繁複所成者。許慎在《說文‧敘》中又說：「是時，秦燒滅經書，滌除舊典，大興吏卒，興戍役。官獄職務繁，初有隸書，以趣約易。而古文由此絕矣。」

秦代改用隸書的目的，是使文字趨向簡約，容易書寫，便於政令的推行。

我國文字由篆變隸，在字形上起了很大的變化。由大篆改變而成的小篆，古意尚存，由小篆改變而成的隸書，雖然達到了書寫「以趨約易」的目的，但古文的體制盡失，無怪許慎要發出：「初有隸書，以趣約易，從此古文絕矣」的感嘆了。許慎在此所說的古文。不僅是古文字，也包含了古文字的體制。

文字由篆變隸，最受到衝擊的，是六書的法則遭到嚴重的破壞。從絕大多數的隸書，已看不出古人造字的道理來。許慎作《說文解字》不採用隸書，而用篆文與古、籀。其原因即在此。因為在漢代曾有人用隸書解字，鬧出不少的笑話。因此他在《說文‧敘》中說：「諸生競逐說字，解經誼，稱秦之隸書為倉頡書，云：父子相傳，何得改易？乃猥曰：『馬頭人為長。』『人持十為斗。』『苛之字，止句也。』若此者甚眾，皆不合孔子古文，謬于史籀。」按漢隸長作「镸」，斗作「什」，苛作「茍」。這類望文生義的荒謬，今日更是大有人在。如有人對「臭」字的解說：「自大為臭」，對「色」的解說：「色字頭上一把刀」。這都是謬說，如不將「臭」與「色」還原為篆文，就不知此二字的構形及真正的意涵。有人對「波」字解釋：「波者，水之皮也。」依此邏輯，波是水之皮，「滑」，豈不水之骨了？令人啼笑不得。又如有人認為「矮」與「射」二字之意顛倒了。射才是矮字，一寸高的身體，還不算矮嗎？矮才有射意，將矢（箭）委出，就是射，如不將「矮」與「射」二字還原為篆文，也難明此二字的構形及意涵。今日此類「望文生義」情形，比比皆是，不勝枚舉。

古人造字，只有一個本義。《說文》是字書，不是字典。故《說文》只釋本義，引伸與假借，於例不說。古人造字雖然只有一個本義，但引伸與假借義，視須要是無限定的。如此，方可減少造字的數量，是非常符合造字的經濟原則。否則，如每一義一音都要造一字，那不知要造多少字？中國文字幾乎沒有被引伸，假借的絶少。

許慎將收集的九千三百五十三字，在其中選出能統領的五百四十字，作為部首，立為五百四十部。這些被選出作為部首的字，大多為獨體的初文。如一、人、木、水、火、鳥、馬、牛、亥等等。於是將其他的字，分門別類的歸在各部中，以便管理，不相雜亂，另外之異體字一千一百六十三字，則分別列在有關文字後為重文。

《說文》是我國最早一部按部首編排有系統的字書，分部收字的理念，也是許慎所創始。

五百四十部首排列的次序，是始于一，終于亥。許慎作如此安排，是受到漢代陰陽五行家的影響。如一部《說文》：「一，惟一太極，道立於一，造分天地，化成萬物。」許慎認為「一」為萬物的起原，認為「亥」是萬物的終極。《說文》：「亥，荄也」荄為草根，引伸而有終極之義。

《說文》在每一部首下，必有「凡某之屬皆從某」之說。這是許慎用來說明各字入部的原則。所謂「屬」，指形類而言。凡是屬於某一形類的字，皆由此一部首構成。例如「一」部下云：「凡一之屬皆從一。」在「一」部中領屬的字有：元、天、丕、吏四字。許慎分別釋為：「元，始也。從一，兀聲」；「天，顛也。至高無上。從一大」；「丕，大也。從一，不聲」；「吏，治事者也。從一從史。」因為以上四字，許慎認為皆是「一」之類屬，故均從一構形。

《說文》五百四十部首，是最基本的漢字，所有的漢字可說都是從這五百四十字所繁衍而成，如能了解這五百四十字的意義，對漢字的演變及構成，起碼有初步的認識。

筆者將《說文》五百四十部首字，按照順序，從一到亥逐字作淺顯的解釋。為使一般人，尤其是中等程度的青年學生便於閱讀，儘量口語化。希望中學生都能看得懂。

《說文解字》這部字書，曾受到極高的評價。有人認為作者許慎在學術上可與孔子並提；也有人認為許慎的功績不在禹下。毋庸置疑，《說文》是研讀我國古籍最佳之工具書。在閱讀《說文》前，先了解五百四十部首字，是有其必要的。

筆者將昔年在課堂上，聆聽許錟輝老師講授中國文字學時所作的筆記，予以整理後，再參考前人的解說及自己一點淺見，彙集撰成此書，錯誤難免，敬祈識者指正。

桂全蔣世德序於台灣林口

二〇〇七年五月

索　引

《說　明》

1.第一格的阿拉伯數字為《說文》540 部首之次序，始於一畢於亥。
2.第二格為《說文》部首字。
3.第三格為今行之字體，可與部首字對照。
4.第四格之阿拉伯數字為上格部首字在本書之頁次。

12	11	10	9	8	7	6	5	4	3	2	1
艸	屮	丨	士	气	珏	玉	王	三	示	丄	一
艸 ㄘㄠˇ	屮 ㄔㄜˋ	丨 ㄍㄨㄣˇ	士 ㄕˋ	气 ㄑㄧˋ	珏 ㄐㄩㄝˊ	玉 ㄩˋ	王 ㄨㄤˊ	三 ㄙㄢ	示 ㄕˋ	上 ㄕㄤˋ	一 ㄧ
11	10	9	8	8	7	6	5	4	3	2	1

24	23	22	21	20	19	18	17	16	15	14	13
吅	凵	口	告	犛	牛	半	釆	八	小	茻	蓐
吅 ㄒㄩㄢ	凵 ㄎㄢˇ	口 ㄎㄡˇ	告 ㄍㄠˋ	犛 ㄌㄧˊ	牛 ㄋㄧㄡˊ	半 ㄅㄢˋ	釆 ㄅㄧㄢˋ	八 ㄅㄚ	小 ㄒㄧㄠˇ	茻 ㄇㄤˇ	蓐 ㄖㄨˋ
19	19	18	17	16	15	15	14	13	13	12	11

36	35	34	33	32	31	30	29	28	27	26	25
㢟	廴	彳	辵	是	正	此	步	癶	止	走	哭
㢟 ㄔㄢ	廴 ㄧㄣˇ	彳 ㄔˋ	辵 ㄔㄨㄛˋ	是 ㄕˋ	正 ㄓㄥˋ	此 ㄘˇ	步 ㄅㄨˋ	癶 ㄅㄛ	止 ㄓˇ	走 ㄗㄡˇ	哭 ㄎㄨ
29	28	27	26	26	25	24	23	23	22	21	20

48	47	46	45	44	43	42	41	40	39	38	37
谷 ㄐㄩㄝˊ	干 ㄍㄢ	舌 ㄕㄜˊ	㗊 ㄐㄧˊ	册 ㄘㄜˋ	龠 ㄩㄝˋ	品 ㄆㄧㄣˇ	疋 ㄕㄨ	足 ㄗㄨˊ	牙 ㄧㄚˊ	齒 ㄔˇ	行 ㄒㄧㄥˊ
37	36	36	35	34	33	33	32	32	31	30	29

60	59	58	57	56	55	54	53	52	51	50	49
丵 ㄓㄨㄛˊ	辛 ㄑㄧㄢ	音 ㄧㄣ	誩 ㄐㄧㄥˋ	言 ㄧㄢˊ	卅 ㄙㄚˋ	十 ㄕˊ	古 ㄍㄨˇ	丩 ㄐㄧㄡ	句 ㄍㄡ	㕯 ㄋㄚˋ	只 ㄓˇ
46	45	44	43	43	42	42	41	40	39	38	38

72	71	70	69	68	67	66	65	64	63	62	61
䰜 ㄌㄧˋ	鬲 ㄌㄧˋ	革 ㄍㄜˊ	爨 ㄘㄨㄢˋ	晨 ㄔㄣˊ	臼 ㄐㄩˊ	舁 ㄩˊ	異 ㄧˋ	共 ㄍㄨㄥˋ	攀 ㄆㄢ	廾 ㄍㄨㄥˇ	菐 ㄆㄨˊ
55	54	53	53	52	51	50	49	49	48	47	46

84	83	82	81	80	79	78	77	76	75	74	73
臤 ㄑㄧㄢ	隶 ㄉㄞˋ	畫 ㄏㄨㄚˋ	聿 ㄩˋ	聿 ㄋㄧㄝˋ	支 ㄓ	史 ㄕˇ	𠂇 ㄗㄨㄛˇ	又 ㄧㄡˋ	鬥 ㄉㄡˋ	丮 ㄐㄧˇ	爪 ㄓㄠˇ
64	63	62	61	60	60	59	58	58	57	56	56

96	95	94	93	92	91	90	89	88	87	86	85
爻ㄧㄠˊ	用ㄩㄥˋ	卜ㄅㄨˇ	教ㄐㄧㄠˋ	攴ㄆㄨ	㼱ㄖㄨㄢˇ	皮ㄆㄧˊ	寸ㄘㄨㄣˋ	几ㄕㄨ	殺ㄕㄚ	殳ㄕㄨ	臣ㄔㄣˊ
73	72	72	71	70	69	68	68	67	66	65	65

108	107	106	105	104	103	102	101	100	99	98	97
羽ㄩˇ	習ㄒㄧˊ	皕ㄅㄧˋ	鼻ㄅㄧˊ	白ㄗˋ	自ㄗˋ	盾ㄉㄨㄣˋ	眉ㄇㄟˊ	䀠ㄐㄩˋ	目ㄇㄨˋ	旻ㄒㄩㄝˋ	㸚ㄌㄧˇ
82	81	80	79	79	78	77	77	76	76	75	74

120	119	118	117	116	115	114	113	112	111	110	109
烏ㄨ	鳥ㄋㄧㄠˇ	雥ㄗㄚˊ	雔ㄔㄡˊ	瞿ㄐㄩˋ	羴ㄕㄢ	羊ㄧㄤˊ	苜ㄇㄧㄝˋ	𦫳ㄍㄨㄞˇ	萑ㄏㄨㄢˊ	奞ㄙㄨㄟ	隹ㄓㄨㄟ
90	89	88	88	87	86	85	85	84	84	83	82

132	131	130	129	128	127	126	125	124	123	122	121
死ㄙˇ	歺ㄜˋ	𣦼ㄘㄢˊ	𠬪ㄅㄧㄠˋ	放ㄈㄤˋ	予ㄩˊ	玄ㄒㄩㄢˊ	叀ㄓㄨㄢ	丝ㄧㄡ	幺ㄧㄠ	冓ㄍㄡˋ	華ㄅㄢ
99	98	97	97	96	95	94	93	92	92	91	90

144	143	142	141	140	139	138	137	136	135	134	133
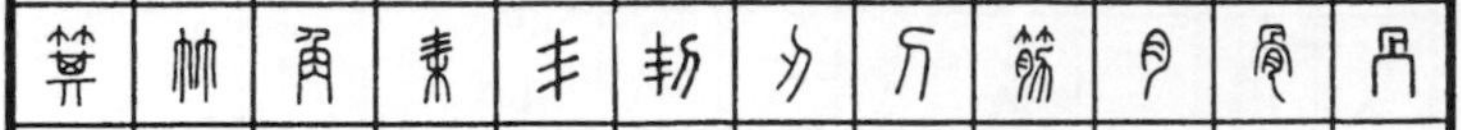											
箕ㄐㄧ	竹ㄓㄨˊ	角ㄐㄩㄝˊ	耒ㄌㄟˇ	丯ㄐㄧㄝˋ	㓞ㄑㄧˋ	刃ㄖㄣˋ	刀ㄉㄠ	筋ㄐㄧㄣ	肉ㄖㄡˋ	骨ㄍㄨˇ	冎ㄍㄨㄚˇ
105	105	104	104	103	102	102	101	101	100	100	99

156	155	154	153	152	151	150	149	148	147	146	145
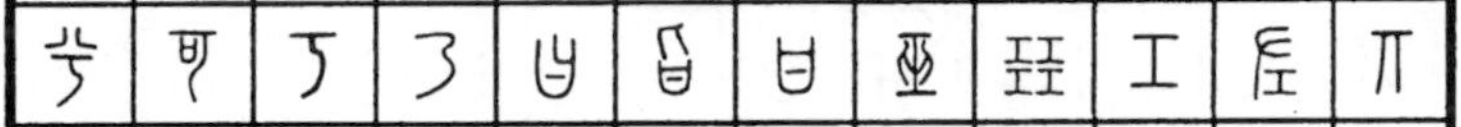											
兮ㄒㄧ	可ㄎㄜˇ	丂ㄎㄠˇ	乃ㄋㄞˇ	曰ㄩㄝ	旨ㄓˇ	甘ㄍㄢ	巫ㄨ	𢀖ㄓㄢˇ	工ㄍㄨㄥ	左ㄗㄨㄛˇ	丌ㄐㄧ
116	115	115	114	114	113	112	111	109	108	107	106

168	167	166	165	164	163	162	161	160	159	158	157
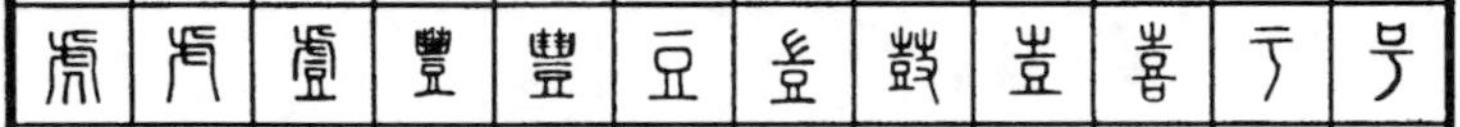											
虎ㄏㄨˇ	虍ㄏㄨ	䖒ㄒㄧ	豐ㄈㄥ	豊ㄌㄧˇ	豆ㄉㄡˋ	豈ㄑㄧˇ	鼓ㄍㄨˇ	壴ㄓㄨˋ	喜ㄒㄧˇ	亐ㄩˊ	号ㄏㄠˊ
126	125	124	123	122	122	121	120	119	118	117	117

180	179	178	177	176	175	174	173	172	171	170	169
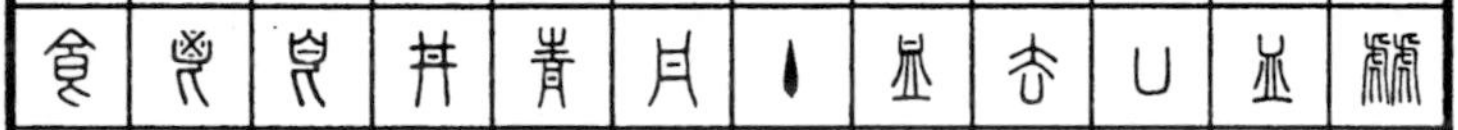											
食ㄕˊ	鬯ㄔㄤˋ	皀ㄅㄧ	井ㄐㄧㄥˇ	青ㄑㄧㄥ	丹ㄉㄢ	丶ㄓㄨˇ	血ㄒㄧㄝˇ	去ㄑㄩˋ	凵ㄑㄩ	皿ㄇㄧㄣˇ	虤ㄧㄢˊ
136	134	133	133	132	131	130	129	128	128	127	126

192	191	190	189	188	187	186	185	184	183	182	181
㫗	亯	京	𩫏	冂	高	矢	缶	入	倉	會	亼
㫗 ㄏㄡˋ	亯 ㄒㄧㄤˇ	京 ㄐㄧㄥ	𩫏 ㄍㄨㄛ	冂 ㄐㄩㄥ	高 ㄍㄠ	矢 ㄕˇ	缶 ㄈㄡˇ	入 ㄖㄨˋ	倉 ㄘㄤ	會 ㄏㄨㄟˋ	亼 ㄐㄧˊ
145	144	143	143	142	141	141	140	139	139	138	137

204	203	202	201	200	199	198	197	196	195	194	193
久	夂	弟	韋	舜	舛	刃	麥	來	嗇	㐭	畗
久 ㄐㄧㄡˇ	夂 ㄓˇ	弟 ㄉㄧˋ	韋 ㄨㄟˊ	舜 ㄕㄨㄣˋ	舛 ㄔㄨㄢˇ	刃 ㄖㄣˋ	麥 ㄇㄞˋ	來 ㄌㄞˊ	嗇 ㄙㄜˋ	㐭 ㄌㄧㄣˇ	畗 ㄈㄨˊ
155	154	153	153	152	151	150	150	149	148	147	146

216	215	214	213	212	211	210	209	208	207	206	205
乇	生	𣎵	出	帀	之	叒	才	林	東	木	桀
乇 ㄓㄜˊ	生 ㄕㄥ	𣎵 ㄆㄛˋ	出 ㄔㄨ	帀 ㄗㄚ	之 ㄓ	叒 ㄖㄨㄛˋ	才 ㄘㄞˊ	林 ㄌㄧㄣˊ	東 ㄉㄨㄥ	木 ㄇㄨˋ	桀 ㄐㄧㄝˊ
163	163	162	161	160	159	159	158	158	157	156	156

228	227	226	225	224	223	222	221	220	219	218	217
貝	員	囗	㯻	束	桼	巢	稽	𥝌	華	𠌶	𠂹
貝 ㄅㄟˋ	員 ㄩㄢˊ	囗 ㄨㄟˊ	㯻 ㄏㄨㄣˋ	束 ㄕㄨˋ	桼 ㄑㄧ	巢 ㄔㄠˊ	稽 ㄐㄧ	𥝌 ㄐㄧ	華 ㄏㄨㄚˊ	𠌶 ㄏㄨㄚ	𠂹 ㄔㄨㄟˊ
171	170	169	169	168	167	167	166	166	165	164	164

240	239	238	237	236	235	234	233	232	231	230	229
囧ㄐㄩㄥˇ	朙ㄇㄧㄥˊ	有ㄧㄡˇ	月ㄩㄝˋ	晶ㄐㄧㄥ	冥ㄇㄧㄥˊ	㫃ㄧㄢˇ	倝ㄍㄢˋ	旦ㄉㄢˋ	日ㄖˋ	𨛜ㄒㄧㄤˋ	邑ㄧˋ
179	179	178	177	177	176	175	174	174	173	172	171

252	251	250	249	248	247	246	245	244	243	242	241
彔ㄌㄨˋ	克ㄎㄜˋ	鼎ㄉㄧㄥˇ	片ㄆㄧㄢˋ	朿ㄘˋ	齊ㄑㄧˊ	卤ㄊㄧㄠˊ	𣐺ㄨㄟˋ	㔾ㄏㄢˋ	毌ㄍㄨㄢˋ	多ㄉㄨㄛ	夕ㄒㄧ
188	187	186	185	185	184	183	183	182	182	180	180

264	263	262	261	260	259	258	257	256	255	254	253
𣎳ㄆㄧㄣˋ	麻ㄇㄚˊ	𣏟ㄆㄞˋ	朮ㄓㄨˊ	凶ㄒㄩㄥ	臼ㄐㄧㄡˋ	毇ㄏㄨㄟˇ	米ㄇㄧˇ	香ㄒㄧㄤ	黍ㄕㄨˇ	秝ㄌㄧˋ	禾ㄏㄜˊ
197	196	196	195	195	194	193	193	192	191	190	189

276	275	274	273	272	271	270	269	268	267	266	265
冃ㄇㄠˋ	冂ㄐㄩㄥ	疒ㄔㄨㄤˊ	㝱ㄇㄥˋ	穴ㄒㄩㄝˊ	呂ㄌㄩˇ	宮ㄍㄨㄥ	宀ㄇㄧㄢˊ	瓠ㄏㄨˋ	瓜ㄍㄨㄚ	韭ㄐㄧㄡˇ	耑ㄉㄨㄢ
205	204	204	203	202	202	201	200	200	199	199	198

288	287	286	285	284	283	282	281	280	279	278	277
匕 ㄏㄨㄚˋ	人 ㄖㄣˊ	黹 ㄓˇ	㡀 ㄅㄧˋ	白 ㄅㄞˊ	帛 ㄅㄛˊ	市 ㄈㄨˊ	巾 ㄐㄧㄣ	襾 ㄧㄚˋ	网 ㄨㄤˇ	㒳 ㄌㄧㄤˇ	冃 ㄇㄠˋ
214	213	213	212	211	211	210	209	208	207	206	206

300	299	298	297	296	295	294	293	292	291	290	289
衣 ㄧ	㐆 ㄧ	身 ㄕㄣ	臥 ㄨㄛˋ	重 ㄓㄨㄥˋ	𡈼 ㄊㄧㄥˇ	㐺 ㄧㄣˊ	丘 ㄑㄧㄡ	北 ㄅㄟˋ	比 ㄅㄧˇ	从 ㄘㄨㄥˊ	匕 ㄅㄧˇ
223	223	222	221	220	219	219	218	217	216	216	215

312	311	310	309	308	307	306	305	304	303	302	301
兄 ㄒㄩㄥ	儿 ㄖㄣˊ	方 ㄈㄤ	舟 ㄓㄡ	履 ㄌㄩˇ	尾 ㄨㄟˇ	尺 ㄔˇ	尸 ㄕ	毳 ㄘㄨㄟˋ	毛 ㄇㄠˊ	老 ㄌㄠˇ	裘 ㄑㄧㄡˊ
234	233	233	232	231	230	229	227	227	226	226	224

324	323	322	321	320	319	318	317	316	315	314	313
頁 ㄒㄧㄝˊ	旡 ㄐㄧˋ	次 ㄒㄧㄢˊ	㱃 ㄧㄣˇ	欠 ㄑㄧㄢˋ	覞 ㄧㄠˋ	見 ㄐㄧㄢˋ	禿 ㄊㄨ	先 ㄒㄧㄢ	𠑹 ㄍㄨˇ	皃 ㄇㄠˋ	兂 ㄗㄢ
243	242	241	240	239	239	239	238	237	236	235	235

336	335	334	333	332	331	330	329	328	327	326	325
司	后	髟	文	彣	彡	須	県	首	丏	面	百
司 ㄙ	后 ㄏㄡˋ	髟 ㄅㄧㄠ	文 ㄨㄣˊ	彣 ㄨㄣˊ	彡 ㄕㄢ	須 ㄒㄩ	県 ㄐㄧㄠ	首 ㄕㄡˇ	丏 ㄇㄧㄢˇ	面 ㄇㄧㄢˋ	百 ㄕㄡˇ
251	250	249	248	248	247	246	246	245	244	244	243

348	347	346	345	344	343	342	341	340	339	338	337
厶	甶	鬼	茍	包	勹	辟	卯	色	印	卩	卮
厶 ㄙ	甶 ㄈㄨˊ	鬼 ㄍㄨㄟˇ	茍 ㄐㄧˋ	包 ㄅㄠ	勹 ㄅㄠ	辟 ㄅㄧˋ	卯 ㄑㄧㄥ	色 ㄙㄜˋ	印 ㄧㄣˋ	卩 ㄐㄧㄝˊ	卮 ㄓ
260	260	259	258	257	257	256	255	254	253	252	251

360	359	358	357	356	355	354	353	352	351	350	349
冄	勿	長	石	危	丸	厂	广	屵	屾	山	嵬
冄 ㄖㄢˇ	勿 ㄨˋ	長 ㄔㄤˊ	石 ㄕˊ	危 ㄨㄟˊ	丸 ㄨㄢˊ	厂 ㄏㄢˇ	广 ㄧㄢˇ	屵 ㄜˋ	屾 ㄕㄣ	山 ㄕㄢ	嵬 ㄨㄟˊ
269	268	266	266	265	265	264	263	263	262	262	261

372	371	370	369	368	367	366	365	364	363	362	361
鹿	廌	馬	象	易	兕	豸	豚	彑	㣇	豕	而
鹿 ㄌㄨˋ	廌 ㄓˋ	馬 ㄇㄚˇ	象 ㄒㄧㄤˋ	易 ㄧˋ	兕 ㄙˋ	豸 ㄓˋ	豚 ㄊㄨㄣˊ	彑 ㄐㄧˋ	㣇 ㄧˋ	豕 ㄕˇ	而 ㄦˊ
279	278	277	276	275	274	273	273	272	272	270	269

384	383	382	381	380	379	378	377	376	375	374	373
黑ㄏㄟ	炎ㄧㄢˊ	火ㄏㄨㄛˇ	熊ㄒㄩㄥˊ	能ㄋㄥˊ	鼠ㄕㄨˇ	㹜ㄧㄣˊ	犬ㄑㄩㄢˇ	莧ㄏㄨㄢˊ	兔ㄊㄨˋ	㲋ㄔㄨㄛˋ	麤ㄘㄨ
286	285	285	284	283	283	282	282	281	281	280	279

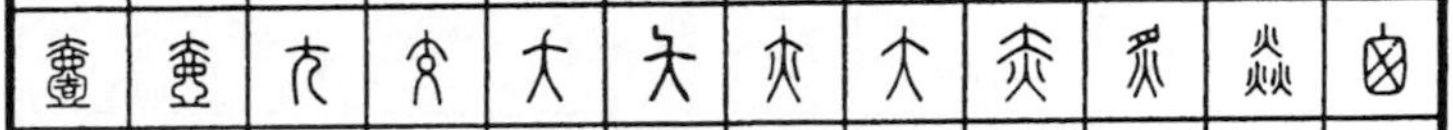

396	395	394	393	392	391	390	389	388	387	386	385
壹ㄧ	壺ㄏㄨˊ	尣ㄨㄤ	交ㄐㄧㄠ	夭ㄧㄠ	夨ㄗㄜˋ	亦ㄧˋ	大ㄉㄚˋ	赤ㄔˋ	炙ㄓˋ	焱ㄧㄢˋ	囪ㄔㄨㄤ
294	292	292	291	290	290	289	289	288	287	287	286

408	407	406	405	404	403	402	401	400	399	398	397
心ㄒㄧㄣ	思ㄙ	囟ㄒㄧㄣˋ	竝ㄅㄧㄥˋ	立ㄌㄧˋ	夫ㄈㄨ	大ㄉㄚˋ	夰ㄍㄠˇ	夲ㄊㄠ	亢ㄎㄤˋ	奢ㄕㄜ	㚔ㄋㄧㄝˋ
303	302	302	301	301	300	299	298	298	297	296	295

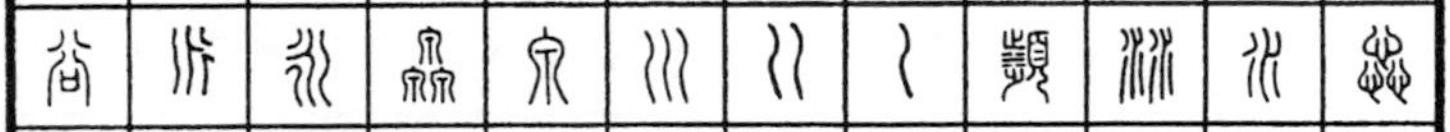

420	419	418	417	416	415	414	413	412	411	410	409
谷ㄍㄨˇ	𠂢ㄆㄞˋ	永ㄩㄥˇ	灥ㄒㄩㄣˊ	泉ㄑㄩㄢˊ	川ㄔㄨㄢ	巜ㄎㄨㄞˋ	〈ㄑㄩㄢˇ	瀕ㄅㄧㄣ	沝ㄓㄨㄟˇ	水ㄕㄨㄟˇ	惢ㄙㄨㄛˇ
312	311	309	309	308	308	307	306	306	305	304	304

432	431	430	429	428	427	426	425	424	423	422	421
不	乙	卂	非	飛	龍	燕	𩺰	魚	雲	雨	仌
不 ㄅㄨˋ	乙 ㄧˇ	卂 ㄒㄩㄣˋ	非 ㄈㄟ	飛 ㄈㄟ	龍 ㄌㄨㄥˊ	燕 ㄧㄢˋ	𩺰 ㄩˊ	魚 ㄩˊ	雲 ㄩㄣˊ	雨 ㄩˇ	冫 ㄅㄧㄥ
319	318	318	317	316	316	315	315	314	314	313	312

444	443	442	441	440	439	438	437	436	435	434	433
毋	女	𠁥	手	𦣝	耳	門	户	鹽	鹵	西	至
毋 ㄨˊ	女 ㄋㄩˇ	𠁥 ㄍㄨㄞ	手 ㄕㄡˇ	𦣝 ㄧˊ	耳 ㄦˇ	門 ㄇㄣˊ	户 ㄏㄨˋ	鹽 ㄧㄢˊ	鹵 ㄌㄨˇ	西 ㄒㄧ	至 ㄓˋ
327	326	325	325	324	324	323	323	322	321	320	320

456	455	454	453	452	451	450	449	448	447	446	445
乚	琴	亅	我	戉	戈	氐	氏	乁	厂	丿	民
乚 ㄧㄣˇ	琴 ㄑㄧㄣˊ	亅 ㄐㄩㄝˊ	我 ㄨㄛˇ	戉 ㄩㄝˋ	戈 ㄍㄜ	氐 ㄉㄧˇ	氏 ㄕˋ	乁 ㄧˊ	厂 ㄧˋ	丿 ㄆㄧㄝ	民 ㄇㄧㄣˊ
337	335	335	334	333	332	332	331	330	329	328	327

468	467	466	465	464	463	462	461	460	459	458	457
素	糸	系	弦	弜	弓	瓦	甾	曲	匸	匚	亡
素 ㄙㄨˋ	糸 ㄇㄧˋ	系 ㄒㄧˋ	弦 ㄒㄧㄢˊ	弜 ㄐㄧㄤˋ	弓 ㄍㄨㄥ	瓦 ㄨㄚˇ	甾 ㄗ	曲 ㄑㄩ	匸 ㄒㄧˋ	匚 ㄈㄤ	亡 ㄨㄤˊ
345	344	343	343	342	341	341	340	339	338	338	337

480	479	478	477	476	475	474	473	472	471	470	469
土ㄊㄨˇ	二ㄦˋ	卵ㄌㄨㄢˇ	黽ㄇㄧㄣˇ	龜ㄍㄨㄟ	它ㄊㄚ	風ㄈㄥ	蟲ㄔㄨㄥˊ	䖵ㄎㄨㄣ	虫ㄏㄨㄟˇ	率ㄕㄨㄞˋ	絲ㄙ
355	354	353	353	352	351	350	349	348	347	346	345

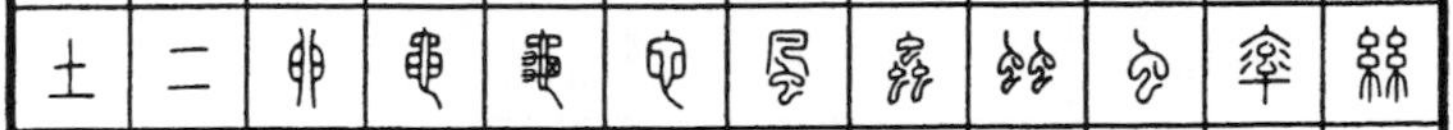

492	491	490	489	488	487	486	485	484	483	482	481
勹ㄅㄠ	幵ㄐㄧㄢ	金ㄐㄧㄣ	劦ㄒㄧㄝˊ	力ㄌㄧˋ	男ㄋㄢˊ	黃ㄏㄨㄤˊ	畕ㄐㄧㄤ	田ㄊㄧㄢˊ	里ㄌㄧˇ	堇ㄐㄧㄣˇ	垚ㄧㄠˊ
364	363	362	362	361	360	359	358	358	357	356	356

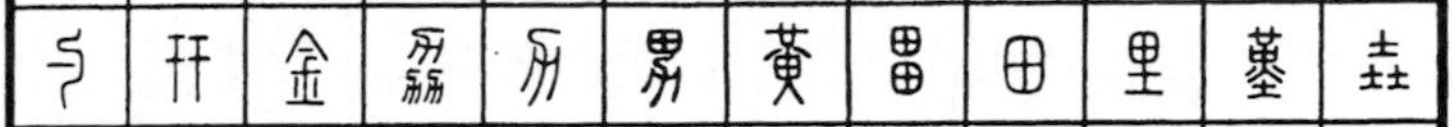

504	503	502	501	500	499	498	497	496	495	494	493
宁ㄓㄨˋ	四ㄙˋ	厽ㄌㄟˇ	隧ㄈㄨˋ	阜ㄈㄨˋ	𠂤ㄉㄨㄟ	車ㄐㄩ	矛ㄇㄠˊ	斗ㄉㄡˇ	斤ㄐㄧㄣ	且ㄑㄧㄝˇ	几ㄐㄧ
374	373	372	371	370	369	368	367	367	366	366	365

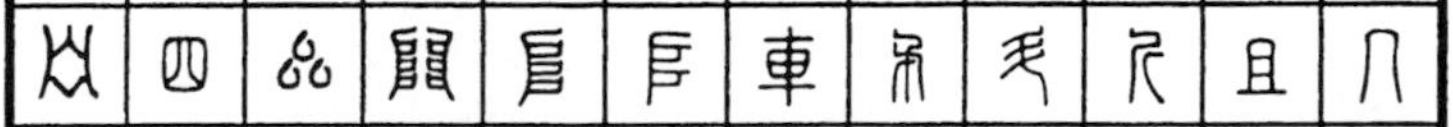

516	515	514	513	512	511	510	509	508	507	506	505
丁ㄉㄧㄥ	丙ㄅㄧㄥˇ	乙ㄧˇ	甲ㄐㄧㄚˇ	嘼ㄒㄧㄡˋ	内ㄖㄡˊ	九ㄐㄧㄡˇ	七ㄑㄧ	六ㄌㄧㄡˋ	五ㄨˇ	亞ㄧㄚˋ	叕ㄓㄨㄛˊ
383	383	382	381	381	380	379	379	378	377	375	374

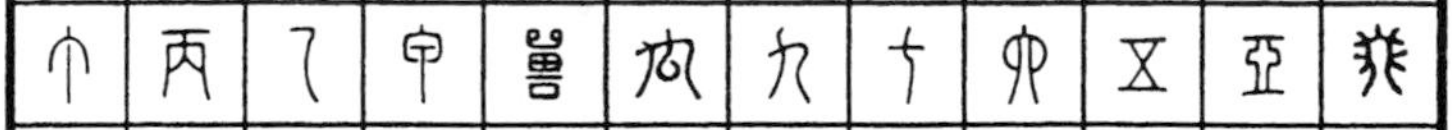

528	527	526	525	524	523	522	521	520	519	518	517
𠫓ㄊㄨ	孨ㄓㄨㄢ	了ㄌㄧㄠˇ	子ㄗˇ	癸ㄍㄨㄟˇ	壬ㄖㄣˊ	辡ㄅㄧㄢˋ	辛ㄒㄧㄣ	庚ㄍㄥ	巴ㄅㄚ	己ㄐㄧˇ	戊ㄨˋ
395	394	394	393	392	391	390	389	388	387	386	385

540	539	538	537	536	535	534	533	532	531	530	529
亥ㄏㄞˋ	戌ㄒㄩ	酋ㄑㄧㄡˊ	酉ㄧㄡˇ	申ㄕㄣ	未ㄨㄟˋ	午ㄨˇ	巳ㄙˋ	辰ㄔㄣˊ	卯ㄇㄠˇ	寅ㄧㄣˊ	丑ㄔㄡˇ
406	405	404	403	402	401	401	400	399	397	397	396

部首淺釋

一 部首1，「一」．《説文》1頁右上（經韻樓臧版）音一（於悉切）。一，惟一大極，道立於一，造分天地，化成萬物。凡一之屬皆从一。古文弌。

案：許慎以「惟一太極，道立於一，造分天地，化成萬物」來詮釋「一」字。這是古代的宇宙觀。與《老子》的道生一，一生二，二生三，三生萬物是相同的道理。也就是所謂的陰陽五行之説。如以今日的科學觀而言，固不能據以釋字，但在漢代盛行陰陽五行，在當時是認為合理的，且能為大眾所接受。即兩千多年後的今天，陰陽五行在我國民間並未完全消失。如風水師與命相師即以陰陽五行據以趨吉避凶，更有不少中醫師亦以陰陽五行研討病理者。

按「一」之本義為「數之始」，即最初第一位數名之稱。與化成萬物的陰陽五行無關。且中、西皆同，如阿拉伯最初第一位數名也作「1」，只是書寫的橫直不同而已。「一」為臆構之體，在六書中，屬抽象的「指事」字。所謂「凡一之屬皆从一」。乃指「一」部中所從屬的字皆从一而言。《説文．敘》中說：「分別部居，不相雜廁」。許慎將《説文》中九千三百五十三字，分別列為五百四十部，每部各建一首，而同部首的字皆从部首，不相雜亂安置之意。在每一部首下，必有「凡某之屬皆从某」之言。這是許慎用來説明各字入部之原則。

所謂「屬」，指形類而言，意謂凡是屬某一形類的字，皆由此一形類構成，亦即凡是歸於某一部內之字，皆从此一部首字所構形。如上文中：「凡一之屬皆从一」，在「一」部中从屬的字有元、天、丕、吏，四字。許慎依次釋為：「元」，始也。从一兀聲；「天」，顛也。至高無上，从一大；「丕」，大也，从一不聲；「吏」，治事者也，从一從史。因為以上四字，許慎認為皆是「一」之類屬，故均从一構形。弌，為「一」之古文字，也从一。另有一說：弌為一之後起从一弋聲的形聲字。

二

部首2。《說文》1頁左下，音ㄕㄤˋ（時掌切）。二，高也。此古文丄，指事也。凡二之屬皆从二。丄，篆文上。（段玉裁注：「謂李斯小篆也。今本作上，後人所改。」）

案：二字是由長短兩橫線所構成。其形與數字二雖相似，而音義迥別。

二字今小篆作丄，隸變為上。畫一長橫線為界，加一短橫於其上，以示上義，上一短橫為臆構，是指事的符號，故丄（上）為指事字。與上字相反稱的下（丅）字，《說文》釋其義為「底」，其構形為「从反丄為丅」。就是將丄（上）字倒反寫即成丅（下）字。按上下二字許慎視為指事字的範例。《說文·敘》中說：「指事者，視而可識，察而見意，『上』、『下』是也。」使人視而知其上下，仔細察之而見上下之意。

示 部首3。《說文》2頁下右，音ㄕˋ（神至切）示，天垂象，見吉凶。所以示人也。从二，三垂。日、月、星也。觀乎天文，以察時變。示神事也。凡示之屬皆从示。巛，古文示。

案：示字是由「丄」與「川」兩者所構成。丄為古上字，代表天，丄字下之三垂「川」代表日、月、星。古文巛（示）字上一橫與丄同義，代表天，三垂「巛」也代表日、月、星。所謂「天垂象，見吉凶」。乃許慎引《周易》言，觀天象以察時變，趨吉避凶之謂。丄字下代表日、月、星之三垂筆，為臆構之虛象，是指事的符號，「示」應為指事字。李國英氏曰：

「天在上，故字从二，三垂之筆，非取於日月星之實象，乃臆構之體，以象日月星所垂之虛象也，故為从二之合體指事，所載古文作𥘅者，獨體指事也。」（見《說文類釋》158頁）李氏之說可從。在示部中，从示（礻）的字，共有六十三字，另重文十三字。凡从示之字，幾乎都與鬼神、吉凶、禍福有關。

三

部首4。《說文》9頁左下，音ㄙㄢ。（穌甘切）。三，數也。天地人之道也。於文一耦二為三，成數也。凡三之屬皆从三。弎，古文三。

案：篆文三，為三橫相等所構成，今作三。《說文》以「數」釋「三」義，就是數字一二三之「三」。正如《說文》所云：「一加耦數二為三」。其本義為「數名」。「天地人之道也」，乃陰陽五行之說，與釋字無關。按三為「从三一」的會意字．會「三個一字」而成三之數。如細分之，則為同文會意。弎，非古文，而是三之後起「从弋三聲」的形聲字。在三部中，無一从屬之字，許氏為何單立三為部首？不解。

王

部首5，《說文》9頁右上，音ㄨㄤˊ。（雨方切）。王，天下所歸往也。董仲舒曰：「古之造文者，三畫而連其中謂之王。三者，天、地、人也，而參通之者王也。」孔子曰「一貫三為王。」凡王之屬皆从王。𤣩，古文王。

案：許慎以「天下所依歸」釋「王」。即天下人所歸屬之意，亦即所謂君臨天下。是一般人都能認同，該無疑義。但在六書中究屬何類？學者們有不同的看法，有認為王字是由「土」與二（上）二字所構成，「从二（上）从土」的會意字。以示受上（二）天之命而為下土之主也。也有人認為王是「从土，二（上）聲」的形聲字。但從甲骨文的王作「太」視之，則有人認為王乃象形字，正像王者肅容而立之形。眾說紛紜，莫衷一是。只好憑個人的主觀認知了。至於許慎引孔子之說，似不可信，許慎為漢代著名之經學家，如引孔子言，必加出處，且諸多研究文字的學者們，經查孔子的學說，並無此一說，可能為後人所妄增。許慎在《說文·敘》中，固有博采通人，乃許慎廣採鴻儒通人之言以證字。就《說文》全書歸納，計有：孔子說、楚莊王說、董仲舒說、王育說、劉歆說、班固說、賈侍中說等數十人。在王部中，从王的字，只有閏、皇二字。王之古文作𠙻，與篆文王構形無別。只是下部一橫書寫為「凵」。董仲舒是許慎博采通人之一，東漢時人。

王

部首6。《說文》10頁右上，音ㄩˋ（魚欲切）。玉，石之美有五德者：潤澤以溫，仁之方也；䚡理自外，可以知中，義之方也；其聲舒揚，專以遠聞，智之方也；不撓而折，勇之方也；銳廉而不忮，絜之方也。象三玉之連，丨其貫也。凡玉之屬皆从玉。𤣩，古文玉。

案：《說文》以「石之美有五德」釋「玉」。是形容玉為色澤光潤，品質瑩潔之美石。所謂「象三玉之連，丨其貫也」。是說玉字的構形。三橫表示三塊玉石，三橫之間一直豎「丨」，為貫穿玉的繩子。按甲文玉字作「丰」。「丰」則露其兩端，篆文王為平頭平底，其繩未露。玉字右下本無一點，文字隸變後，為與王字有所區別，才加一點。玉字用為偏旁，仍作王，不加點。玉之古文作𤣩，除一繩貫穿外，另加一繩橫其兩側而已。玉為象形字，像「三塊玉石串連」之形。如下圖「◎◎◎」所示。在玉部中，从玉的字，共有一百二十四字，另重文十七字。

珏

部首7。《說文》19頁左下，音ㄐㄩㄝˊ（古嶽切）。珏，二玉相合為一珏，凡珏之屬皆从珏。瑴，珏或从㱿。

案：珏字是由二玉相並所構成。即《說文》所云：「二玉相合為一珏」。據此，則可視珏為單位詞，即一對、一副、一雙之稱。惟珏字罕見單獨使用。珏字當屬「从二玉」的會意字，如細分之，則為同文會意。在珏部中，从珏的字，只有班、䡅二字。段玉裁注：「因有班䡅字，故珏專列一部。不則綴玉部末矣。」段氏之意，是指因為有班、䡅二字，許慎才專為此二字立珏為部首。否則可歸在玉部中，而珏部可刪。珏之或體作瑴，是珏之後起「从玉㱿聲」的形聲字。依段氏言，珏可歸在玉部中，無設部之必要。而班、䡅二字又歸之何部？按班為「从珏从刀」的會意字，其本義為「分瑞玉」，也可歸至玉部或刀部中。䡅字也是「从珏从車」的會意字。是古代使臣裝載玉器送往邦交國之禮車。亦可歸在玉部或車部中，另一瑴字，可列在玉部下為重文。如此，珏部才可刪。否則，不宜刪。許慎立部首，自有其原則所本。

气 部首8。《說文》20頁右上，音ㄑㄧˋ（去既切）。气，雲气也。象形。凡气之屬皆从气。

案：篆文气，今作气。屬象形字，像「雲气重疊上騰飄浮」之形。段注：「气氣古今字。」非也。按氣之本義為「饋客之芻米」，是「从米气聲」的形聲字。（見《說文》336頁氣字）與气為象形字，其本義為「雲气」，迥然有別。气字隸變後，中間少一橫而成乞字。借為乞請、乞討之乞。迄、訖、吃均从乞得聲。在气部中，从气的字，只有一個氛字。

士 部首9。《說文》20頁上左，音ㄕˋ（鉏裏切）。士，事也。數始於一，終於十。从一十。孔子曰：「推十合一為士。」凡士之屬皆从士。

案：士字是由「一」與「十」二字所構成。《說文》以「事」訓「士」固為音訓。惟能任事者，方可稱之為士。「數始於一，終於十」。言數以「一」為始，以「十」為終的整數。可引伸為能任事者須有聞一而知十的聰明睿智，也要有「有始有終」的堅定不移的意志。孔子說：「推十合一為士」。非孔子言，乃他人之偽託，不可信。倒是孔子在《論語．子路》篇中對士字有所詮釋：「行己有恥，使於四方，不辱君命，可謂士矣。其次為言必信，行必果。」按士為「从一从十」的會意字。其本義為「事」，指能任事者的人。在士部中，从士的字，共有壻、壯、壿三字。

丨 部首10。《說文》20頁左下，音ㄍㄨㄣˇ（古本切）。丨，下上通也。引而上行讀若囟；引而下行讀若退。凡丨之屬皆从丨。

案：《說文》以「下上通」釋「丨」。謂其能下上可通之意。所謂「引而上行」。是從下往上寫之意。「讀若囟」。段注：「囟之言進也。」所謂「引而下行」。是從上往下寫之意。讀若退。據此，該字則是個破音且有進、退二義的字。與造字一義一音的原則不合。該字不見經傳，古今均未使用的字。上行或下行，全屬臆構，也只能說它為指事字。指其能下上通。在丨部中，从丨的字，只有中、㫃二字。有謂丨為棍、棒之初文。也有道理，另供參考。

屮 部首11。《說文》21頁右上，音彳さ（醜列切）。屮，艸木初生也。象丨出形，有枝莖也。古文或以為艸字。讀若徹。凡屮之屬皆从屮。尹彤說。

案：屮字中之直豎「丨」，象艸莖，其兩側之「凵」象枝葉，正像艸初生之形。按屮、艸、草，三字本為一字，屮為艸之初文，自可稱屮為艸之古文。「尹彤說」三字，不當置句末。應緊接在「讀若徹」之下。可能傳抄者之誤。否則難明尹彤所說者何？段玉裁在此三字下注說：「轉抄者倒也。凡言某說者，有說其義者，有說其形者，有說其音者。」據此，「讀若徹」乃尹彤為許慎說其音者。如改為「讀若徹，乃尹彤說也。」就更明白了。尹彤為東漢人，其生平不詳，是許慎博采通人之一。屮當屬象形字，像初生草之形。本義則為「初生之草」。在屮部中，从屮的字有屯、芬、毒等六字，另重文三字。

另：屮專指艸而言，艸下不當有木字，與木無關，木字可刪。可能是漢代當時的習慣用語，如我國北方人稱弟為「兄弟」。實與兄無關類似。

艸 部首12。《說文》22頁左上，音ㄘㄠˇ（倉老切）。艸，百芔也。从二屮，凡艸之屬皆从艸。

案：篆文艸，隸變作艹。該字是由二屮相並而成。屮之本義為「初生草」，屮、艸二字本為一字。（說見10部首屮字）因各有所从屬的字，才區分二，分別各立部首，因之而有二音。按艸為从二屮的會意字，如細分之，則屬同文會意。其本義為「百卉」。即草之總名。（見《說文》45頁上左卉字）艸又為草的本字，草是艸字的假借字。因草另有本義為「草斗」（見《說文》47頁左下草字）今借字草行，而本字艸反而不用了，隸變後作艹，只作部首字。在艸（艹）部中，从艹的字，共有四百四十五字，另重文三十一字。

蓐 部首13。《說文》47頁左上。音ㄖㄨˋ（而蜀切）。蓐，陳艸復生也。从艸辱聲，一曰蔟也。凡蓐之屬皆从蓐。蓐，籀文蓐，从茻。

案：篆文蓐，隸變作蓐，該字是由「艸」與「辱」二字所構成。所謂「陳艸復生」。言草生而再生，大有「野火燒不盡」之味。徐鍇曰：「陳根更生繁縟也。」（見《繫傳》）惟本義「陳艸復生」，古今罕見用。今借用為卧具，作草席之稱。所謂「一曰蔟也。」按蔟字另有本義，作「行蠶蓐」講。（見《說文》45頁上右蔟字）是專供蠶結繭之草墊。蓐字當屬「从艸，辱聲」。聲不兼義的形聲字。蓐字既从艸構形。為何不歸至艸部中，而立為部首？段注：「別立蓐部首，以有媷故也。」如將媷字歸至女部，蓐實無設置的必要。蓐之籀文作[illegible]，从茻構形，示草之繁多也。也可歸至茻部中。則蓐部可刪。

茻 部首14。《說文》47頁左上，音ㄇㄤˇ（模朗切）。茻，眾艸也。从四屮。凡茻之屬皆从茻。讀若與冈同。

案：茻字是由四個屮字所組成。屮為初生之草。（說見11部首屮字）四屮相合。以示草之多也。故稱眾草，也可說為「叢草」。茻屬「从四屮」的會意字。如細分之，則為同文會意。其本義為「眾草」。在茻部中，从茻的字，只有莫、葬、莽三字。有認為茻、莽二字本為一字。徐灝《說文注箋》說：「茻古通莽」。王筠《說文釋例》說：「茻與部中莽蓋一字。」

朱駿聲曰：「經傳草𦱊字皆以莽為之。」（見《通訓定聲》）。按𦱊為古今都未使用的字，𦱊，莽本為一字。當可信。讀若與冈同。《說文》無冈字。《繫傳》作罔。

 部首15。《說文》48頁右上，音ㄒㄧㄠˇ（私兆切）。，物之微也。从八，丨見而分之。凡小之屬皆从小。

案：依照《說文》對小字的解說，小字是由「八」與「丨」兩者所構成。八有分意，以「丨」從中而分之，物大而分亦小矣。故《說文》以「物之微」釋「小」，即微細之意。惟小字甲文作，金文作等形。從甲、金文諸形視之，其中並無數字之八字，而「丨」亦非第10部首下上通音ㄍㄨㄣˇ之丨字。《說文》視小為「从八丨」為會意字，乃釋形之誤，按甲、金文諸字之三小畫，為指事之符號，指其微小之義，故小屬指事字。在小部中，從小的字，只有少、尐二字。

 部首16。《說文》49頁上左，音ㄅㄚ（博拔切）。，別也。象分

別相背之形。凡八之屬皆从八。

案：八字共兩筆，一筆向左，一筆向右，像兩相分別各去之形，故《說文》以「別」釋「八」，視八為象形字。惟近人高鴻縉氏以為：「八之本義為分，取假像分背之形，指事字，動詞。後世借用為數目七八九之八字，久借不返，乃加刀為意符，作分，言刀所以分也，以還其原。殷以來兩字分行，鮮知其為一字矣。」（見《中國字例》418頁）高氏之言，可從，按八為指事字，其本義為分。在八部中，从八之字，有、分、尒、介、兆、公、餘，等十一字，大凡从八之字，皆有分別之意。

釆 部首17。《說文》50頁下右，音ㄅㄧㄢˋ（薄莧切）。釆，辨別也。象獸指爪分別也。凡釆之屬皆从釆。讀若辨。

案：就篆文釆字構形言：「十」象獸掌，「八」象獸爪。正象獸爪印在地上之形。《說文》釋其義為「辨別」，乃引伸義，本義應為「獸爪」。「讀若辨」。按辨為釆之後起形聲字。釆、辨二字音義相同，只是形體不同而已。今辨字行而釆字罕見用，只作為部首字。在釆部中，从釆的字有：

番、宷、悉、釋四字，另重文五字。釆字隸變做釆，與采字相似，易為混淆，采字从爪从木構形，釆、采二字音義迴別。

半

部首18。《說文》50頁下左，音ㄅㄢˋ（博慢切）。半，物中分也。从八牛，牛為物大，可以分也。凡半之屬皆从半。

案：篆文半，隸變作半。該字是由「八」與「牛」二字所構成。八之本義為別，有分開離別之意。因牛大，是可分之物。是指物從中間分開成兩半相等之意。按半字為「从八，从牛」的會意字。其本義作「物中分」講。在半部中，从半的字，只有胖、叛二字。朱駿聲氏認為半為判之本字。（見《說文通訓定聲》）列供參考。

牛

部首19。《說文》50頁右下，音ㄋㄧㄡˊ（語求切）。牛，事也，理也。像角頭三，封，尾之形也。凡牛之屬皆从牛。

案：篆文牛，隸變作牛。《說文》以「事」與「理」釋「牛」。指牛能任耕事，且有條理之意。所謂「像角頭三，封，尾之形。」段玉裁注：

「角頭三者，謂上三歧者，象兩角與頭為三也。封者，謂中畫象封也。封者，肩甲墳起之處。尾者，謂直畫下垂象尾也。」段氏所說之三歧，指「山」而言。「封」指山下之「一」橫，封即峯，猶駝峯之峯，此封，指牛峯而言，在領脊隆起處。山下之一直豎「丨」為尾。按牛為象形字，如細分之，為獨體象形。在牛部中，从牛的字，共有四十五字，另重文一。

犛 部首20。《說文》53頁左上，音ㄌㄧˊ。犛，西南夷長髦牛也。從牛𠩺聲。凡犛之屬皆从犛。

案：篆文犛，隸變作犛。該字是由「𠩺」與「牛」二字所構成。犛為牛類的一種，產於我國阿爾泰山與喜馬拉雅山之間，毛長，能禦酷寒，俗稱髦牛，藏人養之以供力役及食用，犛乳可製奶茶，為藏人每日之必需飲料。犛，應為「從牛𠩺聲」聲不兼義的形聲字，因𠩺之本義為坼，（見《說文》127頁右上𠩺字）犛既為牛類的一種，為何不歸至牛部中，而立為部首？可能有所从屬的氂與斄二字無部所歸之故。

告　部首21。《説文》53頁左上，音ㄍㄠˋ（古奧切）。告，牛觸人，角箸橫木。所以告人也。从口、从牛。《易》曰：「僮牛之告」。凡告之屬皆从告。

案：篆文告，隸變作告，依《説文》之解説，告字是由「牛」與「口」二字所構成。所謂「牛觸人，角箸橫木。所以告人也。」就是在牛的角上綁一條橫的木棍，作為標幟，藉以告訴別人，牛是會觸鬥人的，你可要注意了，以免受到傷害。作如此的解説，很難令人接受。筆者生長在古老的農村中，自幼即跟隨父兄從事農耕，從開始放牛到學會用牛犁田，深知牛是最溫順的動物，從未見牛觸人，更未見有人在牛角箸橫木。可能是漢代的個案，但不可以偏概全。有人作另一種不同的解釋；認為牛不會説話，有何需要時，不能告訴主人，於是，主人就在牛角上綁條橫木，牛有何需要，即以木輕觸主人。主人自能揣摩其意，或餵之以水，或餵之以穀草。用現代的話來説，這叫「肢體語言」。作如此解釋，只能視為玩笑話。依據《説文》對告字的解説，告字自屬「从牛从口」的會意字，會「告訴」之意。今天我們所使用的告字，如告示、告白、告成、告急、告退等等，都是由上述所引伸。惟對告字有截然不同的解釋。近人向夏先生于其《說文解字部首講疏》云：「告字所从之口，非口舌字，告實牿之初字。𠙵象檻穽形，牛陷入𠙵為告。與牛在冂中為牢同意。（筆者按：牢之篆文作牢，从冂从牛構形是關牛馬的栅欄，見《說文》52頁）甲文告字作告（鐵六，二）告（甲六九二），金文如《毛公鼎》作告，《沈子簋》作告，都是牛陷入檻穽中形。許因僮牛之告而曲為之說，非字意。又「僮牛之告」見《易．大畜》爻辭，作牿，此為告牿一字之證。」（筆者按：牿字之本義為「牛馬牢」，見《說文》52頁）向氏之言可從。告則為「象形」字，像牛「陷入檻阱」之形。在告部中，从告的字，只有一個嚳字。

𠙵 部首22。《說文》54頁右上，音ㄎㄡˇ（古厚切）。𠙵，人所以言、食也。象形。凡口之屬皆从口。

案：篆文𠙵，隸變作口。所謂人所以食、言也。就是人專門用來飲食與講話的器官。按口為象形字，如細分之則獨體象形，正像人嘴張開之形。其本義為「人口」。乃專指人之口而言。在口部中，从口的字，共有一百八十字，另重文二十一字。

凵 部首23。《說文》62頁右上，音ㄎㄢˇ（口犯切）。凵，張口也，象形。凡凵之屬皆从凵。

案：許慎以「張口」釋「凵」，恐有問題。朱駿聲氏於《說文通訓定聲》說：「一說坎也，塹也，象地穿兇字从此。」近人高鴻縉氏亦認為：「凵應為坎之象形文，秦、漢始改為从土欠聲之字，凵作張口意者，應只為形，而非文字。」（見《中國字例》64頁）按坎之本義為「陷」。（坎字見《說文》695頁）凶之本義為「惡」，象地穿陷其中。（凶字見《說文》377頁）凶字从凵構形。坎凶二字義近，而凵、坎二字音同，音同義亦近。故凵應為坎之初文，坎為凵的後起「从土欠聲」的形聲字。凵當屬象形字，像「土坑」之形。本義則為「陷阱」。在凵部中無一从屬之字，凶雖从凵構形，惟已另立為部。

吅 部首24。《說文》62頁左上，音ㄒㄩㄢ（況袁切）。吅，驚嘑也。从二口。凡吅之屬皆从吅。讀若讙。

案：篆文。隸變作吅。吅字是由二口並列而成。《說文》以「驚嘑」釋「吅」義。兩口對爭，至情緒激動時，難免會發生驚叫，驚呼之事。《玉篇》云：「吅，囂也，驚呼也，與讙同。」讙字見《說文》九十九頁，作「譁」講。按吅之本義應為「喧譁」，驚嘑乃引伸義。吅屬「从二口」的會意字，如細分之則為同文會意。「讀若讙」。因吅為讙之本字，讙為吅的後起形聲字，吅、讙二字音義皆同。故以讙為音。吅讙本為一字，今讙字行，而吅字則罕見用矣。在吅部中，从吅的字，有嚴，單，咢等六字。

 部首25。《說文》63頁上左，音ㄎㄨ（苦屋切）。，哀聲也，从吅从獄省聲，凡哭之屬皆从哭。

案：篆文，隸變作哭。該字是由「吅」與「犬」二字所構成。所謂「从獄省聲。」因為哭字本當是从獄得聲的字，為簡約之故，就將獄字省去「狺」而單留犬。許慎為何要如此曲折？很難令人理解。段玉裁也不認同。在「从獄省聲」下注曰：「許書言省聲多有可疑者，取一偏旁，不載

全字，指為某字之省。若家之為豭省，哭之从獄省，皆不可信。獄固从㹜，非从犬，而取㹜之半，然則何不取㱿、獨、倏、狢之省乎?竊謂从犬之字，如狡、獪、狂、默、猝、狠……卅字，皆从犬而移以言人，安見非哭本謂犬嗥而移以言人也」。徐灝《說文注箋》說：「凡禽獸字義多藉以言人事。如「篤」本訓為馬行頓遲，而以為人之篤行。「特」，本為牛父，而以為人之奇特。「羣」本為羊羣，而以為羣輩之偁。若犬之借義，尤不可枚舉。哭為犬嗥，而移以言人，可推而知也。」綜觀段、徐二氏之言。哭字應為「从 吅从犬」的會意字，而非許氏所說「从吅，从獄省聲。」的形聲字。哭之本義為「犬嗥」。假借為人之哀聲。在哭部中，从哭的字，只有一個喪字。按《玉篇》不立哭部，哭喪二字歸在吅部中。

走 部首26。《說文》63頁下右，音ㄗㄡˇ（子苟切）。走，趨也。从夭止，夭者，屈也。凡走之屬皆从走。

案：篆文走，隸變作走。該字是由「夭」與「止」二字所構成。夭字見《說文》498頁，許慎釋夭為：「屈也，从大象形。」从大即从人，像人屈其體之形。「止」即「足」。（見《説文》68頁止字）當夭與止二字相結合，以示人屈身向前疾走之意。徐鍇《説文繫傳》説：止則趾也，趾，足也。走則足屈，故从夭止會意。朱駿聲《説文通訓足聲》説：「走，趨也。从夭止會意。夭止者，屈也。凡趨則趾多屈。」徐、朱二氏與許氏對走字的説解稍異。許氏以夭為身屈，徐、朱二氏則認為足屈，竊謂夭以身屈為是。按走為「从夭，从止」的會意字，會人屈身疾走之意，當以「疾趨」為本義，在走部中，从走的字，共有八十五字。惟夭字甲骨文作「夭」，走字石鼓文从止作「走」。似不象屈身，而象人疾走時，雙臂前後擺動的樣子。乃個人之拙見，供為參考。

部首27。《説文》67頁右上，音ㄓˇ（諸市切。）止，下基也。象艸木出有阯。故以止為足。凡止之屬皆从止。

　案：篆文止，隸變作止。《説文》以「下基」釋「止」義。下基不是止的本義，而是止的引申義，止的本義為「足止」。按止字甲文止，金文作止，與篆文止相似，均像足之三趾前出及足掌之形。三趾示其多以概五趾。猶左右手之作𠂇、又一樣。足止即足趾，止趾為古今字，《說文》無趾字，趾為止的後起形聲字。止借為息止、容止、終止等，久借而不返，為借義所專，本義為「足止」反而不彰顯了，於是，加足作趾，以還其原。所謂「象艸木出有阯」，其語曖昧，可能為後人所妄增，不可信。在止部中，从止的字共有十四字。

癶

部首28。《說文》68頁左下，音ㄅㄛ（北末切）。癶，足剌癶也。从止𣥂，凡癶之屬皆从癶。讀若撥。

案：篆文癶，隸變作癶。該字是由止字一正一反相並而構成。止為足趾，也可說是足掌。（見27部首止字）所謂「足剌癶」。即兩足相背難行的樣子。按癶字為「从止𣥂」的會意字。其本義為「足剌癶」。隸變作癶，只作部首字，罕見單獨使用，在癶部中，从癶的字，只有登、𤼲二字。「讀若撥」，取撥為聲。

步

部首29。《說文》68頁右上，音ㄅㄨˋ（蒲故切）。步，行也。从止𣥂相背。凡步之屬皆从步。

案：篆文，隸變作步。步字是由止與𣥂二字上下相疊所構成。止即足，𣥂是止的反寫，也是足，即人之左右兩足。步為「从二止，亦即从二足」的會意字。其本義作「行」講。指左右兩足一前一後相隨而行之意。所謂「從止𣥂相背」。段注：「止𣥂相隨者，行步之象，相背猶相隨也。」在步部中，从步的字，只有一個歲字。

 部首30。《說文》69頁上左，音ㄘˇ（雌氏切）。，止也。从止匕，匕，相比次也。凡此之屬皆从此。

案：篆文，隸變作此。該字是由止與匕二字所構成。「止」為足趾。（見《說文》27部首止字）匕是比的本字。比字見《說文》390頁，作「密」講。比之篆文作，是兩個人字的反寫，一人一前一後，相依不離，故有親密之意。《說文》釋「此」為「止」。止作停止講，動詞。「从止匕」，之止字為名詞，指足趾而言。所謂「匕，相比次也」。指二人前後行走時，前人停，後人相次而停。《說文》視「此」為「从止匕」的會意字，稍欠

周延，如作「从止，从比省」易為明白。按「此」為會意字，如細分之，則為異文會意。會「二人行走相繼停止」之意。其本義為「停止」。惟「此」字借為指稱詞，如此地，此人，此物等等，本義為停止，反而不彰顯了。在「此」部中，从此的字，只有呰，柴二字。

 部首31。《説文》70頁上右，音ㄓㄥ（之盛切）。正，是也。从一，一以止。凡正之屬皆从正。，古文正，从二，二，古文上字。，古文正，从一足，足，亦止也。

案：篆文，隸變作正。正字是由「一」與「止」二字所構成。許慎以「是」釋「正」。「是」字見《説文》70頁，作「直」講，據此，正，就是正直、正確之意。「从止」即「从足」。止字的本義為足趾。（説見27部首止字）所謂「一以止」，止字在此作停止講，動詞。徐灝《説文注箋》説：「一者，建中立極之義，由是而止焉，則正矣。是者直也，直猶正也。」徐氏所説的「建中立極」。就是建立一個標準，此標準指「天道」而言，為人的言行當守此一標準，不踰越天道，則正矣。故正字為「从一，从止」

的會意字。會「正直，不踰天道」之意。古文正，从二止構形，二為古上字，上也可表天道，與一字同義，另一古文足字，从一足構形，足猶止也。一為天道，足不踰天道，則正矣。在正部中，从正的字，只有一個乏字。

是 部首32。《說文》70頁上右，音ㄕˋ（承旨切）。是，直也。从日正。凡是之屬皆从是。是，籀文是，从古文正。

案：篆文是，隸變作是。該字是由「日」與「正」二字所構成。許慎以「直」釋「是」義。直字見《說文》642頁，作「正見」講。指不曲、不偏、不彎、不隱之意。「是」字从日从正構形。正字的本義為「不踰天道」（說見31部首正字）日與正二字相結合，以示人在青天白日下，行事端正不苟，不踰越天道，方能符合「直」意。故「是」字當屬「从日从正」的會意字，會「正直不阿」之意。在是部中，从是的字，只有韙，尟二字。

辵 部首33。《說文》70頁右上，音ㄔㄨㄛˋ（醜畧切）。辵，乍行乍止也。从彳止，凡辵之屬皆从辵。讀若《春秋傳》曰：「辵階而走。」

案：辵字是由「彳」與「止」二字所構成。彳字見《說文》76頁，作「道路」講，引伸為行走。「止」本為足趾，在此引申為「停止」。所謂「乍行乍止」，即走走停停之意。所引《春秋傳》曰：「辵階而走」。寓人在某種特殊情況下，在階前閃躲，忽躍忽停之意。按辵為「从彳从止」的會意字。如細分之則為異文會意。在辵（辶）部中，从辵的字，共有一百一十八字，另重文三十字。

彳 部首34《說文》76頁下右，音彳（醜亦切）。彳，小步也。象人巠三屬相連也。凡彳之屬皆从彳。

案：篆體彳，隸變作彳。所謂象「人脛三屬相連。」段玉裁注：「三屬者，上為股，中為脛，下為足也。單舉脛者，中以該上下也。脛動而股與足隨之。」按彳字不見甲骨文及金文與經典，應為行字的省體。行字甲骨文作行、行，金文作行、行等形，均像四達的道路，引伸而為人走之行。許氏誤認為彳亍為二字。以「小步」釋「彳」，是為引申義。按彳之本義應為「道路」，宜改其釋文為「从行省」，象「道路」之形。在彳部中，从彳的字共有三十六字，幾乎都與道路及行有關。如「徑」為「步道」，「徥」為「徑行」，復為「往來」，彶為「急行」，微為「隱行」，「徐」為「安行」，「徬」為「附行」，「很」為不聽從也，等等。足證彳為行的省體。應無疑矣。朱駿聲《說文通訓定聲》說：「射雉賦：彳亍中輟，注，止貌也，今作躑躅。」按潘嶽《射雉賦》有「彳亍中輟，馥焉中鏑」句。彳字也只在漢代賦體文中使用過，至今未見單獨使用。

 部首35《說文》78頁上右，音ㄧㄣˇ（餘忍切）。廴，長行也。从彳引之。凡廴之屬皆从廴。

案：篆文是彳字的變體。彳之下直筆向右延長作乀，以示引長之意，即《說文》所云：从彳引之。因此，彳與廴之音義也就不同了。《說文》釋「彳」為「小步」，釋「廴」為「長行」。彳為行之省體，行之本義為四達的道路（詳37部首行字）。所謂「長行」，就是長道。按廴為獨體象形字，當以「道路」為本義。段玉裁注：「《玉篇》曰：今作引。引弓字行而廴廢也。」因引廴音同，借引為廴，廴引並非古今字。

㢟 部首36。《說文》78頁上左，音ㄔㄢ（醜連切）。㢟，安步㢟㢟也，从廴止。凡㢟之屬皆从㢟。

案：篆文㢟，隸變作㢟。該字是由「廴」（彳）與「止」二字所構成，彳為行的省體，即道路。（說見34部首彳字）止為足趾。（說見27部首止字）所謂「安步㢟㢟」。形容人在道路上從容徐行緩步的樣子。按㢟字是「从廴从止」的會意字。其本意為「安步徐行」。在㢟部中，从㢟的字只有一個延字。

行 部首37《說文》78頁下右，音ㄒㄧㄥˊ（户庚切）。行，人之步趨也。从彳亍。凡行之屬皆从行。

案：篆文行，隸變作行。該字是由「彳」與「亍」二字所構成。按甲骨文行字作卝，石鼓文作𧗟。羅振玉曰：「卝象四達之衢，人所行也。石鼓文或增人作𧗟，其義甚明。由卝而變為彳亍，形已稍失，許書作彳亍則形義全不可見，於是許君乃釋行為人之步趨，謂其字从彳从亍失彌甚矣。古从行之字，或省其右作彳，或省其左作亍，許君誤認為二字者，蓋由字形傳寫失其初狀使然。」（見《殷虛書契考釋》中卷八頁）羅說可從。例如：《詩經・召南・行露》：「厭浥行露，豈不夙夜，謂行多露。」三句中兩個行字，都作道路講。另《詩．小雅．小弁》：「行有死人，尚或墐之。」行亦作道路。「行有死人」即道路中有死人。按行之本義為「道路」，應無疑矣。許慎以「人之趨步」釋「行」，是為引伸義，以「从彳亍」視行為會意字。乃釋形之誤。「行」應屬象形字，像「四通道路」之形。在行部中，从行的字，有十五字。如「術」作「邑中道」講；「街」作「四通道」講；「衢」作「通道」講；「衢」作「四達」講，亦可證行為道路。

 部首38。《說文》79頁上右，音彳ˇ（昌裏切）。齒，口斷骨也。象口齒之形。止聲。凡齒之屬皆从齒。，古文齒字。

案：篆文，隸變作齒。所謂「口斷骨」，即齒根肉上之骨，就是牙齒。「象口齒之形」。乃單指「齒」言，「凵」像口之張開，「」像上下兩排牙齒，「一」像上下齒間之虛縫。按齒為「从口止聲」聲不兼義的形聲字：齒之古文做，為獨體象形字。在齒部中，从齒的字有四十六字，

重文二字。

牙 部首39。《說文》81頁上右，音ㄧㄚˊ（五加切）。牙，壯齒也。象上下相錯之形。凡牙之屬皆从牙。𤘗，古文牙。

案：篆文牙，隸變作牙。所謂「壯齒」，就是犬齒。段注：「壯齒者，齒之大者也」。其實，牙與齒本為一物，概稱牙齒。如仔細分之，則牙大齒小。前為齒，後為牙。牙字金文「牙父敦」作牙，橫視之，正像上下兩排牙齒相錯之形。按牙為象形字，本義為「壯齒」即大牙。在牙部中，从牙的字，只有猗、𤘘二字。𤘗，古文牙，為牙的後起从牙𠚕聲的形聲字。

足 部首40。《說文》81頁右下，音ㄗㄨˊ（即玉切）。足，人之足也。在體下，从口止。凡足之屬皆从足。

案：篆文足，隸變作足。足字是由「口」與「止」二者所構成。「止」為足趾，也就是腳掌。「口」非口舌之口字，徐鍇《說文繫傳》說：「口象股脛也。」股脛即腓腸，也就是小腿後面筋肉突出的部分，俗稱「腿肚子」。《說文》以「从口止」視足為會意字，乃釋形之誤，足應屬象形字：其本義即為「人腿」。在足部中，从足的字共有八十五字。另重文四字。

 部首41。《說文》85頁上左，音ㄕㄨ（所菹切）。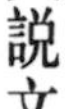，足也。上象腓腸，下从止。《弟子職》曰：「問疋何止？」古文以為《詩》大疋字，亦以為足字，或曰胥字，一曰：疋，記也。凡疋之屬皆从疋。

案：篆文，隸變作疋。該字是由「」與「止」所構成。上端的像腓腸，即小腿突出的部分。下為止，止即腳掌。依其構形言，疋就是足。只是上端像腓腸的形體稍有不同而已。足為合口形（〇）。疋為缺口形（）。許慎引《管子，弟子職》：「問疋何止？」意為請問尊長的卧足當置何處？句中的「疋」作足講，用以證明疋即是足。足，疋二字，原為一字，其後演化為二，音義有別，書寫也稍異。疋，成為一個破音字。有三音、三意。㈠音ㄙㄨ，與疏同音同意，疋為疏的借字。㈡音ㄆㄧˇ，同匹，端曰疋，布帛一端為疋，四丈之稱。㈢音ㄧㄚˇ。《詩．大雅，小雅》之雅，本作疋。即「大雅」作「大疋」，「小雅」作「小疋」。借疋為雅，因疋、

雅音同，是為同音假借。許慎所說的：「古文以為《詩・大雅》字。」當指此意。又云：「或曰胥字」，因胥字从疋得聲，亦為同音假借。所謂「一曰疋，記也。」是由疏字引申而來。因疋為疏的假借。註疏文章，能不記述？按疋為象形字，象「人腿」之形。其本義為足。在疋部中，从疋的字，只有𤴔，㽰二字。

 部首42。《說文》85頁下左，音ㄆㄧㄣˇ（丕飲切）。，眾庶也。从三口。凡品之屬皆从品。

案：品字是由三個口字所組成。許慎以「眾庶」釋「品」。段注：「三人為眾，故从三口會意。」疑「眾庶」為「眾聲」之誤。因在品部中，从品的二字，一為「喦」作「多言」講；一為「喿」，作「羣鳥鳴」講。皆與眾聲有關。品當屬「从三口」的會意字，會「眾聲」之意。

 部首43。《說文》85頁左下，音ㄩㄝˋ（以灼切）。，樂之竹管，三孔，以和眾聲也。从品侖，侖，理也。凡龠之屬皆从龠。

案：篆文龠，隸變作龠。為古樂器之名。由竹製成。屬管樂器，類似籥、笛、笙。今作籥。即《說文》所言之「樂之竹管」。「从品侖」，是龠之構形，是由「品」與「侖」二者所構成。品橫列作口口口，此品與前42部首之品截然不同。那是人的口舌之口，龠中之三口作「孔」講，是用來吹奏管樂的孔，為音節發音高低不同之孔。三孔以示多孔。龠有六孔，七孔者。至於「侖」字，許慎說：「侖，理也。」乃調理、協理之意，因龠可作主奏樂器，有能調和眾樂的功能。猶京劇中文武場之鼓，能為其他樂器起指揮領導的作用。龠字甲骨文作，金文作。上為吹口，下像竹管之排列。從甲文與金文之形而言，龠則為象形字，惟篆文龠上多一「亼」字，亼本為屋脊，借為集合的集字。謂龠能集合眾聲，以達和諧。「从品侖」。《說文》視龠為會意字，失當。愚意：龠應為象形兼會意的字。在龠部中，从龠的字，有籥、龢等四字，另重文二字。

冊 部首44。《說文》86頁上左，音ㄘㄜˋ（楚革切）。冊，符命也。諸侯進受於王者也。象其札一長一短，中有二編之形。凡冊之屬皆从冊。

笧，古文冊字从竹。

案：篆文冊，今俗作册，册字甲文做冊、冊，金文作冊、冊，等形，與篆文近似。古代在未發明紙以前，字是刻畫在竹片或木片上。稱為簡或札。然後再用兩條繩索把它穿起來，而成冊。甲文、金文、篆文各形之冊字，正是如此。長短不同的直筆，象簡札，橫的兩畫象穿簡札的繩子。册字的本義就是「簡札」。象簡札穿編之形。自當屬象形字。所謂「符命也，諸侯進受於王者也。」是册的引伸義。「符命」就是「信符」。也就是君王授官於人的憑證、猶今之任官令。笧，古文冊从竹，以示簡札為竹質。今行之册字為冊之俗字。在册部中，从册的字，只有嗣、扁二字。

㗊 部首45。《說文》87頁右上，音ㄐㄧˊ（阻立切）。㗊，眾口也。从四口。凡㗊之屬皆从㗊。讀若戢。一曰：呶。

案：㗊字是由四個口字所構成。四口，以示眾多之口，故其本義作「眾口」講，為「从四口」的會意字，屬同文會意。「讀若戢」。徐灝《說文注箋》曰：「㗊讀若戢，亦與戢義相近。爾雅釋詁：戢，聚也。即眾義。」

一曰：呶。徐鍇《說文繫傳》曰：「呶，讙也。」四口同聲。豈不有吵鬧喧嘩之義？在㗊部中，从㗊的字，有囂、器，等五字。

舌 部首46。《說文》87頁下左，音ㄕㄜˊ（食列切）。舌，在口所以言、別味者也。从干从口，干亦聲。凡舌之屬皆从舌。

案：篆文舌，隸變作舌。該字是由「干」與「口」二字所構成。所謂「在口所以言，別味者也。」這是舌的功能，舌除藉以發聲外，也是司味覺的器官。「从干口」。徐鍇《說文繫傳》說：「凡物入口，必干於舌。」按舌當屬从干从口的會意字，會「別味覺」之意，亦為舌之本義。在舌部中，从舌的字，只有甛、舓二字。「干亦聲」三字，為後人所妄增。

干 部首47。《說文》87頁下右，音ㄍㄢ（古寒切）。干，犯也。从一从反入。凡干之屬皆从干。

案：篆文干，隸變作干。許慎以「犯」釋「干」。指相侵犯，冒犯之意。所謂「从一从反入」。說明干字的構形。是將入字倒反過來而成為

「Y」，再在倒反的Y字中加一橫，即成為𢆉（干）字。大概許慎認為「正入」則順，「反入」則逆，逆必生干犯。惟近代文字學者們多不認同許慎對干字的解說。按干字甲骨文作𢆉，象盾形，是古時的兵器，用革製成，稱為盾牌，作防身禦敵之用，上象倒矢，以示敵矢之著盾。下之申，即為盾牌。其中兩小孔為持盾的把手，且兼以窺敵。據此，干的本義就是「盾牌」。「犯」為干的引伸義。「干」屬象形字。《說文》以「从反入，从一」視干為會意字，乃釋形之誤。按「干」為防衛類的兵器，「戈」為攻擊類的兵器。「干戈」已成為武器與戰爭的代名詞。《詩．大雅．公劉》：「弓矢斯張，干戈戚揚，爰才啟行。」在周代就視干為兵器了。在干部中，从干的字，只有羊、屰二字。

𧮫

部首48。《說文》87頁下左，音ㄐㄩㄝˊ（其虐切）。𧮫，口上阿也，从口，上象其理，凡𧮫之屬皆从𧮫。𠯑，𧮫或如此。臄，𧮫或从𧆛肉。

案：𧮫字是由「仌」與「口」二者所構成。與山谷之谷形雖似而音義迥別。所謂「口上阿」，即口內上曲之處。「上象其理」。指「仌」而言，為口上的紋理。「𧮫」當屬象形字。其本義即「口上阿」。𧮫之或體有二，一為⿰口卻，从口卻聲，一為臄，从肉豦聲。均為𧮫之後起形聲字。𧮫字罕見用，已成為生僻的死文字，在𧮫部中，从𧮫的字，也只有一個从𧮫省的㐁字。

 部首49。《說文》88頁上左，音ㄓˇ（諸氏切）。只，語已詞也。从口，象气下引之形。凡只之屬皆从只。

案：篆文，隸變作只。該字是由「口」與「八」二者所構成。所謂「語已詞」，段注：「已，止也，語止之詞。」「語已」就是說話終止了。「象气下引之形」。指「八」象語已而气下引。八非數字七八九之「八」，乃臆構之體，是指事的符號，故只為指事字，指氣下引之意。在只部中，从只的字，只有一個⿰只丮字。

 部首50。《說文》88頁下右，音ㄋㄚˋ（女滑切）。㕯，言之訥也。从口內。凡㕯之屬皆从㕯。

案：篆文㕯，隸變作㕯，該字是由「口」與「內」二字所構成。所謂「言之訥」，段注：「《檀弓》作吶，其言吶吶然，如不出諸其口，與其部訥音義皆同，故以訥釋㕯。」訥字見《說文》96頁，作為「難言」講。即言語遲鈍艱澀，難暢吐之意。㕯當屬「从口从內」的會意字，會「其言語遲鈍」之意。本義即為「言之訥」。惟徐鍇《說文繫傳》作「从口，內聲」。定為形聲字。亦可通。如改其釋語為「从口从內，內亦聲」，則為會意兼形聲之字。在㕯部中，从㕯的字，只有矞、商二字。

句　部首51。《說文》88頁下右，音ㄍㄡ（古侯切）。句。曲也，从口，ㄐ聲。凡句之屬皆从句。

案：篆文句，隸變作句。該字是由ㄐ（ㄐ）與口二字所構成。許慎以「曲」釋「句」。以「从口，ㄐ聲」為「句」解其形。但口無曲意，可能傳抄之誤。惟近人林尹先生說：「句有曲意是由ㄐ而來，凡从句得聲的字也多有曲意。」林先生並列舉十餘从句得聲的字予以證明。（見《文字學概要》133～134頁）朱駿聲氏亦認為「从口，ㄐ聲」為「从ㄐ、口聲」之誤。

（見《說文通訓定聲》）ㄐ字見《說文》88頁，作「相糾繚」講。林、朱二氏之說，均可從。「句」當屬「从ㄐ、口聲」，聲不兼意的形聲字。其本義就是「曲」。正如其形彎曲糾繚的樣子。句字借為「章句」的「句」字音ㄐㄩˋ。因古書無標點符號，讀書至語意完結處，自行加以斷句。就是所謂的「句識章句」。後人為與章句的句有所區別。於是改句為勾。一字變成了二形二義二音。段注：「此淺俗分別，不可與古道也。」在句部中，从句的字，有拘、笱、鉤三字。許慎分別釋以：「拘，止也。从手句。句亦聲；笱，曲竹捕魚笱也。从竹句。句亦聲；鉤，曲鉤也，从金句。句亦聲。」近代有多位文字學者，認為拘、笱、鉤三字可分別歸至手、竹、金部中，句為鉤之初文，可列鉤下為重文。則句部無設置的必要，可刪。這是用後代字典分部的標準來考量。段玉裁卻不以為然。段氏在此三字下注曰：「句之屬三字，皆會意兼形聲。不入手、金、竹部者，會意合二字為一字，必以所重為主，三字皆重句，故入句部。」由此可見，許慎立句為部首，自有其原則所本。

 部首52。《說文》89頁上右，音ㄐㄧㄡ（居ㄐ切）。，相糾繚也。

一曰：瓜瓠糾ㄐ起。象形。凡ㄐ之屬皆从ㄐ。

案：篆文丩，隸變作ㄐ。所謂「相糾繚」，是指丩的構形，正像兩條曲線之句連，相互繚繞。「一曰：瓜瓠ㄐ糾起。」是說丩字有如瓜瓠的生態，其葛藤必須攀附他物才能直起。丩之兩條曲線，屬臆構，是指事的符號，故ㄐ（丩）為指事字。ㄐ是糾的初文，糾是ㄐ的後起「从糸，ㄐ聲」的形聲字，ㄐ糾音義皆同，糾字行，而ㄐ字廢矣。今僅作為部首字。在ㄐ部中，从ㄐ的字，只有𦮙、糾二字。

古 部首53。《說文》89頁左下，音ㄍㄨˇ（公戶切）。古，故也。从十口。識前言者也。凡古之屬皆从古。

案：古字是由「十」與「口」二字所構成。十為數字之十，口為口舌之口，十口相傳，在時間上決非現在，而是由來久矣。故許慎以「故」釋「古」。「故」字見《說文》124頁，作「使之為」講。引伸而為「過去，往昔」。過去之事，也就是古事。所謂「識前言者也」，可藉古事以明前人之言行。故「古」字當屬「从十，从口」的會意字。在古部中，从古的字，只有一個嘏字。

十　部首54。《說文》89頁上左，音ㄕˊ（是執切）。十，數之具也。一為東西，丨為南北，則四方中央備矣。凡十之屬皆从十。

案：十字是由一橫一豎兩畫所構成。所謂「數之具」。就是從一至十已具足一個以十進位的整數。至於東西南北云云，說得太複雜，乃附會之說。與釋字無關。按十字之橫豎兩畫，為臆構之虛象，是指事的符號，故十字當屬指事字。在十部中，从十的字，有丈、千、博等九字。

卅　部首55。《說文》90頁上右，音ㄙㄚˋ（蘇眔切）。卅，三十并也。古文省。凡卅之屬皆从卅。

案：篆文卅，隸變作卅。所謂「三十並」，就是三個十字相並而構成之意。「古文省」，是說三個十字省為一個古卅字。也就是省多為少，省繁為簡。按卅當屬「從三十」的會意字，會三個十字而成一個卅字之意。如細分之，則為同文會意。在卅部中，从卅的字，只有一個世字。

言 部首56。《說文》90頁上右，音ㄧㄢˊ（語軒切）。言，直言曰言，論難曰語。从口，䇂聲。凡言之屬皆从言。

案：篆文言，隸變作言。該字是由䇂（䇂）與「口」二字所構成。所謂「直言曰言，論難曰語」。《詩・大雅・公劉》：「於時言言，於時語語。」注：「直言曰言，論難曰語。」許慎即本諸此釋「言」。「直言」，指自己說話，說其當說之話。「論難」，是為別人說話。如《論語》。為孔子答弟子時人所問之言。按言當屬「从口、䇂聲」，聲不兼義的形聲字，因䇂即䇂，䇂字見《說文》103頁。作辠（罪）講。在言部中，从言的字，共有二百四十七字，另重文三十二字。

誩 部首57。《說文》102頁下右，音ㄐㄧㄥˋ（渠慶切）。誩，競言也。从二言。凡誩之屬皆从誩。讀若競。

案：篆文誩，隸變作誩。該字是由兩個言字相併而成。所謂「競言」，就是爭先恐後競相發言之意。競字見《說文》102頁，作「彊語」講，段注：「強語謂相爭。」也就是相爭發言。誩、競二字音義皆同，故曰「讀若競」。

徐灝《說文注箋》曰：「誩與競音義同，形亦相承，疑本為一字。」徐氏之說可信，今競字行，而誩字則罕見用矣。按誩為「从二言」的會意字，如細分之，則為同文會意。在誩部中，从誩的字，只有譱、讟、競三字。

音 部首58。《說文》102頁下左，音ㄧㄣ（於今切）。音，聲生於心，有節於外謂之音。宮、商、角、徵、羽，聲也。絲、竹、金、石、匏、土、革、木，音也。从言含一。凡音之屬皆从音。

案：篆文音，隸變作音。該字是由「言」（言）加「一」小橫所構成。這一小橫加在言下部之口中。所謂「聲生於心，有節於外。」也可說無言的心聲，用有節奏的音來表達。「宮商角徵羽」，是五個音階之名。其後又加「變徵」與「變羽」兩個半音，而成為七音。與西方音樂之七個音階：C、D、E、F、G、A、B，可謂不謀而合。西樂之七音階，其中也有兩個半音。「絲竹金石匏土革木」，為八類古樂器。絲為琴瑟類，竹為簫笛類，金為鐘鎛類，石為磬類，瓠為笙竽類，土為塤類，革為皮鼓類，木為柷敔類。這八類古樂器也稱之為「八音」。簡言之，「音」就是用樂器按照七個高低不同的音階規律，演奏出有節奏的「樂音」。據文字學者們考證，言音本為一字，在古籍中，言音不分，其後才分為二。如金文「盄和鐘」之音字作言，就是言字，下部之口內並未加一小横。至於「从言含一，」「从言」表示音言同類。「含一」表示音言有別。音的構形為「从言含一」。朱駿聲氏《通順定聲》認為「音」為「會意」兼「指事」字。其說是。在音部中，从音的字，有響、韶、章等六字。

䇂 部首59。《說文》103頁上右，音ㄑㄢ（去虔切）。䇂，辠也。从干二。二，古文上字。凡辛之屬皆从辛，讀若愆。張林說。

案：篆文䇂，隸變作辛。該字是由「二」與「干」二字所構成。「二」是古上字，干字見《說文》87頁，許慎釋「干」為「犯」。即侵犯、冒犯、犯法等之意。上（二），可泛指上司、尊長，也可引伸為法律及道德的規範。如作出冒犯上司、尊長，犯法、犯規、作奸犯科等事，自然也就是犯罪的行為。故《說文》以「辠」釋「辛」。（辠罪二字音義皆同）辛當屬「从二，从干」的會意字，如細分之，則為異文會意。在辛部中，从辛的字，只有童、妾二字。「張林說」三字，當置放在「讀若愆」之前，否則，不明張林說的是甚麼？張林，是許慎博采通人之一，東漢時人，「讀若愆」是張林為許慎說音的。

丵 部首60。《說文》103頁下右，音ㄓㄨㄛˊ（士角切）。丵，叢生草也。象丵嶽相並出也。凡丵之屬皆从丵。讀若浞。

案：篆文丵，隸變作丵。所謂「叢生草」。也就是雜草叢生。「丵嶽」。段注：「或作蔟嶽，吳語。」「丵嶽」，有雜亂，眾多之意，指雜草而言。「相並出」，指丵字的構形。參差不齊的四豎「业」，像並出的草，四豎下的「一」橫，表示地。一橫下的部分像雜草及根。按丵當屬象形字，像「雜草叢生」之形。本義為「叢生草」。在丵部中，从丵的字，有業、叢、對，三字。「讀若浞」，浞音ㄓㄨㄛˊ，取浞為音。

菐 部首61。《說文》104頁上右，音ㄆㄨˊ（蒲沃切）。菐，瀆菐也。从丵从𠬞，𠬞亦聲。凡菐之屬皆从菐。

案：篆文𦍌，隸變作業。該字是由「丵」與「𠬞」二字所構成。「丵」為叢生草，（說見60部首丵字）引申為眾多、雜亂廢棄、汙穢之物。「𠬞」為左右兩隻手。以示用雙手去處理雜亂廢棄汙穢之物。古時被視之為賤役，是由罪犯及奴僕所做的事。何謂「瀆業」？段注：「瀆，煩瀆也。業，如孟子書之僕僕，趙云：煩猥貌。」段氏所注，還是令人難以完全理解。根據段注，不妨再作一「望文生意」的補充。「瀆業」即「瀆僕」。也就是令奴僕去清除煩瑣、猥雜汙穢之物。徐灝《說文注箋》曰：「疑業即古僕字。」徐氏之說可信。僕字不僅从業得聲，也从業取義，業僕音義皆同。《說文》以「从業从𠬞，𠬞亦聲」為業解其形，業當屬會意兼形聲的字。本義就是「瀆業」。今僕字行，而業罕見用矣。現僅作為部首字。在業部中，从業的字只有樸、𤕨二字。

𠬞 部首62。《說文》104頁上左，音ㄍㄨㄥˇ（居竦切）。𠬞，竦手也。从𠬞，凡廾之屬皆从廾。𢪔，楊雄說：「𠬞从兩手」。

案：篆文𠬞，隸變作廾。該字是由左右兩隻手字相向而構成。所謂「竦手」。「竦」字見《說文》504頁，作「敬」講。廾與共為古今字，共與拱為古今字。廾實是拱之初文。據此，「竦手」就是拱手肅敬行禮之意。廾，當屬「从左右手」的會意字。今拱行，而廾罕見用矣。在廾部中，从廾的字，共有十六字，另重文四字。楊雄所說的「廾从兩手」的「𢪒」字，疑今行之「拜」字。楊雄是許慎博采通人之一，東漢時人。

𠬞 部首63。《說文》105頁上左。音ㄆㄢ（普斑切）。𠬞，引也。从反廾。凡𠬞之屬皆从𠬞。𢹎、𠬞或从手从樊。

案：𠬞字是由左右兩手相背而構成。按𠬞為「攀」的初文。所謂「引」。即兩手向外攀附援引而上之意。「从反廾」，只能說其構形，是廾字的反寫。廾字雙手向內；𠬞字雙手向外。𠬞、廾二字均為會意字，如細分之，則為異文會意。或體𢹎，今作攀，𠬞攀二字音義皆同，𠬞為攀之古字，今攀字行，而𠬞廢矣，僅作為部首字。在𠬞部中，从𠬞的字只有樊、䜌二字。

 部首64。《說文》105頁下右，音ㄍㄨㄥˋ（渠用切）。，同也。从廿廾。凡共之屬皆从共。，古文共。

案：篆為，隸變作共。該字是由「廿」與「廾」二字所構成。「廿」為兩個十字相併，音ㄋㄧㄢˋ。是二十的數字。「廾」為竦手。（詳見62部首廾字）為拱手相敬。當「廿」與「廾」相結合，以示二十人相併竦手，有共同的心意，故許慎以「同」釋「共」。段注：「廿，二十並也。二十人皆竦手，是為同也。」按共字當屬「从廿，从廾」的會意字，如細分之，則為異文會意。在共部中，从共的字，只有一個龔字。共之古文作，為四手向上。徐鍇《說文繫傳》曰：「兩手共也。」即二人之手共同向上。也可會「同心」之意。

 部首65。「」（異）。《說文》105頁下左，音ㄧˋ（羊吏切）。，分也。从廾畀。畀，予也，凡異之屬皆从異。

案：篆文，隸變作異。依《說文》解其形為「从廾畀」而言，異字則由「廾」與「畀」二字所構成。「廾」是的變體，作「竦手」講。（詳

62部首𠬞字）「畀」字見《說文》202頁。作「相付與之，約閣上也」講。段玉裁改其釋文為「相付予也，付予之物在閣上。」說得通俗一點，就是送給他人的東西，已放置在閣（丌）上了。《說文》以「分」釋「異」。段玉裁注：「分之則彼此之異。竦手而予人，則離異矣。」段氏之意，就是以雙手將物予人，物易其主，則生「分」義。徐鍇《說文繫傳》說：「將欲予物先分異之也《禮》曰：『賜君子小人不同日也』會意」。按異，當屬「从𠬞从畀」的會意字。會「用雙手以物予人」之意，其本義應為「分離」。在異部中，从異的字，只有一個戴字。

舁 部首66。《說文》106頁上右，音ㄩˊ（居玉切）。舁，共舉也。从𦥑廾。凡舁之屬皆从舁。讀若餘。

案：篆文舁，隸變作舁。該字是由「𦥑」與「廾」二字所構成。𦥑字見《說文》106上左，作「叉手」講。「廾」字是𠬞字的變體，作「竦手」講。（說見62部首𠬞字）所謂「共舉」，四手表示眾手，眾手共舉大物之意。段注：「謂有叉手者，有竦手者，皆共舉人也。共舉則或休息更番，故有叉手者。」段氏之意：凡舉大物，必分兩班，輪流更換作業，未輪到的人，則叉手在旁休息，等待接班。按舁當屬「从臼从廾」的會意字，如細分之則為異文會意。本義為「共舉」。在舁部中，从舁的字，只有與、與、興三字。「該若餘」。以餘為聲。疑舁為舉的本字，舉為舁的後起之字，今舉字行，而舁字罕見用矣。

𦥑 部首67。《說文》106頁上左，音ㄐㄩˊ（居玉切）。𦥑，叉手也。从Eヨ。凡𦥑之屬皆从𦥑。

案：𦥑字是由左右（ナ又）兩手字的變體所構成。E為左手，ヨ為右手，所謂「叉手」，即左右兩手手指相向相錯之意。𦥑字當屬「从Eヨ」的會意字，會「兩手手指相錯」之意，本義即為「叉手」，在𦥑部中，从𦥑的字，只有一個要字。

𦥯 部首68。《說文》106頁上左，音ㄔㄣˊ（食鄰切）。𦥯，早，昧爽也。从𦥑辰。辰，時也。辰亦聲。丮夕為㚏，𦥑辰為晨，皆同意。凡晨之屬皆从晨。

案：篆文晨，隸變作晨。該字是由「𦥑」與辰（辰）二字所構成。𦥑為「叉手」。（說見67部首𦥑字）辰為「時間」。所謂早，昧爽，指時間而言，即天剛破曉的黎明。段玉裁注：「昧爽，旦明也。夜將旦，雞鳴時也。」𦥑為叉手，可引伸為操作，辰為時間，辰是十二地支的第五位，十二地支代表現在的二十四小時，辰時大約在早晨五時至七時之間。古代為農耕社會，辰時正是下田耕作之時。「丮夕為𡖋」，𡖋即夙，是說𡖋（夙）字是由「丮」與「夕」所構成，夙（𡖋）字見《說文318頁》，作「早敬」講，即天一亮，就要早起敬勤於工作。猶晨字由「𦥑」與「辰」二字成構，「𦥑辰為晨」一樣的道理。故許慎說：「丮夕為𡖋。𦥑辰為晨，皆同意。」即同為勤勞工作，不可懈怠之意。段玉裁在此下了最實切之注腳：「聖人以文字教天下人之勤。」按晨（晨）為「从𦥑，从辰」的會意字，如細分之則為異文會意。會「早起勤勞工作」之意，其本義則為「黎明」，在晨部中，从晨的字，只有一個農字。「辰亦聲」，即晨字从辰得聲。

爨 部首69。《說文》106頁下右，音ㄘㄨㄢˋ（七亂切）。爨，齊謂之炊爨。同，象持甑。冂，為竈口，廾推林入內，凡爨之屬皆从爨。𤐫，籒文爨省。

案：篆文爨，隸變作爨。該字是由𦥑、廾、林、火，四字加不成字的「同」與「冂」，共為六個部件所組成。「𦥑」為叉手，「廾」為竦手，各表示雙手。「林」表示木柴，「火」表示燃燒，「同」像烹煮食物的甑，「冂」像灶口，綜言之，該字的意思，就是先用雙手捧著烹煮食物的「甑」（同）放置灶上，然後再用雙手將木柴推進灶口內，將木柴予以點燃，煮熟食物。這就叫「炊爨」，是齊人的習慣用語，故曰：「齊謂之炊爨。」該字可謂兼有「會意」、「象形」、「指事」三者，𤐫，籒文爨省，即省去像竦手的「廾」及像甑的「同」，在爨部中，从爨的字，只有𤍽、釁二字。

革 部首70。《說文》108頁上右，音ㄍㄜˊ（古覈切）。革，獸皮治去其毛曰革。革，更也。象古文革之形。凡革之屬皆从革。𠦶，古文革。从卅。卅年為一世，而道更也。臼聲。

案：提到革，自然會聯想到皮，但皮與革是有區別的。獸皮未去其毛叫皮，俗稱生皮。經過加工去毛處理的才可稱革。如現在我們穿的皮鞋，當叫「革鞋」才對，因皮鞋的皮是經過去毛仔細處理後的獸皮所製成。從前有人稱之為「革履」，才是正確的。「革，更也」。段注：「治去其毛，是更改之義。」按更為革的引伸義。「𠦶，古文，从卅（三十）卅年為一世，而道更也。臼聲」。據此，許慎則視𠦶為形聲字。文字學者們多不表贊同。徐灝氏《說文解字注箋》說：「古文革从三十以下十五字疑後人妄增……古文𠦶蓋象獸皮之形，上下象頭尾，二畫象四足，中其體也。」徐氏認為古文𠦶為象形字。「丫」象頭尾，「丫」中上下二畫象四足，兩側之「臼」象體。徐氏之說，可從。𠦶為象形字，像「獸皮張開」之形。其本義即「獸皮治去其毛」。篆文革，較古文𠦶稍為簡化，亦為象形字。在革部中，从革的字，共有五十九字，另重文十一字。

鬲 部首71。《說文》112頁上右，音ㄌㄧˋ（郎激切）。鬲，鼎屬也。實五觳。斗二升曰觳。象腹交文，三足。凡鬲之屬皆从鬲。䰛，或从瓦。𤮍，漢令鬲。从瓦厤聲。

案：篆文鬲，隸變作鬲。鬲為陶製品，用以儲存穀類的容器。所謂「鼎屬」，是說與鼎類似的器皿。鬲字金文「仲父鬲」作鬲，「京薑鬲」作鬲等形，與鼎同屬三足的容器。鬲可容納五觳的穀類，一觳為一斗二升，五觳等於六斗。鬲，當屬象形字，上「一」橫象器蓋，一橫下之「〇」象器口，「[illegible]」象腹、交紋及三足。「腹」為容物之主體，「X」指交絞，為腹面之刻飾。或體䰛及漢令𤮍，均為鬲的後起形聲字。从瓦，以示其質。在鬲部中，从鬲的字，共有十三字，另重文五字。

䰜 部首72。《說文》113頁右上，音ㄌㄧˋ（郎激切）。䰜，𤮍也。古文亦鬲字。象孰飪五味气出也。凡䰜之屬皆从䰜。

案：古文䰜，隸變作䰜，許慎以𤮍釋䰜。𤮍為漢令鬲，是鬲的後起形聲字。𤮍即鬲。（說見71部首鬲字）如改「𤮍也」為「鬲也」，更為直接。惟段玉裁注：「𤮍也二字為淺人所妄增。」自非許氏所言。䰜與鬲音義皆同，本為一字，只是繁簡有別而已。鬲為陶製的容器，古時除用作盛裝糧食外，也可作為烹飪食物。烹飪食物時，難免有氣體從鬲內冒出，此即《說文》所說的：「象孰飪五味气上出也。」五味可泛指菜餚及飯食。鬲字兩側之兩條曲線「≀≀」，即為氣體上出的樣子。兩條曲線屬臆構，䰜當屬指事字，在䰜部中，从䰜的字共有十三字，另重文12字。

爪　部首73。《說文》114頁左上，音ㄓㄠˇ（則狡切）。爪，丮也。覆手曰爪。凡爪之屬皆从爪。

案：許慎以「丮」釋「爪」。丮字見《說文》114頁下右，作「持」講，表手握持之意。所謂「覆手曰爪」，即手掌向下之意。近人高鴻縉氏曰：「爪象人手向下抓取之狀，故託以寄抓取之意，動詞。後世通叚以代又，遂為名詞。而爪又加手旁為意符，作抓。而爪為抓取之意，遂只於采、爲等字之偏旁見之矣！」（見《中國字例》232頁）高氏之說可從。按「爪」為象形字。象「手向下抓取」之形。在爪部中，从爪的字只有孚、爲二字。

丮　部首74。《說文》114頁下右，音ㄐㄧˇ（幾劇切）。丮，持也。象手有所丮據也。凡丮之屬皆从丮。讀若戟。

案：許慎以「持」釋「丮」。段玉裁注：「持，握也。外象拳握形。」段氏所言之「外」，當指「乁」而言。徐鍇《說文繫傳》說：「丮，象手也。」朱駿聲《說文通訓定聲》說：「从手，乁所據也。」按丮字甲骨文作、金文作丮。羅振玉曰：「象兩手執事形。古金文與此同。篆文作丮誤。」（見《增訂殷虛書契考釋》中卷六十三頁）羅氏認為篆文丮乃甲、金文的譌變，羅氏之說較為合理，按丮當屬象形字，象「雙手執事」之形。丮字隸變為丸。用為埶、執、孰等字之偏旁。「讀若戟」，以戟（ㄐㄧˇ）為聲。

 部首75。《說文》115頁上右，音ㄉㄡˋ（都豆切）。鬥，兩士相對，兵杖在後，象鬥之形。凡鬥之屬皆从鬥。

案：篆文鬥，隸變作鬥。該字是由「丮」與「𠬞」二字所構成。丮字見《說文》114頁，作「持」講。𠬞字見《說文》115頁。許慎釋「𠬞」為「亦持也。从反丮。」所謂「从反丮」，就是將丮字反寫為𠬞。其實丮𠬞二字本為一字，只是有一個反寫而已。當二者面對面成為鬥字。有相互對持爭

搏之意，卻並無所謂「兵杖在後」。段玉裁注：「此乃淺人所竄改，非許慎言」。朱駿聲《說文通訓定聲》說：「鬥，爭也。从丮拜相持會意。」其說是。按鬥當屬「从丮拜」的會意字。會二人徒手相搏之意。在鬥部中，从鬥的字共有鬩、鬮等十字。

 部首76。《說文》115頁下左，音ㄧㄡˋ（於救切）。，手也。象形。三指者，手之列多，略不過三也。凡又之屬皆从又。

案：篆文，隸變作又。所謂「手之列多，略不過三。」略者，較略畫之，以三為五，即省略五指為三指之意。按「」當屬象形字。像右手腕與手指之形。其本義為「右手」。隸變為又，借用為副詞。在又部中，从又的字有右、厷、叉、父、尹、叟、曼，等二十八字，另重文十六字。

 部首77。《說文》117頁下左，音ㄗㄨㄛˇ（臧可切）。，左手也。象形。凡ナ之屬皆从ナ。

案：篆文，隸變作ナ。上像左手五指省為三指，下像左手腕之形。

屬象形字，其本義為「左手」，在ナ部中从ナ的字，只有一個卑字。案ヨㄈ二字，篆文已嚴格規定：三指向右者為左手，三指向左者為右手，但在甲、金中，並無此規定，可任意書寫。

史 部首78。《說文》117頁下左，音ㄕˇ（疏士切）。史，記事者也。从又持中，中，正也。凡史之屬皆从史。

案：篆文史，隸變作史。該字是由「中」與「ヨ」（右手）二字所構成。考「中」字金文「齊侯鎛鐘」作中，「南宮中鼎」作中。羅振玉曰：「史，象手執簡形。古文中作中，無作中者。凡官府簿書謂之中。簿書猶今之案卷。掌文書者謂之史。」（見《增訂殷虛書契考釋》中卷二十頁）據此，「史」乃掌理官府記載諸事的官。謂以筆將諸事記於簿書案卷中，所記者亦謂之史。另有一說：良史不隱，必須堅持中正之立場，不阿不苟，秉筆直書，忠實記事，以求守其正，存其真，方可稱之為良史。按史當屬「从中从手」的會意字。會「史官記事」之意，應以「忠實記事」為本義。在史部中，只有一個事字。

部首79。《説文》118頁上右，音ㄓ（章移切）。，去竹之枝也。从手持半竹。凡支之屬皆从支。，古文支。

案：篆文，隸變作支。該字是由「」與「」二者所構成。是竹字的省體，為手。所謂「去竹之枝」。即竹去其枝而成竹竿，作為支撐支持之用。支字不見甲骨文及金文。僅在徐文鏡《古籀彙編》三下，二十七頁載有一古陶文作「」，在篆文上多一「」字，「」作「覆蓋」講，乃以手持竹竿撐「」不使傾覆之意。所謂「从手持半竹」。是指支字篆文「」之構形。按竹字篆文作，篆文手上面之「」，不正是半個竹字？故曰：「手持半竹。」支，當屬「从手从竹省」的會意字。本義為「去竹之枝」。在支部中，从支的字，只有一個攲字。支之古文作。段注：「上下各分竹之半。」即手字上下各為半個竹字，為「从手从竹」的會意字。

部首80。《説文》118頁上右，音ㄋㄧㄝ（尼輒切）。，手之疌巧也。从又持巾，凡聿之屬皆从聿。

案：篆文，隸變為𦘒。𦘒與聿本為一字。聿字多一橫而已。聿字見《說文》118頁。作「所以書」講。就是用來寫字的工器，也就是筆。所謂「从手持巾」是說𦘒字篆文「」的構形。从手則不錯，但所持者絕非布巾之巾，而是筆的變體。古時多用竹類製筆，將之削成如「𠂆」形，因而誤筆為巾。「手之疌巧也」，是為引伸義。製筆與作書均宜疌巧。徐灝《說文解字注箋》曰：「書傳未嘗有𦘒字，聿又作筆，實一字耳。許君固以聿𦘒為一字矣，𦘒字如非筆類，何以釋曰：『所以書也』，而从𦘒建類乎？然則𦘒即聿之省，而非从巾亦明矣。疑後人所竄改。」徐氏認為𦘒為聿的省體。（省下一橫）𦘒聿本為一字之異構。「持巾」二字為後人所竄改。其說可信。𦘒字不僅未見書傳，亦不見甲骨文及金文，即現行之所有字典也未列𦘒字。在聿部中，所從屬之「肄」與「肅」二字均歸在現行字典之聿部中。𦘒聿二字為一字之說，當無疑矣。

 部首81。《說文》118頁左上，音ㄩˋ（餘律切）。，所以書也。楚謂之聿，吳謂之不律，燕謂之弗。从𦘒一。凡聿之屬皆从聿。

案：篆文，隸變作聿。該字是由「聿」加「一」所構成。所謂「所以書也」，就是用來作書（寫字）的工器，也就是筆。「楚謂之聿，吳謂之不律」云云，是各地不同方言的稱謂。按聿字甲骨文作、，金文作、等形。莫不像手握筆的樣子。「从聿一」。段注：「一象所書之牘。」朱駿聲《說文通訓定聲》說：「聿，从聿一，指事，一者牘也。」聿，當屬象形字。像「手握筆」之形，朱氏認為指事字，也可通。聿字借為語詞後，其本義為筆，反而不明顯了，於是加竹作筆，以取代聿。聿為筆之初文，筆為聿的後起「从竹聿」的會意字。筆，史稱創自秦人蒙恬，為竹管與兔毛所製。是為毛筆之始，而行之迄今。在聿部中，从聿的字有筆、、書三字。

 部首82。《說文》118頁下左，音ㄏㄨㄚˋ（胡麥切）。，介也。从聿，象田四介，聿所以畫之。凡畫之屬皆从畫。，古文畫。，亦古文畫。

案：篆文，隸變作畫。該字是由「聿」與「田」二字加不成字的「口」三者所構成。聿字見《說文》118頁，是筆的初文。田為田畝，所謂

「介」，就是界線。聿字引伸為動詞，作繪畫講。「象田四介」，指田字外二橫二豎之「囗」而言。「聿所以畫之」指四界之「囗」為聿所繪成。以示區分，彼此各有範圍界線之意。按畫字當屬會意兼指事的字，其本義為「畫分」。在畫部中，从畫的字，只有一個从畫省从日的晝字。古文畫，無田界「囗」，為从聿从田的會意字，另一古畫作劃，為从刀畫聲的形聲字。

隶

部首83。《說文》118頁下左，音ㄉㄞˋ（徒耐切）。隶，及也。从又尾省。又，持尾者，從後及之也。凡隶之屬皆从隶。

案：篆文隶，隸變作隶。該字是由「又」（手）與「氺」二者的構成。「氺」是尾的省體。尾字篆文作尾。就是省去上半部「尸」，保留下半部的「氺」，與「又」（手）相結合即構成隶字。許慎以「及」釋「隶」。「及」字見《說文》116頁，作「逮」講。按及字篆文作及，是由「人」（古人字）及「又」（手）二字所構成。指二人同行，一前一後，「手」是指後面人的手，「人」是指前面走的人。後人以手觸及前人為

「及」。有從後追及、逮住之意。也就是許氏所說的：「又（手），持尾者，從後及之也。」隶字的意涵，簡言之，就是後面的人以手抓住前人之尾部，有緊追不放、從後趕上之意。按隶為逮的古字，今逮字行，而隶字廢矣。隶為「从手从尾省」的會意字。其本義為「追及」。在隶部中，从隶的字，只有隸、隷二字。

臤

部首84。《說文》119頁上右，音ㄑㄢ（古閑切）。臤，堅也。从又，臣聲。凡臤之屬皆从臤。讀若鏗鏘。古文以為賢字。

案：篆文臤，隸變作臤。該字是由「又」（手）與「臣」二字所構成。許慎以「堅」釋「臤」，堅字見《說文》119頁，作「土剛」講。引伸為剛固。許氏釋臣為「牽」，引伸而為屈服，臤字从手，段注：「謂握之固也」，就是以手握緊對方，使之屈服，而有堅義。「古文以為賢字」，是說古文中有借臤為賢的。「讀若鏗鏘」，以鏘為聲。按臤字當屬「从又．臣聲」的形聲字。在臤部中，从臤的字，有緊、堅、豎三字。

 部首85。《說文》119頁下右，音ㄔㄣˊ（植鄰切）。，牽也。事君者，象屈服之形，凡臣之屬皆从臣。

案：近人高鴻縉先生說：「按董作賓氏曰：『臣，象瞋目之形。石刻人體上有此花紋。』是也。此象瞋目之形，故託以寄瞋意，動詞。後借為君臣之臣，乃另造瞋，瞋行，而臣之本意亡。」（見《中國字例》232頁）高氏之說可信，按臣之本義為「瞋目」，自借為君臣之臣字後，其為「瞋目」之本義遂廢。許慎以「牽」釋「臣」。臣牽二字古音相同，固為音訓。但臣為事君者，如同奴僕。必須牽掛君心，揣摩君王之心意，唯恐失責獲罪。考臣字金文「毛公鼎」作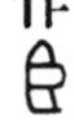，「曶鼎」作，等形。似均像臣僕俯伏跪拜或以目仰視君王，屈服于君王之形。按臣當屬象形字。本義則為「瞋目」。在臣部中，從臣的字，只有臦、臧二字。

 部首86。《說文》119頁下左，音ㄕㄨ（市朱切）。，以杖殊人也。《周禮》：「殳以積竹，八斛，長丈二尺，建於兵車，旅賁以先驅。」从又，几聲。凡殳之屬皆从殳。

案：殳是一種杖類的兵器，有棱而無刃，長一丈二尺，置於兵車前，用以殊人。「殊人」，就是隔絕人使之不得近之意。《詩．衛風》：「伯也執殳，為王前驅。」許氏引《周禮》言，旨在說明殳之質及規格與用途。「八觚」即「八棱」。《說文》以「从又几聲」視殳為形聲字，當誤。按殳字金文「殳季良父壺」作[glyph]，像手執兵器形。殳字當屬象形字。在殳部中，从殳的字，共有二十字，另重文一字。

殺

部首87。《說文》121頁下右，音ㄕㄚ（所八切）。[glyph]，戮也。从殳杀聲，凡殺之屬皆从殺。[glyph]，古文殺。[glyph]，古文殺。[glyph]，古文殺。[glyph]，古文殺。𣪠，籀文殺。

案：篆文[glyph]，隸變作殺。《說文》以「戮」釋「殺」。戮殺二字義同。《說文》釋「戮」為「殺」，是為轉注。「從殳杀聲」。按《說文》無杀字，可能為後人所竄改，非許慎所言。朱駿聲氏於《說文通訓定聲》說：「說文無杀字，疑从殳从乂會意，朮聲。」朱氏之見合理，殳為手持兵器，（殳字見86部首字）乂亦可算兵器，乂字見《說文》633頁，音ㄧˋ。是刈草的刀。據此，殺字則為「从殳从乂，朮聲」，會意兼形聲的字，而非「从殳杀聲」單純的形聲字。朱氏並對四個古文殺字及一個籀文殺字作如下之分析：𣀔，从殳从㐅杀聲。𢽍，从攴左旁未詳。𢿔，从攴从刀，出聲。杀，从又从巾未詳，疑此㪿之古文或借㪿為殺也。𣏂，籀文殺，亦从殳从乂从呆，呆即朮字。朱氏所分析之四個古文殺字及一個籀文殺字，雖未盡如人意，但仍勉可接受。在殺部中，从殺的字，只有一個从殺省式聲的弒字。

𠘧

部首88。《說文》121頁下左，音ㄕㄨ（市朱切）。𠘧，鳥之短羽飛𠘧𠘧也。象形。凡𠘧之屬皆从𠘧。讀若殊。

案：𠘧字不見甲骨文及金文，即現行之字典亦缺，惟章太炎及馬敘倫等學者，認為𠘧與鳧同為一字。因鳧為短羽之鳥，俗稱野鴨子，飛行低矮緩慢，且不甚畏人，飛時能見其𠘧（頭尾）之形。𠘧，當屬象形字。「𠘧𠘧」為狀聲詞，因鳧飛行低矮，且不畏人，常近人而飛，飛時可聞其𠘧𠘧（殊殊）之聲，故𠘧以殊為其音。在𠘧部中，从𠘧的字，只有𠘨、鳧二字。

部首89。《說文》122頁上右，音ㄘㄨㄣˋ（倉困切）。，十分也，人手卻一寸動𧖴，謂之寸口。从又一。凡寸之屬皆从寸。

案：篆文，隸變作寸。該字是由「」（手）與不成字的「一」所構成。我國尺寸之度，始於手，從手掌卻（退）至動𧖴（脈）處為一寸的長度。手腕動脈處為寸口。《說文》以「从又一」視寸為會意字。當誤。又為手，一非數字之一，乃指示之符號，指出寸之位置為一寸。徐鍇《說文繫傳》：「一者，記手腕下一寸，此指事也。」按寸當屬指事字，本義為「寸口」，引伸而為度名。《風俗通》：「數度之始，始於細微，有形之物，莫細於毫，是故立一毫為一度，十毫為髮十髮為釐，十釐為分，十分為寸。」在寸部中，从寸的字，共有寺、將、專、導，等七字。

部首90。《說文》123頁上右，音ㄆㄧˊ（符羈切）。，剝取獸革者謂之皮。从又，省聲。凡皮之屬皆从皮。，古文皮。，籀文皮。

案：篆文，隸變作皮。所謂「剝取獸革者謂之皮」。也就是從獸身上剝下的革。但革與皮是有分別的。獸皮經過去毛處理的才叫革，未經過

去毛處理的叫皮。（詳70部首革字）「从又，爲省聲。」从又（手）則不錯，但「爲省聲」。難令人認同，按「爲」是「爲」的篆文，但不知從爲那一部份可省作「尸」？按皮字金文「弔皮父簋」作皮、作皮，「者減編鐘」作皮，「皮父敦」作皮均像手持皮革的樣子。皮字當屬从手从皮的會意字。會「以手剝取皮革」之意。而非《說文》所說的「从又，為省聲」的形聲字。徐灝《說文注箋》說：「為省聲可疑，蓋尸象獸皮，籀文〇象穿孔，小篆變為⊃，古文从竹，以竹支撐也。」徐氏之說可信。在皮部中，从皮的字，只有皰、皯二字。

𤿭 部首91。《說文》123頁下左，音耎（而袞切）。𤿭，柔韋也。从北，从皮省，夐省聲。凡𤿭之屬皆从𤿭。讀若耎。一曰：若儁。𤿭，古文𤿭，𤿭，籀文𤿭。从夐省。

案：篆文𤿭，隸變作𤿭。段注：「謂反也。非瓦，今隸下皆作瓦矣。」

按𤿭字與瓦扯不上一點關係，下作瓦應是及（皮省）之譌。隸變該作𤿭。該字是由「北」、「四」、「及」三者所構成。北即北字，「四」為夐的省體，省其上下，保留中間之「四」為聲。𠬝是𡰪（皮）的省體，省右上之「コ」。北之本義為二人相背，可引伸為人或人力。簡言之，𧟈字整個的意涵，就是用人力將獸體剝下之粗皮仔細加工處理，成為美觀柔軟的韋，供作衣類及器用。按𧟈當屬从北，从皮省。从夐省聲會意兼形聲的字。本義為「𦘜皮」。古文作𠬸，段注：「从皮省从人治之。」則為「从人从皮省」的會意字。籀文作𢿍，是「从夐省，从皮省」的會意字。在𧟈部中，從𧟈的字，只有一個𧟌字。「讀若耎，一曰若儁」。是異地的方音，因而有二聲。

攴 部首92。《說文》123頁下右，音攵（普木切）。攴，小擊也。从又卜聲，凡攴之屬皆从攴。

案：篆文攴，隸變作攴，該字是由又（手）與卜二者所構成。所謂「小擊」。即以手持卜輕擊之意。按「卜」非占卜的卜字。而是鞭棍之類用以敲擊之物。「攴」與「扑」原為一字。該二字的聲、義完全相同。只是在形體的排列上稍有變化而已。「攴」之「卜」在上，手在下；「扑」

之「卜」在右，手在左。而《說文》無扑字。可能為許慎所漏列。攴即扑之本字。《說文》以「从又卜聲」視攴為形聲字。乃釋形之誤。攴應為象形字，像「手持鞭」之形。本義為「鞭撲」，攴亦為撲之初文。在攴部中，从攴的字，共有七十八字，另重文六字。

教

部首93。《說文》128頁上右，音ㄐㄧㄠˋ（古孝切）。教，上所施，下所效也。从攴𡥈，凡教之屬从教。𧭅，古文教。𦥠，亦古文教。

案：篆文教，隸變作教。該字是由「攴」與「𡥈」二字所構成。攴字見《說文》123頁，像手持鞭形，作「小擊」講。引申而為長者執鞭施教子弟。𡥈字見《說文》750頁，音ㄐㄧㄠˋ，作「放」講，段玉裁注：「放仿古通用。」仿就是仿效。當攴與𡥈二字併在一起，構成教字。以示長者以「攴」施予告誡子弟，子弟訓而從之仿效。即《說文》所云：「上所施，下所效也。」按教字當屬「从攴，从𡥈」的會意字。「𧭅，古文教」。段注：「右从古文言」，是「从言从𡥈」的會意字。「从言」即今所謂的「言教」。「𦥠，亦古文教」是「从攴从𡥈省」的會意字。在教部中，从教的字只有斆一字，作「覺悟」講。

卜　部首94。《說文》128頁上右，音ㄅㄨˇ（博木切）。卜，灼剝龜也。象灸龜之形。一曰象龜兆之縱衡也，凡卜之屬皆从卜。𠁽，古文卜。

案：卜字甲骨文作卜、丫、十、𠂉等形。依照許氏對卜字的解說。就是在龜殼上，予以灼燒，經過灼燒後在龜殼上所出現的各種不同的裂紋，以判吉凶的徵兆。殷商時代的人，尚鬼神，凡事都要占卜。將占卜的事，刻在龜甲獸骨上。這種文字稱為「甲骨文」。也稱之為「卜辭」。按卜字當屬象形字。在卜部中，从卜的字有貞、占、粘、卦等七字。「𠁽，古文卜」，與篆文卜之音義皆同。亦為象形字。

用　部首95。《說文》119頁上左，音ㄩㄥˋ（餘訟切）。用，可施行也。从卜中。衛宏說。凡用之屬皆从用。𤰃，古文用。

案：用字是個很普通的字，誰都認識它，使用它，且是最常使用的字。但卻是個頗有爭議的字。除甲骨文外，金文中的用字，就有數十個不同的形體。東漢時甲骨文尚未出土，許慎自然不會使用甲骨文解字。從金文「用」字的形體來看：如「商鐘」作用、作用。「丁亥父乙尊」作用、作用。「辛乙敦」作用，等等。文字學者們，各望其形，各釋其義。有人認為「用」是個置放物品的木架；有人視「用」為「庸」的古字；有人認為「用」字像牛牲屬欄圈楬橛（木樁）之形。更有人認為《說文》對篆文用的釋形「从卜中」，也是「望文生義」。用字不可能「从卜中」構形取義。確為《說文》釋形之誤。凡事之施行，豈皆必須卜之者乎？各家對「用」字的解釋、眾說紛紜，莫衷一是，誰的解釋才是最正確的？是很難斷定的事。在用部中，从用的字有：甫、庸、葡、甯四字。衛宏，是許慎博采通人之一，東漢時人。

爻　部首96。《說文》129頁下右，音ㄧㄠˊ（胡茅切）。爻，交也。象《易》六爻頭交也。凡爻之屬皆从爻。

案：爻字是由兩個乂字上下重疊所構成。所謂「交」，就是「交錯」。「象《易》六爻頭交也。」按《易》構成卦的要件：為一長橫與兩短橫

「⚋」。長橫為陽爻，兩短橫為陰爻。八卦都是照此方式所組成。如乾卦作「☰」，坤卦作☷，震卦作☳，巽卦作☴，等。六爻為重卦，如乾卦的重卦作「䷀」，為「六爻」，都是平行線，不知許慎從何角度視六爻為頭交？恐釋形有誤。朱駿聲氏《說文通訓定聲》說：「㐅為古五字，二五天地之數會意。凡从爻之字，皆錯雜意。」不妨予以印證，在爻部中，从爻的字只有一個棥字。棥是樊的初文。棥也就是樊籬，俗稱「籬笆」。籬笆是用竹條或木條交錯所編成。據此，按㐅㐅當屬象形字。本義為「交錯」。

㸚

部首97。《說文》129頁下右，音ㄌㄧˇ（力幾切）。㸚，二爻也。凡㸚之屬皆从㸚。

案：許慎以「二爻」釋㸚。只能說㸚字之構形是由兩個爻字相並所構成，不當視為二爻之義。段玉裁注：「二爻者，交之廣也。」所謂「交之廣」。因爻為交錯之形，也就是說㸚之交錯比爻更廣擴，範圍更大。按爻非卦爻之爻，與卜卦無關。（說見96部首爻字）㸚亦然。㸚部所從屬之字，只有「爾」與「爽」二字，朱駿聲氏《說文通訓定聲》說：「㸚象交文麗爾之形，實古文爾字。」向夏氏《說文部首講疏》引章太炎《文始》說：「爾从㸚訓麗爾，云其孔㸚；爽从㸚訓明。然則㸚者，孔隙中日光景交叉。」何謂麗爾？徐鍇氏《說文繫傳》說：「麗爾猶靡麗也。從冂㸚其孔㸚尒聲。（指爾字之構形）此與爽同意，麗爾，歷歷然希疏點綴見明也。」綜合上述幾位專家學者對「㸚」字的解釋。可以肯定，「㸚」就是窗户的櫺格，藉由櫺格交錯的孔隙，日光才能照射室內，而見其明，按「㸚」當屬象形字，像「窗户櫺格交錯」之形。其本義從形可見。

旻

部首98。《說文》131頁上右，音ㄒㄩㄝˋ（火劣切）。旻，舉目使人也。从攴目。凡旻之屬皆从旻。讀若颰。

案：篆文旻，隸變作旻。該字是由「目」與「攴」二字所構成。目為人眼。攴像手持鞭形，作「小擊」講（說見92部首攴字）。引伸為持鞭使人。當目與攴二者相結合，以示舉目指使他人。且有強迫指使他人之意，因手中持有鞭棍，暗示被指使的人非服從不可。按旻字當屬「从攴从目」的會意字，如細分之，則為異文會意。會「持鞭以目指使他人」之意。本義為

「舉目使人」。在旻部中，从旻的字有：敻、夐、閺三字。「讀若颬」，以颬為聲。

 部首99。《說文》131頁上右，音ㄇㄨˋ（莫六切）。目，人眼也。象形。重童子也。凡目之屬皆从目。，古文目。

案：許慎以「人眼」釋「目」，是正確的。按目字金文「屰目父癸爵」作，外像眼眶，內像眼珠。所謂「重童子」，就是「雙瞳孔」。相傳項羽與李後主有雙瞳。這是少之又少的事，即使有也是個案，不能以偏概全。按目為象形字，本義為「人眼」，在目部中，从目的字，共有一百十三字，另重文九字。目之古文作，段注：「囗象面，中象眉目。」亦為象形字。

 部首100。《說文》137頁上左。音ㄐㄩˋ（九遇切）。䀠，ナ又視也。从二目。凡䀠之屬皆从䀠。讀若拘。又若良士瞿瞿。

案：䀠字是由兩個目字相並而成，以示人之雙眼。所謂「ナ又（左右）視」。指人處在驚恐狀態中時，雙目左右顧看，乃自然之反應現象。按䀠

為「从雙目」的會意字。會雙目左右顧看之意。「讀若拘」，以拘為聲。「又若良士瞿瞿」。「良士瞿瞿」出自《詩經·唐風·蟋蟀》。如改為「又若瞿」，就容易明白了。按瞿為䀠的假借字，今瞿字行，而䀠廢矣。在䀠部中，从䀠的字，只有𥄎、奭二字。

眉 部首101。《說文》137頁下右。音ㄇㄟˊ（武悲切）。眉，目上毛也。从目，象眉之形。上象頟理也。凡眉之屬皆从眉。

案：篆文眉，隸變作眉。所謂「目上毛」就是眉毛。按眉屬合體象形字。篆文上之「𠆢」像額之紋理，中之「乚」像眉毛，下即目。在眉部中，从眉的字，只有一個省字。

盾 部首102。《說文》137頁下左。音ㄕㄨㄣˋ（食閏切）。盾，瞂也。所以扞身蔽目。从目，象形。凡盾之屬皆从盾。

案：盾字是由「𠂆」與「目」二者所構成。盾是古代作戰時防衛類的兵器。持之用以扞禦敵人之刀、箭、石等之攻擊。通稱為盾牌或籐牌。許慎以「瞂」釋「盾」。瞂字見《說文》137頁，作「盾」講，瞂盾二字義同，是為同義字互釋。按盾屬合體象形字。象形，乃指盾字上半部「𠂆」而言。側視「𠂆」像盾面，「十」像手之握把，下為目，用以窺視敵人之攻擊。在盾部中从盾的字，有瞂、䀢二字。

自 部首103。《說文》138頁上右。音ㄗˋ（疾二切）。自，鼻也。象鼻形。凡自之屬皆从自。自，古文自。

案：篆文自，隸變作自。「自」為古鼻字，今行之鼻字是「自」的後起字。許慎以「鼻」釋「自」，是後起之字釋古字。按「自」屬獨體象形字，象鼻全形，凵象鼻外緣，中畫像紋理，上象鼻梁。「自」被借為自我、自己等意後，因久借未還，於是另造一「从自，畀聲」的「鼻」字以還其原。「自」為「鼻」之本義遂廢，而行借義。另有一說：人言我，自指其鼻，故有自己之稱。在自部中，从自的字，只有一個**鼻**字。自，古文自，在鼻上的一橫是額紋，也是鼻的象形字。

白 部首104。《説文》138頁上左。音ㄗˋ（疾二切）。白，此亦自字也。省自者，詞言之氣从鼻出，與口相助，凡白之屬皆从白。

案：篆文白，隸變作白。與黑白的白字形體一樣，但音義迥別。所謂「此亦自字也。」就是説「白」也是「自」字，「白」「自」同為一字，都是古鼻字。白與自的音義皆同，只是在形體上稍有差別。白（白）比自（自）少一畫而已。一畫代表鼻上的紋理，紋理的多少，無一定之數。至於「省自者，詞言之氣从鼻出，與口相助。」這段話是有問題的，實無異將一個鼻的象形字——白，截之為二，變成上从自省，下从口的會意字。謂其下半「口」為口，實難以令人認同。不禁令人懷疑其語非許慎所出，又是所謂淺人所竄改或妄增。按「白」與「自」都是鼻的古體字，白字比自字少一畫，是「自」的異體字。在白部中从白的字有：皆、者、曾，等六字。

鼻 部首105。《説文》139頁上右。音ㄅㄧˊ（父二切）。鼻，所以引氣自畀也。从自畀。凡鼻之屬皆从鼻。

案：篆文鼻，隸變作鼻。該字是由自與畀二字所構成。「自」為古鼻字，畀字見《說文》68頁，音ㄅㄧˋ，作「予」講。所謂「所以引氣自畀也。」簡言之，鼻是用來一呼一吸的器官。《說文》視鼻為「从自畀」的會意字，乃釋形之誤，按畀之本義為「予」，就是以物予人之意，跟鼻字扯不上一點關係，不構成會意的條件，鼻字應屬「从自，畀聲」，聲不兼義的形聲字。鼻字是从畀得聲，而非从畀取意。據此，「所以引氣自畀也」。改作「所以引氣从自也。」為宜。「自」為古鼻字，被借為自家、自己等意後，因久借未還，乃另造「鼻」字以還其原。鼻是「自」的後起形聲字。在鼻部中，从鼻的字有：**齅**、鼾、鼽、齂，四字。

皕

部首106。《說文》139頁上左。音ㄅㄧˋ（彼力切）。皕，二百也。凡皕之屬皆从皕。讀若逼。

案：篆文皕，隸變作皕。該字是由兩個百字相並所構成。百字見《說文》138頁，作「十十」講。「十十」即十與十自乘為一百之數。所謂「二百」：就是兩百。段玉裁注：「即以形為義，不言从二百。」也就是說其形已在釋義中説明。根據段注，皕則為「从二百」的會意字。皕字不見經典，近代書籍中也未見皕字。只在清代藏書甚豐的陸心源以藏書之處名「皕宋樓」，用過皕字。取「皕宋」之意，以其藏宋本書籍二百餘種。讀若逼，以逼（ㄅㄧ）為聲。在皕部中，从皕的字，只有一個奭字。

習

部首107。《説文》199頁上右。音ㄒㄧˊ（似入切）。習，數飛也。从羽，白聲。凡習之屬皆从習。

案：篆文習，隸變作習。該字是由「羽」與「白」二字所構成。羽字見《説文》139頁，作「鳥長毛」講，實為鳥翅。引伸為鳥飛。「白」為古體鼻字，説見104部首白字。所謂「數飛」，指幼鳥不斷地學習飛翔。《説文》以「从羽，白聲」視「習」為形聲字，釋形有誤。朱駿聲氏在其《説文通訓定聲》説：「數飛也，从羽从白（白）會意，數飛則氣見於口鼻，故从白。」朱氏之説可從，幼鳥在學飛時，如時間長久，難免會影響到口鼻，猶人在長久疾走時，難免也會喘氣。按習當屬「从羽从白（白）」的會意字。在習部中，从習的字，只有翫字。

 部首108。《說文》139頁下右。音ㄩˇ（玉矩切）。，鳥長毛也。象形。凡羽之屬皆从羽。

案：篆文，隸變作羽。羽，就是鳥翅。《說文》以「鳥長毛」釋「羽」，是有語病的。無異涵蓋鳥身所有的毛，包括腹背及尾。當改「鳥翅毛」為宜。篆文象鳥兩翅之形，其向左之六掠筆為羽毛，其外之「」為羽翌。屬象形字。本義為「鳥翅」。在羽部中，从羽的字，共有三十四字。

 部首109。《說文》142頁下右。音ㄓㄨㄟ（職追切）。，鳥之短尾總名也。象形。凡隹之屬皆从隹。

案：篆文，隸變作隹。許慎釋「隹」為「短尾總名」；而釋「鳥」為「長尾禽總名」。其實，隹與鳥本為一字，無所謂長尾、短尾之別。在甲骨文及鼎彝銘文中，其形多相似，只是筆畫稍異而已。李國英氏曰：「許氏說隹曰鳥之短尾總名，說鳥曰長尾禽總名。實則隹鳥本為一字。卝為禽之總名。非有短毛長尾之別，但動靜形畫異耳。知者以鳥尾長者莫如雉，

而字从隹。鳥尾短者莫如鶴、鷺、鴻、鵠，而字幷从鳥。且説文隹部之鷄、雛、雕、雚、雇、鶉、琟諸字，其重文从鳥作；鳥部之鶏、鵜、鵅，諸字重文皆从隹作，幷見隹鳥互用不別。隹鳥古本一字，殆無可置疑矣，許説乃徒據篆體而強為分也」。（見《説文類釋》18～19頁）李氏舉證詳盡確鑿。隹鳥本為一字，應無疑矣。按隹屬象形字，在隹部中，从隹的字，共有三十九字，另重文十二字。

奞 部首110。《説文》145頁下左。音ㄙㄨㄟ（息移切）。奞，鳥張毛羽自奮奞也。从大隹。凡奞之屬皆从奞。讀若睢。

案：篆文奞，隸變作奞。該字是由「大」與「隹」二字所構成。大字見《説文》496頁。按「大」是人的象形字。大字篆文作「大」，像人正面而立，揚其兩手，張其兩足之形。而顯身軀之碩大。借為大小之大。隹即鳥，（説見109部首隹字）當大與隹相結合構成奞字，以示鳥振翅奮飛時，而軀體較原形大，奞當屬「从大，从隹」的會意字，在奞部中；从奞的字只有奮、奪二字。讀若睢，以睢為聲。疑奞為奮之本字。

雈 部首111。《說文》145頁下左。音ㄏㄨㄢˊ（胡官切）。雈，鴟屬。从隹，从𦫳，有毛角。所鳴，其民有旤。凡雈之屬皆从雈。讀若和。

案：篆文雈，隸變作雈。該字是由「𦫳」與「隹」二者所構成。所謂「鴟屬」。即雈與鴟同屬一類的飛禽。鴟，亦作鵄，屬猛禽類，俗稱老鷹或鷂鷹。常盤旋於天空，直衝地面攫取雞兔等而食者。雈亦為猛禽類，且其叫聲怪異，聞者有如見鬼魅之驚恐，認為不詳之兆，似有災禍將要降臨。即許氏所云：「所鳴，其民有旤。」旤字見《說文》419頁，音ㄏㄨㄛˋ，作「遇惡驚恐」講，通禍。「𦫳」像有毛的鳥角，「隹」即鳥。《說文》以「从隹，从𦫳」視雈為會意字，乃釋形之誤。雈應屬象形字。像「有毛角的鳥」之形。讀若和，以和為聲。在雈部中，从雈的字有蒦、舊、雚，三字。

𦫳 部首112。《說文》146頁上左。音ㄍㄨㄞˇ（工瓦切）。𦫳：羊角也。象形。凡𦫳之屬皆从𦫳。讀若乖。

案：許慎以「羊角」釋「𦫳」。段玉裁注：「《玉篇》曰：𦫳𦫳兩角貌。《廣韻》曰：𦫳𦫳羊角開貌。」按「𦫳」當屬象形字，像「羊兩角張開」之形。在丫部中，从丫的字，只有乖、芇二字。「讀若乖」，以乖為聲。徐灝氏《說文解字注箋》說：「按丫乖蓋本一字。工瓦、古懷二切，（乖音古懷切）亦一聲之轉。」

苜

部首113。《說文》146頁下右。音ㄇㄛˋ（模結切）。苜，目不正也。从丫目。凡苜之屬皆从苜。讀若末。

案：篆文苜，隸變作苜。該字是由「丫」與「目」二字所構成。丫為羊角。目為人眼。所謂「目不正」段注：「丫者外向之象，故為不正。」段氏之意：因丫為羊角，其形像羊兩角各向相反方向偏斜，引伸為不正。丫在目上，構成苜字，以示目不正之意。按苜當屬「从丫，从目」的會意字，會「目不正」之意，在苜部中，从苜的字有瞢、莧、蔑三字。「讀若末」。以末為聲。

羊

部首114。《說文》146頁下右。音ㄧㄤˊ（與章切）。羊，祥也。从丫象四足尾之形。孔子曰：牛羊之字以形舉字也。凡羊之屬皆从羊。

案：篆文羊，隸變作羊。許慎以「祥」釋「羊」，羊祥二字疊韻，固為音訓。但六畜中以羊最為溫順，引伸而有吉祥之意。凡从羊之字，如義、善、羣、詳，等，莫不有美善之義。至於「从羊象四足尾之形。」李國英氏曰：「當作象四足尾二角之形，丫乃羊的省體象形，故不可反以羊字从丫構形，上體之乂象其角耳，而非訓羊角之丫。若夫孔子曰：『牛羊之字以形舉也』者，說文所引孔子之語，咸非孔子之言，而為後世緯學者所偽託，自不可據以說字。」見（《說文類釋》19～20頁）李氏之說可信。羊當屬象形字。在羊部中，从羊的字，共有二十六字，另重文二字。

羴 部首115。《說文》149頁上右。音ㄕㄢ（式連切）。羴，羊臭也。从三羊。凡羴之屬皆从羴。

案：篆文羴，隸變作羴。該字是合三個羊字所構成。許慎以「羊臭」釋「羴」，視「臭」為羴之本義，是有問題的。且臭字也有討論的空間。三羊以示眾羊，如三人（㐺）為眾人。羴字的本義應為「眾羊」《說文》以「臭」釋「羴」，乃釋義之誤。按臭字見《說文》480頁，是由「自」與

「犬」二字所構成。自為古鼻字，因犬能憑其鼻子靈敏的嗅覺，可追尋鳥獸匿走的蹤跡。臭字因而引伸為泛指氣息。為氣的通稱，古無香穢之別，如《易．繫辭》：「同心之臭如蘭。」此指香氣。今人習慣上已視「臭」為難聞的穢氣。許氏在此所說「臭也」，當然不是指眾羊的香氣，但也不是指眾羊的穢氣，而是指眾羊別有的氣味「羊臭」只能說是羴的引伸義。按羴字當屬「从三羊」的會意字，本義應為「眾羊」。在羴部中，从羴的字，只有一個羼字。

瞿 部首116。《說文》149頁上右，音ㄑㄩˋ（九遇切）。瞿，鷹隼之視也。从隹从䀠。䀠亦聲。凡瞿之屬皆从瞿。讀若章句之句。又音衢。

案：篆文瞿，隸變作瞿。該字是由「䀠」與「隹」二字所構成。䀠字見《說文》137頁，作「左右視」講，隹即鳥。說見109部首隹字。所謂「鷹隼視之」。鷹與隼都是視力極強的猛禽。「鷹隼視之」用以形容鷹隼盤旋于高空，雙目向地面左右傾視，尋覓獵物如鷄兔等，即俯衝攫而食之。按瞿字當屬「从䀠，从隹，䀠亦聲」，會意兼形聲之字。在瞿部中，从瞿的字只有一個瞿字。「讀若章句之句」，以句（ㄐㄩˋ）為聲。「又音衢」，徐灝氏《說文注箋》曰：「《繫傳》又音衢」三字後人所增。且許慎注音無直音之例。

雔 部首117。《說文》149頁上左，音ㄔㄡˊ（市流切）。雔，雙鳥也。从二隹。凡雔之屬皆从雔。讀若醻。

案：篆文雔，隸變作雔。該字是由兩個隹字相並而構成。隹即鳥。隹鳥本為一字。（詳見109部首隹字）許慎以「雙鳥」釋雔，雙鳥也就是雙雔。按雔字當屬「从二鳥」的會意字，如細分之，則為同文會意。在雔部中，从雔的字，只有靃、雙二字。疑雔為讎之初文。

雥 部首118。《說文》149頁下右，音ㄗㄚˊ（徂合切）。雥，羣鳥也。从三隹。凡雥之屬皆从雥。

案：篆文雥，隸變作雥。該字是合三個隹字而成。隹即鳥，隹鳥二字本為一字。（詳見109部首隹字）許慎以「羣鳥」釋「雥」。羣鳥即眾鳥。古者，凡言物之盛，皆三其文。如犇、毳、品、森、众等等。按雥當屬「从三隹」的會意字。如細分之，則為同文會意。在雥部中，从雥的字，只有雦、雧二字。

 部首119。《說文》149頁下右。音ㄋㄧㄠˇ（都了切）。，長尾禽總名也。象形。鳥之足似匕，从匕。凡鳥之屬皆从鳥。

案：篆文，隸變作鳥。許慎釋「鳥」為「長尾禽總名」，釋「隹」為「鳥之短尾總名」。蓋鳥與隹古本一字，只是筆劃上稍有繁簡而已，無所謂長尾短尾之分。（說見109部首隹字，李國英氏之詳盡舉證）篆文鳥是圖畫性很強的字，為全體象形字。側看，上像頭，居中像羽翅及尾，下像足。在鳥部中，从鳥的字共有166字，另重文19字。

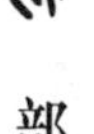 部首120。《說文》158頁下右。音ㄨ（哀都切）。，孝烏也。象形。孔子曰：「烏，亏呼也」。取其助氣，故以為烏呼。凡烏之屬皆从烏。，古文烏，象形。，象古文烏省。

案：「烏」即今所稱之烏鴉。烏字是比鳥字少一點，一點代表眼睛。並不是說烏鴉沒有眼睛，因烏鴉為純黑毛的鳥，眼睛不易顯明。段玉裁注：「鳥字點睛，烏則不，以純黑故，不見睛也。」烏秉性純孝，而知反哺，故許慎釋「烏」為「孝鳥」。又名「慈烏」。「慈烏失其母，啞啞吐哀音」。見白居易《慈烏夜啼》。「孔子曰：烏，亐呼也。」此非孔子語，不可信。至於「取其助氣，故以為嗚呼」。此乃許慎認為烏之聲（ㄨ）可以助氣，因而假借為「烏呼」，作為感嘆詞。「[illegible]，古文烏。」像烏展翅飛翔之形。「[illegible]」，為古文烏（[illegible]）的省體。即今行之「於」字。於字是古文[illegible]經隸變後的形體。「於」與「烏」古本一字，在古籍中，甚少見用「烏呼」，而用「於乎」或「於戲」，音義無殊。如《詩經．周頌．閔予小子》：「於乎皇王！繼序思不忘」。又《詩經．周頌．訪落》：「於乎悠哉！朕未有艾」。《禮．大學》：「於戲！前王不忘」。由此，足證烏於本為一字。在烏部中，从烏的字，只有舄、焉二字。

𠦒

部首121。《說文》160頁上右。音ㄅㄢ（北潘切）。𠦒，箕屬。所以推糞之器也。象形。凡𠦒之屬皆从𠦒。官溥說。

案：許慎以「箕屬」釋「𠦒」。所謂「箕屬」，就是畚箕一類的東西，是用來剷除汙穢之物的器具。該字金文「穆公鼎」作𠦒，其形類似今日泥水工所使用的鐵鍬。上為盛穢物的斗，下為執持的把手。屬象形字。其本義從形可見，在𠦒部中，从𠦒的字有畢、糞、棄三字。官傅是許慎博采適人之一，東漢時人。

冓　部首122。《說文》160頁下右，音ㄍㄡˋ（古侯切）。冓，交積材也。象對交之形。凡冓之屬皆从冓。

案：篆文冓，隸變作冓。冓是構的古字。構字見《說文》256頁，作「蓋」講。蓋，就是架蓋房屋。屋材結構必相交，蓋屋必精眾材而成。故許慎以「交積材」釋「冓」。所謂「象對交之形」，乃指篆文冓字上上相對交如「冓」，用「|」以貫之，使其結構緊密。按冓當屬象形字。冓是構的初文，構是冓的後起形聲字。今構字行，而冓字廢矣。在冓部中，从冓的字只有再、爯二字。

 部首123。《説文》166頁下左，音ㄧㄠ（於堯切）。，小也。象子初生之形。凡幺之屬皆从幺。

案：篆文，隸變作幺。許慎以「小」釋「幺」。惟朱駿聲氏於《説文通訓定聲》說：「按幺字當从半糸。糸者，絲之半。幺者，糸之半。細小幽隱之誼。玄从此會染絲意。叀从此會細繩意。許君蓋從幼字生訓，然幼會細小意，不必子也。據文實無子初生形。」徐灝氏《説文解字注箋》説：「許云幺象子初生，於字形實不相類。此緣幼从幺而為是説耳。按丝从絲省，而幺从丝省。丝訓微，析之則其形愈微，故凡物之小者皆謂之幺，因之子初生亦曰幺也。」朱、徐二氏之見類似，其説可從。按幺字金文「邾公華鐘」作，「頌鼎」作，正像一綑小絲。幺，當屬象形字，像「一束小絲」之形，許慎以「小」釋「幺」誤將引申義作本義。幺之本義應為「小束絲」。在幺部中，从幺的字，只有一個幼字。

 部首124。《説文》160頁下左，音ㄧㄡ（於虯切）。，微也。从二幺。凡丝之屬皆从丝。

案：篆文𢆶，隸變作𢆶。該字是由兩個幺字相並構成。幺之本義為「小束絲」，可引申為小。（說見123部首幺字）許慎以「微」釋「𢆶」。段玉裁注：「小之又小則曰𢆶。二幺者，幺之甚也。」段氏之意：幺為小，𢆶比更小。按𢆶為絲的省體。有形之物，絲可算是最細微之一。𢆶，當屬「从二𢆶」的會意字。本義應作「細微」講。在𢆶部中，从𢆶的字，只有幽、幾二字。

叀

部首125。《說文》161頁上右，音ㄓㄨㄢ（職緣切）。叀，小謹也。从幺省。从中。財見也。田象形。中亦聲。凡叀之屬皆从叀。叀，古文叀。

案：篆文叀，隸變作叀。許慎以「小謹」釋叀。徐灝《說文解字注箋》說：「叀即古專字。寸部專，一曰紡專。紡專所以收絲。其制以瓦為之。《小雅．斯干》。《傳》：『瓦紡專。』是也。今或以竹為之。叀，象紡專形，上下有物貫之。今云从中从幺省者。望文為說耳。專从寸，與又同。蓋取手持之意。叀訓小謹，與專同義，其形亦相承，本為一字無疑也。」徐氏之說可從。按叀字金文「仲叀父敦」作叀：「虢叔鐘」作叀，等形，與篆文叀相似，均像紡叀之形。所謂「紡叀」，就是紡絲時，用以收絲的工器。筆者生長在古老的農村中，七十多年前，見婦女們紡紗時，用一小竹筒，約二十公分長，套在紡車上，手搖紡車，將紡成之紗收集在竹筒，收集到大小份量適當時，即取下另換竹筒，竹筒收集的紗稱為「繐子」。中間大，兩頭較少。絕肖金文與篆文的叀字。徐灝氏説：「叀為專的古字。」專字見《説文》122頁，一曰紡專。由此可證「叀」與「專」是一樣的東西。叀是專的本字，專是叀的後起之字。叀為名詞，叀加寸為專，成為動詞，寸即手，以示用手操作紡車而收絲之意。今專字行，而叀字廢矣。專之本義為「紡專」，是收絲之工器，後借用為：專志、專制、專有、專門等意。其為「紡專」之本義，也就不彰顯了。許慎以「小謹」釋「叀」，是專的借義「專志」所引伸，而非叀之本義。叀、專二字本為一字應無疑矣。「叀」當屬象形字，像收絲之「紡叀」形。在叀部中，从叀的字只有惠、疐二字。

叀，古文叀，與篆文叀其形稍簡，亦為紡叀之象形字。

玄

部首126。《説文》161頁下右，音ㄒㄩㄢˊ（胡涓切）。玄，幽遠也。象幽。而⌒覆之也。黑而有赤色者為玄。凡玄之屬皆从玄。，古文。

案：篆文，隸變作玄。該字是由「」與「⌒」二者所構成。（幺）象一束小絲，引伸為小。（說見123部首幺字。）「⌒」像個大罩子。細小的幺，在⌒的覆蓋下，「」（幺）更覺幽暗不清，有深遠不可及之意。故許慎釋「玄」為「幽遠」。所謂「黑而有赤色者為玄」。段玉裁注：「凡染，一入謂之縓；再入謂之赬；三入謂之纁；五入謂之緅；七入謂之緇。」按（幺）為絲的省體，也可說是絲的初文。段氏之意：就是素絲進入染缸中，經過多次的整染才成為緇色。緇色也就是所謂「黑而有赤色者為玄。」玄字篆文上之「⌒」不成文，是指事的符號，指「玄」為幽遠。故玄屬指事字。玄之古文作。上無覆蓋而已，仍為指事字。

 部首127。《說文》161頁下左。音ㄩˇ（餘呂切）。，推予也。象相予之形。凡予之屬皆从予。

案：篆文，隸變作予。段注：「予與古今字。」所謂「推予」。以物相授受之意。也就是你以物與我，我再以此物與你。予之篆文上部兩個

三角形，成交互之狀，表示此予彼受，彼予此受。下之垂筆「丿」表示相推之動作，「[illegible]」與「丿」均為臆構之虛像，「予」當屬指事字。另有一說：予為機杼之杼的本字。杼字見《說文》256頁，作「機持緯者」講，俗稱織布的梭子。予之篆文予。[illegible]即梭，下之垂筆為緯，後加木旁為杼，以示梭為木所制。杼則為予之後起「从木予聲」的形聲字。此說亦頗合理，並列參考。

放

部首128。《說文》162頁右上。音ㄈㄤˋ（甫妄切）。放，逐也。从攴。方聲。凡放之屬皆从放。

案：篆文放，隸變作放。該字是由「攴」與「方」二字所構成。攴，象手持鞭杖，作「小擊」講。（說見92部首攴字）方字見《說文》408頁，作「併船」講，即兩船相併。惟本義「併船」罕見用，多借為他義。在此借為「方位」。當攴與方結合構成「放」字以示用手持鞭杖將人逐之遠方。故許慎以「逐」釋「放」。逐，就是放逐。與俗稱的「充軍」類似。徐鍇《說文繫傳》說：「古者，臣有罪，宥之於遠也。當言方亦聲。」放字當屬「从攴方聲」的形聲字。本義為「放逐」。在放部中，从放的字，只有敖、敫二字。

 部首129。《說文》162頁上左，音ㄆㄧㄠˇ（平小切）。，物落也。上下相付也。从爪又。凡𠬪之屬皆从𠬪。讀若摽有梅。

案：篆文，隸變作𠬪。該字是由「爪」與「」二字所構成。爪為覆手。（說見73部首爪字）「」即手，表仰手。以示覆手給物時，仰手接受之意。即《說文》所說的「上下相付也。」「讀若摽有梅」。「摽有梅」是《詩經》的篇名。《詩．召南．摽有梅》：「摽有梅，其實七兮」。毛《傳》：「摽，落也」許慎以「物落」釋「𠬪」，即本諸此。且𠬪摽同音，故以摽為音，「讀若《詩》，摽有梅。」如改為「讀若《詩》。摽有梅之摽」。就更容易明白了。按𠬪當屬「从爪，从又」的會意字。本義為「物落。」在𠬪部中，从𠬪的字，共有爰、受、爭，等九字。

 部首130。《說文》163頁上右，音ㄘㄢˊ（昨干切）。，殘穿也。从

又歺。歺亦聲。凡𣦼之屬皆从𣦼。讀若殘。

案：篆文𣦼，隸變作𣦼。該字是由「歺」與「又」所構成。歺為冎的省體，冎，今俗作剮。作「剔人肉置其骨」講。骨經剔其肉，歺即為殘餘之骨。「又」即手，表示動作。以示手穿破殘骨之意。故《說文》以「殘穿」釋「歺」。段玉裁注：「手所以穿也，殘穿之去其穢雜，故從又歺會意。」按𣦼（𣦼）當屬从又从歺，歺亦聲的會意兼形聲的字，在𣦼部中从𣦼的字，共有叡、𣦾、𣦿、㕡四字。

歺 部首131。《說文》163頁下右，音ㄜˋ（五割切）。歺，列骨之殘也。从半冎。凡歺之屬皆从歺。讀若櫱岸之櫱。𣦵，古文歺。

案：篆文歺，隸變作歺。今又作歹。所謂「列骨之殘。」列字見《說文》182頁，作「分解」講（隸變為列）。分解人之骨至無肉為冎，歺是冎的省體。徐鍇《說文繫傳》曰：「冎，剔肉置骨也，歺，殘骨。故从半冎」歺，就是殘餘之骨，也就是朽骨，「讀若櫱岸之櫱。」「櫱岸」一詞，無可考。只取櫱為聲。按歺與古文𣦵，均為象形字，像「殘骨」之形。在歺

（歹）部中，从歹的字，有殃、殘、殆、死、殁等三十二字，另重文六字。

 部首132。《說文》163頁上右，音ㄙˇ（息姊切）。，澌也。人所離也。从歺人。凡死之屬皆从死。𣦸，古文死如此。

案：篆文，隸變作死。該字是由「歺」（歹）與「人」二字所構成。歺（歹）為殘骨。許慎以「澌」釋「死」，澌死二字音同，固為同音為訓。段玉裁注：「水部曰：澌，水索也。《方言》曰：澌，索也，盡也。是澌為凡盡之稱。人盡曰死。」段氏之意：人死後，所有之精血，即如水之涸盡，魂魄與軀體相離。即許氏所言：「人所離也」。依許慎對死字之解釋，死當屬「从歺，从人」的會意字。在死部中，从死的字，有薨、𣩵、薧三字。

 部首133。《說文》166頁下右，音ㄍㄨㄚˇ（古瓦切）。，剔人肉置其骨也。象形。頭隆骨也。凡冎之屬皆从冎。

案：篆文，隸變作冎。許慎以「剔人肉置其骨」釋「冎」。冎，俗

作剮。剮為古代酷刑之一，即淩遲處死。將人肉剔盡，僅存其骨。按當屬象形字，象「上端隆起殘骨」之形。今所行俗體剮字，則是「从刀咼聲」的形聲字。剮字行而冎字廢矣。在冎部中，从冎的字，只有𠛱、髀二字。

部首134。《說文》166頁下右，音ㄍㄨˇ（古忽切）。，肉之覈也。从冎有肉。凡骨之屬皆从骨。

案：篆文，隸變作骨。該字是由「冎」與「月」（肉）二字所構成。冎為剔去其肉的骨，（說見123部首歺字）月即肉。所謂「肉之覈」。段玉裁注：「覈核古今字」。覈核音義相同。「肉之覈」，猶桃、李果肉之核。也就是人體內骨骼之稱。言骨尚有肉相包合。亦即《說文》所言「从冎有肉」。按骨字當屬「从冎从肉」的會意字。在骨部中，从骨的字共有二十五字，另重文一。

部首135。《說文》169頁上左，音ㄖㄡˋ（如六切）。，胾肉。象形。凡肉之屬皆从肉。

案：篆文，隸變作肉。所謂「胾肉」。胾字見《說文》178頁，作「大臠」講。段玉裁注：「切肉之大者也。」胾肉，就是將肉切成大塊。當屬象形字，外像肉之平面，中二筆，像肉之紋理。用為偏旁，則寫成月。在肉部中，从月的字，共有一百四十二字。另重文二十字。

 部首136。《說文》180頁上右，音ㄐㄧㄣ（居銀切）。，肉之力也。从力，从肉，从竹。竹，物之多筋者。凡筋之屬皆从筋。

案：篆文，隸變作筋。該字是由「竹」、「肉」、「力」三字所構成。許慎以「肉之力」釋「筋」。力字見《說文》705頁，作「筋」講。筋力二字義同，「肉之力」也就是肉之筋。竹為多筋之物，肉著力時，人之筋絡有如竹筋之凸顯。按筋當屬「从竹、从肉、从力」的會意字，如細分之，則為異文會意。在筋部中从筋的字，只有䇈、[illegible]二字。

 部首137。《說文》180頁上右，音ㄉㄠ（都牢切）。，兵也。象形。凡刀之屬皆从刀。

案：篆文刀，隸變作刀。所謂「兵」，即兵器，在古代各種兵器中，刀為主要者之一。按刀（刀）屬象形字，上像刀把，左像刀口，右像刀背。用為他字之偏旁，則作「刂」。在刀部中从刀（刂）的字，共有六十四字，另重文十字。

刃 部首138。《說文》185頁上左，音ㄖㄣˋ（而振切）。刃，刀堅也。象刀有刃之形。凡刃之屬皆从刃。

案：篆文刃，隸變作刃。該字是由「刀」與「丶」二者所構成。刀之本義為兵器，「丶」為臆構虛象之體。在指出刃之位置為刀口，亦即刀最鋒利之處為刃。故許慎以刀堅釋刃。刀口上之「丶」是指示的符號，故刃屬指事字。在刃部中从刃的字，只有刅、劒二字。

㓞 部首139。《說文》185頁上左，音ㄎㄚˋ（恪八切）。㓞，巧㓞也。从刀。丯聲。凡㓞之屬皆从㓞。

案：篆文㓞，隸變作㓞。該字是由「刀」與「丯」二字所構成。丯為書契縱橫刻齒之形。（說見140部首丯字）引伸為雕刻。刀為兵器，借為雕刻之工具，當「丯」與「刀」相結合，以示巧為雕刻之意，故許慎以「巧㓞」釋「㓞」。按「㓞」字當屬「从刀，丯聲」的形聲字。朱駿聲氏《說文通訓定聲》說：「疑㓞為栔之古文。」㓞可能是栔的本字，今栔字行，而㓞字罕見用矣。在㓞部中，从㓞的字，只有契、契二字。

丯

部首140。《說文》185頁下右，音ㄐㄧㄝˋ（古拜切）。丯，艸蔡也。象艸生之散亂也。凡丯之屬皆从丯。讀若介。

案：許慎以「草蔡」釋「丯」。所謂「草蔡」。就是散亂的「草芥」。按「草蔡」當非丯之本義。朱駿聲《說文通訓定聲》說：「按介畫竹木為識也，刻之為㓞。上古未有書契，刻齒於竹木以記事。丨象竹木，彡象齒形。」朱氏之說可從。丯之本義應為「書契」。屬象形字。惟丯之本義為後起之契字所專，丯則罕見用矣。（丯並非豐之省體）在丯部中，从丯的字，只有一個㓞字。「讀若介」，取介（ㄐㄧㄝˋ）為聲。

耒 部首141。《說文》185頁下右，音ㄌㄟˇ（盧對切）。耒，耕曲木也。从木推丰。古者垂作耒梠，以振民也。凡耒之屬皆从耒。

案：篆文耒，隸變作耒。該字是由「丰」與「木」二字所構成。丰為刻齒。（說見140部首丰字）耒為木製的農具，即手犁。上下柄為曲形。手握曲柄推丰以便起土耕種。故許慎以「耕曲木」釋「耒」。「古者垂作耒梠」，梠即耜，亦為農具，相傳耒梠為神農氏時所製。垂，可能為神農氏之工匠。「以振民也。」段玉裁注：「此出《世本．作篇》振，舉救也。」耒梠之製成，對農耕大有助益，是可「振民也」。按耒當屬「从丰从木」的會意字。本義為「耕曲木」。在耒部中，从耒的字有：耕、耦、耤、耩等六字。

角 部首142。《說文》186頁下左，音ㄐㄩㄝˊ（古嶽切）。角，獸角也。象形。角與刀，魚相似。凡角之屬皆从角。

案：篆文角，隸變作角。許慎以「獸角」釋「角」。即獸頭上出生之骨質。外像獸角之形，內之「仌」像角之紋理。所謂「角與刀魚相似。」

這句話是有語病的，應改為「篆體角之上部「刀」與刀、及魚之上部「⺈」相似」為宜。按角當屬象形字。在角部中，从角的字，共有三十九字，另重文六字。

竹 部首143。《說文》191頁上右。音ㄓㄨˊ（陟玉切）。竹，冬生艸也。象形。下垂者，箁箬也。凡竹之屬皆从竹。

案：竹為禾木科植物，多年生，常綠，嚴冬不凋。故許慎以「冬生草」釋「竹」。所謂「下垂者箁箬」。釋形有誤。按箁箬為筍殼。若然，則為筍而非竹矣。竹當屬象形字，像竹枝及竹葉下垂之形。在竹部中，从竹的字，共有一百四十四字，另重文十五字。

箕 部首144。《說文》201頁上左。音ㄐㄧ（居之切）。箕，所以簸者也。从竹𠀠，象形。丌其下也。凡箕之屬皆从箕。𠀠，古文箕，𠁼。亦古文箕。𠀠，亦古文箕。箕，籀文箕。匚，籀文箕。

案：篆文箕，隸變作箕。該字是由「竹」，「𠀠」「丌」三者所構成。

箕，就是俗稱的簸箕。圓形，用為簸米時，揚去米糠的竹器，从竹，以示其質料。昔年在古老的農村中，見舂米的過程中，箕為必備之器。，像簸箕之形，丌為承的木架。（丌字見145部首字）可減輕簸米時的體力。但多不用丌，以雙手端箕，將舂好的米置於箕中，將米不斷地拋起，藉風力以揚去其糠。如古文箕字——。就是用雙手操作。其、箕二字本為一字。因「其」字借作語詞及關係代名詞後，另加竹為箕，以資區別。籀文「」，就是今所行之其字。「」與「」兩個古文箕字，均為箕之初文。另一籀文箕字作，為方形，今少見，古或有之。是為「从匚其形」的形聲字，匚字見《說文》641頁，「」為匚之籀文，作「受物之器」講。箕字的形成過程：（象形）——→（會意）——→（形聲）。按箕字當屬「从竹其聲」的形聲字。在箕部中，从箕的字，只有一個簸字。

部首145。《說文》201頁下右。音ㄐㄧ（居之切）。丌，下基也。薦物之丌。象形。凡丌之屬皆从丌。讀若箕同。

案：丌，就是放置物品的案几，段玉裁注：「平而有足，可以薦物。」

平視，上「一」橫像案板，下之「川」為兩足。許慎以「下基」釋「丌」。所謂「下基」，就是置放在案板上的東西，使之穩固的意思。「下基」應不是丌的本義。丌的本義是「薦物之器」。徐灝《說文注箋》說：「丌與几，形聲義皆相近，疑本一字，因筆迹小變，而岐而二之。」徐氏之說，甚有見地，特提參考。按丌為獨體象形字。在丌部中，从丌的字有：典、畀、辺等七字。

 部首146。《說文》202頁下右。音ㄗㄨㄛˇ（則箇切）。，左手相左也。从ナ工。凡左之屬皆从左。

案：篆文，隸變作左。該字是由「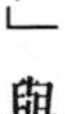」與「工」二字所構成。字見《說文》117頁，是左手的象形字，引伸為助手、幫手。工字見下一部首。工，作「巧飾」講。引伸之，凡善於其事曰工。當「ナ」與「工」相結合，構成「左」字，以示用善於其事的手去幫助他人，輔左（佐）他人。按左為佐之本字，佐為左的後起字。左字多用為左右方位之詞，於是加人旁為佐，以取代左。段玉裁注：「左者，今之佐字，說文無佐也。ナ者，

今之左字。」今佐字為「从人左聲」的形聲字。可引伸為人臣輔左（佐）君王。左字則是「从ナ从工」的會意字，會「佐助」之意。本義為「手相左」。在左部中，从左的字，只有一個差字。

工

部首147。《說文》203頁上右。音ㄍㄨㄥ（古紅切）。工，巧飾也。象人有規榘。與巫同意。凡工之屬皆从工。珡，古文工，从彡。

案：許慎以「巧飾」釋「工」，應是工的引伸義。「巧飾」當非工之本義。可能指古文工「珡」而言，古文工从彡。彡字見《說文》428頁，作「毛飾畫文」講。凡从彡之字，皆有美飾之意。如彰、彭、彣等。工，屬工具類的器具，是毋庸置疑的事。就其篆體「工」字言，上下極平之兩橫為準，中之一直線為繩，類似現在土木工所使用之水平尺與直尺。「象人有規榘」之「規榘」，也是兩種工具。規是畫圓之器，即今通稱之圓規，榘是為方之器。榘即矩，即巨。巨為初文，後加矢為矩，因矢之發射成直形，以示該工器之直，是為方之器。後又加木作榘，以示其質料。榘、矩、巨三字，實為一字之異構。巨字見《說文》203頁。許慎釋巨為：「規巨也，从工，手持之。」巨字之篆體作「巨」。據此，可知巨與工是一樣的東西，巨（巨）只多了一個象「コ」的把手。工字也有把手，工之甲骨文作「工」，其上之「T」就是把手。由此可證，工與巨都是為方的工具是一樣的東西。「象人有規榘」。這句話很曖昧，難以理解。當改作：「工，榘也，象巨之形」為宜。至於「與巫同意」之說，更有問題，工巫二字不僅不同意，形亦有別。疑為後人所妄增，非出許語。按工字當屬象形字，像「為方的工器」之形，其本義應為「榘」。巧飾與工夫、工作、工人、工業、工程，等等均為「工」之引伸義或假借義。在工部中，从工的字，只有式、巨、巧三字。

㠭 部首148。《說文》203頁下右。音ㄓㄢˇ（知衍切）。㠭，極巧視之也。从四工。凡㠭之屬皆从㠭。

案：㠭，是個頗有爭議的字。段玉裁注：「工為巧，故四工為極巧。極巧視之，如離婁之明，公輸子之巧，即竭目力也，凡展布字當用此，展行而㠭廢矣。」段氏除了闡釋㠭義外，認為㠭展為古今字。展字行，而㠭字已成為不用的廢字。再看看另外幾位學者專家對㠭字的看法。

近人向夏先生《說文解字部首講疏》引馬敘倫氏《說文六書疏證》說：「不从目而曰極巧視之也，義不可通。」向氏認為㠭字古義失傳，可以存而不論。

清人朱駿聲氏《說文通訓定聲》說：「㠭，通展。按展視、展布，經傳中皆以展為之。」朱氏之意，㠭字不見經傳，已為展所取代。

宋人徐鍇氏《說文繫傳》說：「展，察視也。四工同視也。」徐氏認為四工（㠭）與展同義。

南北朝吳人顧野王在其《玉篇》云：「㠭，今作展。」顧野王（五一九—五八一）所說的「今」已是一千多年前的「今」了。千多年前，展已取代了㠭，故典籍中不見㠭字，現行各字書中查不到㠭字，現在更未見人使過㠭字。

段玉裁、朱駿聲、徐鍇、顧野王，四位專家為何均認為㠭展為古今字?展字見《說文》404頁，展之篆體作展。从㠭構形，自然與㠭有密切的關係，且㠭展音同，音同義近。因此，筆者作大膽的假設，有三種可能：一、㠭為展的初文，展是㠭的後起之字；二、展是㠭的俗字；三、展是㠭的異體字或重文。

《說文》成書至今近兩千年，作者許慎為當時舉世無雙的經學家，豈不知無目何能極視？定是傳抄之誤。《說文》經東傳西抄，已造成多種不同的版本，謬誤在所難免。向夏先生認為：「㠭字古義失傳，可以存而不論。」向氏之見甚是。今僅提供各家之說明，不另再加解釋。在㠭部中，從㠭的字，只有一個𡨄字。

 部首149。《說文》203頁下右。音ㄨˇ（武扶切）。，巫祝也。女能事無形，以舞降神者也。象人兩褎舞形。與工同義。古者巫咸初作巫。凡巫之屬皆从巫。，古文巫。

案：篆文，隸變作巫。許慎以「巫祝」釋「巫」。巫與祝是有區別的，巫以女性為之，通稱女巫。祝則由男性所擔任，如廟祝、師公之類。古代大多數的人都相信巫與祝有法力可與神鬼溝通，為人祈福消災。許慎說：「女能事無形。」就是女巫有能力可與無形的鬼神交往。巫與祝不僅

性別不同，做法事的方式也不一樣。巫是靠舞蹈來求神的降臨。即《説文》所說的「以舞降神者也，象人兩褎（袖）舞形。」工之兩邊的「从」，就像兩隻長袖，長袖可善舞。祝是採取口述為人祈福。祝字見《説文》六頁。是由「示」（礻）、口、儿（古人字）三字所構成。表示人用口向神（示代表神）祈福。本義作「祭主贊辭者」講。就是在做法事時，向神鬼朗誦祈禱之辭的人叫祝。「與工同意」這句話很難理解。只能勉強解釋：許慎曾以「巧飾」釋「工」，巧飾引伸為巧言。女巫常以巧言來愚弄他人。「古者巫咸初作巫。」是説古代最初擔任巫職的人叫巫咸。段玉裁注：「蓋出《世本・作篇》……巫，男巫，名咸……。」巫之古文作「𢒈」：比巫字多了兩口及雙手。以示女巫作法事時，不只一人舞蹈，且還用口歌唱，《易・繫辭》多為巫歌。古文巫是「从吅从𦥑，巫聲」的形聲字。巫則為象形字，像「女巫舞蹈」之形。在巫部中，从巫的字，只有一個覡字。

甘

部首150。《説文》204頁上右。音ㄍㄢ（古三切）。甘，美也。从口含一。一，道也。凡甘之屬皆从甘。

案：篆文，隸變作甘。該字是由「口」字加「一」小橫所構成。一小橫非數字之一，乃指口中所含之物，且必為朠美之物，嗜之而知美味。「一，道也。」段玉裁注：「食物不一，而道則一，所謂味道之朠也。」按口中所含之一，為臆構之虛象，是指所含之物，故甘屬指事字。其本為「美味」，在甘部中，从甘的字有甛、曆、甚等五字。

 部首151。《說文》204頁下右。音ㄓˇ（職雉切）。，美也。从甘匕聲。凡旨之屬皆从旨。，古文旨。

案：篆文，隸變作旨。該字是由「」與「甘」所構成。為匙之初文，甘之本義為美味。（說見150部首甘字）按旨字甲文作，金文作，等形。旨字下均从口，以匙置美食于口內，食之而知味美。《禮．學記》：「雖有嘉餚，弗食不知其旨也。」許慎以「美」釋「旨」。只能說是旨的引伸義。當以「美味」為「旨」的本義為宜。且不當視旨為「从甘匕聲」的形聲字。旨應為「从匕从甘」的會意字。「，古文旨」。段玉裁注：「从千甘者，謂甘多也。」段氏之注似嫌牽強，古文旨字，上非从千，

應是匕之譌變。在旨部中，从旨的字，只有一個嘗字。

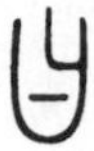 部首152。《說文》204頁下右。音ㄩㄝ（王伐切）。，𧥢也。从口，乚象口气出也。凡曰之屬皆从曰。

案：篆文，隸變作曰。該字是由「凵」（口）與「乚」所構成。許慎以「𧥢」（詞）釋「曰」。所謂「詞」，即言詞，也就是說話，當人開口說話時，必有气從口出。「乚」表气出的樣子。按「乚」為臆構之假像，「曰」當屬指事字。在曰部中，从曰的字，有曷、曶等七字。

 部首153。《說文》205頁上左。音ㄋㄞˇ（奴亥切）。，曳𧥢之難也。象氣出之難也。凡乃之屬皆从乃。，古文乃，，籒文乃。

案：篆文，隸變作乃。許慎以「曳詞之難」釋「乃」。是指言詞難以直達之意。以其構形之屈曲，示說話時不能暢伸的樣子，以此而見詞難之意。「，古文乃」，只是多了一兩道曲折，與篆文之音義無殊。「，籒文乃」，與篆文之音義亦無別。乃、、三字，實為一字

之異構。按乃為臆構之虛象，當屬指事字。指「曳其言詞難伸之」意。在乃部中，从乃的字，只有𠧧、迺二字。

部首154。《說文》205頁下右。音ㄎㄠˇ（苦浩切）。丂，气欲舒，ㄅ上礙於一也。丂，古文以為亏字。又以為巧字。凡丂之屬皆从丂。

案：篆文丂，隸變作丂。該字是由「一」與「ㄅ」所構成。下之曲筆「ㄅ」，表示氣欲舒出，卻受到上「一」橫之阻礙。此即許慎所云：「气欲舒，ㄅ上礙於一也。」「丂，古文以為亏字。」段玉裁注：「亏與丂字形相似，字義相近之故。」「又以為巧字。」因巧字从丂得聲，且丂為巧之初文。按丂字為臆構虛象，當屬指事字。指「其氣欲舒而受阻于一」之事。在丂部中，从丂的字，有粤、ㄜ二字。

部首155。《說文》206頁上右。音ㄎㄜˇ（肯我切）。可，肎也。从口ㄜ，ㄜ亦聲。凡可之屬皆从可。

案：篆文可，隸變作可。該字是由「口」與「ㄜ」二字所構成。口為人之嘴巴，引伸為言詞，𠀀為丂的反寫音考（ㄎㄠˇ）𠀀丂二字音義無殊。（詳見154部首丂字）許慎以「肎」釋「可」。肎字見《說文》179頁，音ㄎㄣˇ，是肯的本字。作「骨間肉」講，引為「心所願」。即贊同允許之意。可與肯均為許諾之詞。故以「肯」作為「可」的本義。「𠀀亦聲」。僅取𠀀為聲，與可義無關。故「可」為「从口𠀀聲」，聲不兼義的形聲字。在可部中，从可的字，只有奇、哿、哥三字。

兮 部首156。《說文》206頁上右。音ㄒㄧ（胡雞切）。兮，語所稽也。从丂。八象氣越亏也。凡兮之屬皆从兮。

案：兮字是由「八」與「丂」所構成。許慎以「語所稽」釋「兮」，所謂「語所稽」，即說話稽留停止之意。「丂」示氣欲舒出而遇阻于一。（說見154部首丂字）即氣出不順暢之意。「八」示發聲時氣分而上揚。當八與丂相結合構成兮字。以示說話時語氣之稽留。八非數字之八，為臆構之虛象。是指事的符號，故兮屬指事字。在兮部中，从兮的字，有⿱旬兮、羲、乎三字。按兮字僅作詩文之語助詞。即所謂詩歌之餘聲，不作他用。置句中或句尾，均無義。

号 部首157。《說文》206頁下右。音ㄏㄠˋ（胡到切）。号，痛聲也。从口在丂上。凡号之屬皆从号。

案：篆文号，隸變作号。該字是由「口」與「丂」二字所構成。「口」為人之嘴。「丂」之本義為「氣欲舒，礙於一。」（說見154部首丂字）。許慎以「痛聲」釋「号」。段玉裁注：「丂者气舒礙，雖礙而必張口出聲，故口在丂上，号咷之象也。」段氏之意：人在痛苦時，雖气之受礙難舒，亦難禁号咷之聲。徐鍇氏《說文繫傳》認号為指事字。朱駿聲氏《說文通訓定聲》認号為會意字。朱氏之說較為合理，按号字當屬「从口从丂」的會意字。在号部中，从号的字，只有一個號字，号為號的古字，號是号的後起形聲字。有人認為号為號的簡體字，其實不然，号才是號的本字。

亏 部首158。《說文》206頁下右。音ㄩˊ（羽俱切）。亏，於也。象气之舒亏，从丂从一。一者其气平也。凡亏之屬皆从亏。

案：篆文亐，隸變作于。該字是由「丂」字加「一」所構成。丂字見《說文》205頁，作「气欲舒，ㄅ礙于一」講，即氣出受到阻礙不順之意。在丂字上加一橫，而構成亐字，此一橫之功能，在使气之平舒，按于為吁之初文，吁作「驚語」講為感嘆詞。許慎以「於」釋「于」。於亦為感嘆詞，是為同義字相釋。於字見《說文》158頁，是烏的古文。（詳120部首烏字）因烏音ㄨ，取其ㄨ聲能助氣，借「烏呼」為嘆詞，烏於本為一字。在古籍中多用「於呼」或「於戲」為嘆詞，與「烏呼」之音義無殊。另有一說：「于於二字周時為古今字，以今字釋古字。」故今于於二字相通。許慎以「从丂从一」視于為會意字。釋形有誤，按一非數字之一，為臆構之虛象，不構成會意的條件。亐（于）當屬指事字。在于（亐）部中，从于的字有虧、粵、吁、平四字。

喜 部首159。《說文》207頁上右。音ㄒㄧˇ（虛里切）。喜，樂也。从壴从口。凡喜之屬皆从喜。歖，古文喜从欠，與歡同。

案：篆文喜，隸變作喜。該字是由「壴」與「口」二字所構成。壴字見《說文》207頁，壴為鼓之本字，引伸為音樂。「口」為人之嘴，以示聞樂而歌或歡欣，《說文》以「樂」釋「喜」，此樂乃指歡樂、快樂。「歖，古文喜从欠。」欠（欠）字見《說文》414頁，作「張口气悟」講，口與欠義相通，歖从欠構形，喜从口構形，其義相同。例如嘆與歎，欬與咳，音義無別。至於「與歡同」。歡字見《說文》415頁，作「喜樂」講。不僅與喜同意，且亦从欠構形。按喜當屬「从壴从口」的會意字，其本義為「歡樂」。在喜部中，从喜的字有：**憙**、嚭二字。

壴

部首160。《說文》207頁上右。音ㄓㄨˋ（中句切）。壴，陳樂立而上見也。从中豆，凡壴之屬皆从壴。

案：篆文壴，隸變作壴。所謂「陳樂立而上見。」即樂器豎立陳列於樂架而見其上飾之意。壴為樂器，是鼓之本字。《說文》以「从中豆」視壴為會意字，乃釋形之誤。壴當屬象形字。上之「屮」為鼓飾，中之「○」為鼓，下之「业」為陳鼓之樂架。壴正像豎立於樂架之皮鼓。壴為鼓的本字，鼓為壴之後起字。今鼓字行而壴則罕見用矣。在壴部中，从壴的字有尌、鼖、彭、嘉四字。

鼓

部首161。《說文》208頁上右。音ㄍㄨˇ（工户切）。鼓，郭也。春分之音，萬物郭皮甲而出，故曰鼓。从壴，从中又，中象垂飾，又象其手擊之也。《周禮》六鼓：「靁鼓八面，靈鼓六面，路鼓四面，鼖鼓、皋鼓、晉鼓皆兩面。」凡鼓之屬皆从鼓。鼓，籀文鼓，从古。

案：篆文鼓，隸變作鼓。該字是由「壴」、「中」、「又」所構成。壴為鼓之初文，屬象形字。（說見160部首壴字）中為羽葆即鼓飾。又即手。當壴、中、手三者結合構成鼓字，以示用手擊鼓之意。「擊鼓」應為鼓之本義。壴、鼓本為一字，壴為名詞，鼓為動詞。鼓為壴的後起之字，今鼓字行，而壴字則罕見用矣。許慎以「郭」釋「鼓」，徐鍇氏《說文繫傳》云：「郭者，覆冒之意。」也就是所謂「覆罩」。引伸而為用皮甲蒙罩于鼓腔兩端之外，擊之以發聲之樂器曰鼓。至於「春分之意，萬物郭皮甲而出。」乃陰陽五行之說，與解字無關。《周禮》六鼓云云，是在說明古代使用鼓之規格與制度。按鼓當屬「从支壴聲」的形聲字。籀文鼓，是从古得聲的俗字。在鼓部中从鼓的字，有鼖、鼙、鼛等九字。

豈

部首162。《說文》208頁下右。音ㄑㄧˇ（墟喜切）。豈，還師振旅樂也。一曰欲登也。从豆㪉省聲，凡豈之屬皆从豈。

案：篆文豈，隸變作豈。《說文》以「還師振旅樂」釋「豈」以「从豆㪉省聲」（㪉省為山）作為豈字的構形。所謂「還師振旅樂」。即今所稱之凱歌。也就是古時用兵得勝後班師時所奏的凱旋歌樂。豈借用為語詞，其本義已為愷與凱所取代。按豈為愷的本字，俗作凱。經傳中豈皆作愷。段玉裁注：「《周禮》大司樂曰：王師大獻，則令奏愷樂。」並舉「晉文公敗楚於城濮，振旅愷以入於晉」為例。按豈字有二音，作愷樂的豈，與愷同音念ㄎㄞˇ。作為語詞，如豈有此理、豈其然哉、豈知、豈敢等，則唸ㄑㄧˇ。所謂「欲登也」。段注：「欲登者，引而上也。」似與豈之音義無關。以許慎解「豈」之構形為「从豆㪉省聲」而言，豈當屬形聲字。惟另有一說：認為豈為壴（鼓）之變體（說見160部首壴字）「山」為鼓之垂飾。中之「○」為鼓，下之「业」為陳鼓之架。此說亦合理。且壴（鼓）為振旅樂歌中之主奏器樂，鼓聲能激勵民心士氣，如「一鼓作氣」、「鳴鼓而攻之」、鼓舞、鼓勵等，都在說明鼓之功能，且是古代用兵時，是軍旅中不可或缺者。特另列參考。在豈部中，从豈之字，僅有愷、𧯛二字。

豆 部首163。《說文》209頁上左。音ㄉㄡˋ（徒候切）。豆，古食肉器也。从○，象形。凡豆之屬皆从豆。𣅈，古文豆。

案：豆是古代用來盛肉的器皿，後為祭祀時用以盛祭品的禮器，屬整體象形字。上之「一」像器蓋，中之「○」為器容，下之「丠」為器之底座。古文𣅈，器蓋為圓形，其形稍異而已，亦為象形字。另有一「俎」字，也是祭祀時，用以盛牲的禮器。《論語．衛靈公》：「俎豆之事，則嘗聞之，軍旅之事，未學也。」此乃孔子勸衛靈公，治國宜以禮義為本，軍旅為末。今豆字借為穀類植物之名，如黃豆、綠豆等，其本義為「食肉器」，反而不彰顯了。在豆部中，从豆的字，有梪、䒱、豋、𧯠、𢍺五字。

豊 部首164。《說文》201頁上右。音ㄌㄧˇ（盧啟切）。豊，行禮之器也。

从豆，象形。凡豊之屬皆从豊。讀與禮同。

案：篆文豊，隸變作豊。許慎以「行禮之器」釋「豊」。按豊字甲骨文作豊，與篆文豊之形接近。該字是由「凵」、「玨」（丰）、「豆」三字所構成。凵字見《説文》215頁，本為盛飯之器，由柳條所編成，也可盛裝他物。「玨」（丰）為玉（説見第七部首玨字）豊之上部「凷」，所盛者為玉，也就是許氏所説的「行禮之器」。下从豆，凡俎豆之屬，通稱為禮器。當玨、凵、豆相結合構成豊字。表示用玉為禮以奉獻于神人。據此，豊（豊）則為「从凵、从玨、从豆」的會意字，而非許氏所説的象形字。「讀與禮同」。因豊（豊）為禮的古字，禮是豊的後起形聲字，不僅音同，義亦無別。今禮字行，而豊字則罕見用矣。在豊部中，从豊的字，只有一個豑字。另有一説：因豊與豐二字太相似，後人為免混淆，於是加示為偏旁作禮以資區別。由會意的豊字，變成「从示豊聲」的形聲禮字。現又簡化作礼，不知何所據？

豐　部首165。《説文》210頁上左。音ㄈㄥ（敷戎切）。豐，豆之豐滿也。

从豆，象形。一曰鄉飲酒有豊侯者。凡豊之屬皆从豊。豊，古文豊。

案：篆文豊，隸變作豊。該字正像豆器中盛物豐滿之形。所盛者或為肉、醬、酒等類之祭品，豆為盛物之禮器，故从豆。豊為合體象形字。引伸而為一切豐滿之謂。『一曰：鄉飲酒有豊侯者。』附會之說。古雖有卿大夫舉行鄉飲酒，旨在觀察士人推荐于朝廷，與豊義無關，在豊部中从豊的字，只有一個豔字。

䖒 部首166。《說文》211頁上右。音ㄒㄧ（許羈切）。䖒，古陶器也。从豆，虍聲。凡䖒之屬皆从䖒。

案：篆文䖒，隸變作䖒。該字是由「虍」與「豆」二字所構成。虍是虎身的花紋，（見下一部首虍字）豆字見《說文》209頁，為古食肉器。許慎以「古陶器」釋「䖒」。以「从豆，虍聲」為「䖒」解其形。䖒與豆都是古代的器用，且均為陶土所製成。在陶器上飾以虎紋，且以虍為聲，䖒之形狀又可能與上有器蓋，中有器容，下有底座的「豆」器類似，䖒，當屬「从豆，虍聲」的形聲字。豆與䖒這兩種古陶器，豆器較為粗糙，其製造應比𧯞為先。人類逐漸的進化，懂得在陶器上畫虎紋加以美化。豆字的製造自然也要比𧯞字為先。豆字可從甲骨文及金文中見到，𧯞字卻不見甲金文，且經傳中也未見𧯞字，現代的書刊中更未見人用過𧯞字。只見戈部中的戲字用𧯞作為聲符。因此，疑豆與𧯞是一樣的東西，只是𧯞器上多畫了點飾紋而已。豆與𧯞二字也應為一字之異構。豆是𧯞的本字，𧯞是豆的後起之字。在𧯞部中，从𧯞的字，只有䖒、𧯠二字。是兩種土造的器皿，早被淘汰不用了，因此，䖒、𧯠二字也如𧯞字一樣，成為罕見用的死文字。假如豆字不被借為穀類植物之名，如黃豆、綠豆等，恐怕也與𧯞、䖒、𧯠遭到同樣的命運，進了古文字的博物館，今日又有誰把「豆」當作器皿之意使用？

 部首167。《說文》211頁上右。音ㄏㄨ（荒烏切）。，虎文也。象形。凡虍之屬皆从虍。讀若《春秋傳》曰：虍有餘。

案：篆文，隸變作虍。所謂「虎文」。就是虎身上的斑紋。從篆文虍形視之，似像虎頭之形。當屬獨體象形字。至於讀若《春秋傳》曰：虍

有餘。段玉裁注：「有譌字，不可通，疑是賈余餘勇之賈。」可能為後人傳抄之誤。在虍部中，从虍的字有虔、虐、虖等八字。

 部首168。《說文》212頁上左。音ㄏㄨˇ（呼古切）。，山獸之君。从虍从儿。虎足象人足也。凡虎之屬皆从虎。，古文虎，，亦古文虎。

案：篆文，隸變作虎。所謂「山獸之君」。即山中獸類之王。虎字就其篆文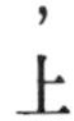言，上象虎頭，下象虎足，屬整體象形字，似象虎踞，僅見其頭及兩足之形。《說文》以「从虍从儿」視虎為會意字。乃釋形之誤。「虎足象人足」之說，更有問題。疑後人所竄改，非出許語。至於兩個古文虎字。羅振玉說：「說文解字古文虎作、，二形。此象巨口脩尾身有文理亦有圓斑如豹狀者，而由其文辭觀之，仍為虎字也。」（見《增訂殷虛書契考釋》卷中三十頁）羅氏之見可供參考。在虎部中，从虎的字，有彪、虓，等十五字，另重文二字。

 部首169。《說文》213頁下右。音ㄧㄢˊ（五閑切）。，虎怒也。从

二虎。凡虤之屬皆从虤。

案：篆文虤，隸變作虤。該字是由兩個虎字相並所構成。所謂「虎怒」，必二虎有所爭所發之吼聲，以示虎怒。段玉裁注：「此與㹜，兩犬相齧也同意。」虤，當屬「从二虎」的會意字，其本義為「虎怒」。在虤部中，从虤的字，僅有虩、贙二字。

皿 部首170。《說文》215頁下左，音ㄇㄧㄣˇ（武永切）。皿，飯食之用器也。象形。與豆同意。凡皿之屬皆从皿。讀若猛。

案：篆文皿，隸變作皿。所謂「飯食之用器」。就是裝飯的器皿，類似飯鉢、飯盆之類的東西，皿（皿）當屬象形字，上之「凵」像盛飯的容器，中之「小」為體，下之「一」為底座。所謂「與豆同意」。豆字見《說文》209頁，本義為「古食肉器」，與皿同為盛食物之用器。皿為盛飯，豆為盛肉，皆進食時所用之器也，故同意。「讀若猛」，取猛為聲。在皿部中，从皿的字，共有二十五字，另重文三字。

凵 部首171。《說文》215頁下右，音ㄑㄩ（去魚切）。凵，凵盧，飯器。以柳作之。象形。凡凵之屬皆从凵。䇦，凵或从竹，去聲。

案：所謂「凵盧」，段玉裁注：「疊韵為名」，凵為柳條所編成的飯器，盧亦為「飯器」。（盧字見《說文》214頁），凵、盧二字義同。凵盧為同義名詞。按凵當屬象形字。或體作䇦（䇦），為从竹去聲的後起形聲字。惟凵部中，無一從屬之字，許慎為何單立凵為部首？不解。

去 部首172。《說文》215頁下右，音ㄑㄩˋ（丘據切）。去，人相違也。从大凵聲。凡去之屬皆从去。

案：篆文去，隸變作去。該字是由「大」與「凵」二字所構成。大字見《說文》496頁，篆體作「大」，是人的象形字，像人正面而立，揚其雙手，張其兩足的樣子。凵，音ㄑㄩ，是用柳條所編成的飯器。（說見171部首凵字）《說文》以「人相違」釋「去」。所謂「人相違」就是人違離所在地他去之意。《說文》對去字的釋義，似乎很牽強。人為何相違？為凵嗎？凵只是用柳條所編的盛飯之器。《說文》以「从大凵聲」視「去」為形聲字，實難彰顯人相違之義。因此，疑字下之∪字，並非音ㄑㄩ之飯器。而是《說文》63頁音ㄎㄢˇ的「凵」字，作「張口」講。朱駿聲氏《說文通訓定聲》說：「凵，張口也，象形，一說坎也，塹也。象地穿，凶字从此。」朱氏認為「凵」是凶險之地，其說可從。按凵為坎之初文。坎字見《說文》695頁，本義為「陷」。陷，就是陷阱。凵坎二字音義皆同。據此，凵，則是掘有土坑，設有陷阱的凶惡之處。去字如从凵（ㄎㄢˇ）構形。以喻人趨吉避凶，遠離陷阱，而他去。去字則為「从大从凵」的會意字，可會「人相違」之意。極合邏輯。惟另有一說，遠古人為穴居，字下之∪，既不是音ㄑㄩ的飯器，也不是音ㄎㄢˇ的張口。「∪」為洞口，是個無音的指事符號，指人立洞口即將他往。去（）則為指事字。此說也有道理。併列參考。在去部中，从去的字，只有朅、⿰去夌二字。

 部首173。《說文》215頁下左。音ㄒㄩㄝˋ（呼決切）。，祭所薦牲血也。从皿。一象血形。凡血之屬皆从血。

案：篆文，隸變作血。該字是由「皿」與「一」所構成。皿為盛物

之器。（說見170部首皿字）「一」非數字之一，乃指皿中所盛之血而言。按血字甲骨文作[甲骨文]、[甲骨文]等形。側視之血在皿中為「一」，俯視之血在皿中成「○」。古匋作[古匋文]，像血在皿中凝固之形。所謂「祭所薦牲血」，古代祭祀時以牲血進獻於神鬼之意。並在祭祀前先卜牲以定吉凶。血本專指牲血而言，今引申為一切血之稱。血當屬合體象形字。在血部中，从血的字，共有十五字，另重文三字。惟朱駿聲氏認為血為从皿一的指事字，併列參考。

丶

部首174。《說文》216頁下左。音ㄓㄨˇ（知庾切）。丶，有所絕止。丶而識之也。凡丶之屬皆从丶。

案：丶，今作「丶」。所謂「有所絕止，丶而識之也。」簡言之，絕止就是斷句。古書無標點符號，讀書時必須靠師長或自己在書中文句適當處加以點斷，才能了解文章的義涵，猶今標點符號之頓號。「有所絕止」是丶字假借義，其本義為「火炷」。因丶為主的初文，主又是炷的本字。《說文》對主字的解說：「主，鐙之火主也。主象形，从丶，丶亦聲。」

「鐙之火主。」指丶「𡈼象形」。上之「凵」像盛膏油的容器，下之「土」為鐙座。「从丶，丶亦聲。」言主字从丶得聲。亦从丶構形。據此，丶主二字音義皆同，實為一字之異構。段玉裁注：「丶主為古今字，主炷亦為古今字。」換言之，丶、主、炷三字實為一字。丶為初文，次作主，其後再加火為形符作炷。成為主之後起「从火主聲」的形聲字。按丶主二字均為象形字，如細分之，丶為獨體象形，主為合體象形。丶像火炷之形，自借為「絶止」作今之頓號用，其本義為「火炷」已廢，𡈼像燈盞燃火之形，隸變作主。也借為臣主、宾主、主張、主持等字意後，其為「燈盞」之本義，也廢矣。在丶部中，从丶的字，只有主、音二字。

丹 部首175。《說文》218頁下右。音ㄉㄢ（都寒切）。丹，巴越之赤石也。象采丹井。丶象丹形。凡丹之屬皆从丹。𠁿，古文丹，𢒈，亦古文丹。

案：篆文丹，隸變作丹。是出産在巴郡南越一帶的赤色礦石，俗稱朱砂。所謂「象采丹井，丶象丹形。」井指採礦之坑口，並非水井之井。按丹字金文作、等形，均向壙口支撐之簡單木架，丶示井中之朱砂。丹屬象形字，像「礦坑中見朱砂」之形。古文作，亦為象形字，另一古文作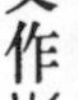。段玉裁注：「此似是古文形。」在丹部中，从丹的字，只有雘、彤二字。

 部首176。《說文》218頁上右。音ㄑㄧㄥ（倉經切）。，東方色也。木生火。从生丹。丹青之信必然。凡青之屬皆从青。，古文青。

案：篆文，隸變作青。該字是由「生」與「丹」二字所構成。所謂「東方色也，木生火。」乃漢代五方色之說：青、赤、黃、白、黑，分居東、南、西、北、中。遂謂東方為青色。此乃陰陽五行之說，不宜據以釋字。按青為丹之類的礦石，其色純淨。徐鍇氏《說文繫傳》說：「凡遠視之明，莫若丹與青。」此說亦足證青與丹同為礦類。《說文》以「从生丹」視青為會意字，似欠妥。青，應為「从生丹聲」的形聲字，本義為「青色之礦石」。青之古文作，其中之「•」猶丹中之「丶」以示青石。所謂「丹青之信言必然。」段玉裁注：「俗言信若丹青。」以喻其人之誠信，

若丹青之光明之不移。在青部中，从青的字，只有一個靜字。

井 部首177。《說文》218頁上右。音ㄐㄧㄥˇ（子郢切）。丼，八家為一井。象構韓形，•，罋象也。古者，伯益初作井。凡井之屬皆从井。

案：篆文井，隸變作井。八家為一井，是後代的井田制，乃井之假借義，井之本義就是「水井」。韓為井垣，即井的欄杆。其形有四角或八角者，又名銀牀。井中之「•」為罋，是汲水器。井之金文「鄭叔鐘」作井，「毛公鼎」作井，「兮田槃」作井。有汲水器者，亦有無汲水器者。「古者伯益初作井。」此出《世本》，伯益為堯臣。按井為象形字。在井部中，从井的字，有⿱𤇾井、阱、㓝、刱四字。

皀 部首178。《說文》219頁上右。音ㄅㄧˋ（皮七切）。皀，穀之馨香也，象嘉穀在裹中之形。匕所以扱之。或說：皀一粒也。凡皀之屬皆从皀。又讀若香。

案：篆文皀，隸變作皀。《說文》對皀字的說解，是有問題的，按皀字甲文作、，金文作，均像盛物的容器。像豆器之類，有器蓋、器容、器底之盛物之器。為獨體象形字，篆文作，是甲金文之譌變。《說文》據譌變之皀解字，所謂「象嘉穀在裹中之形，匕所以扱之」云云，其謬顯矣。按皀為簋之初文。簋字見《說文》195頁。由竹所編成的容器。是皀的後起字，今簋字行，而皀字廢矣。《說文》以皀音為「又讀若香」。宜將「又」字刪去，「讀若香」即可，因上無所承，疑「又」字為後人所妄增。按鄉字即从皀得聲。在皀部中从皀的字，只有即、既、冟三字。

 部首179。《說文》219頁下右。音ㄔㄤˋ（丑亮切）。，以鬯釀鬱艸。芬芳攸服。以降神也。从凵。凵，器也。中象米，匕，所以扱之。《易》曰：「不喪匕鬯。」凡鬯之屬皆从鬯。

案：篆文，隸變作鬯。《說文》又患了與前一部首「」字同樣的誤解。將一個整體象形字，分解為「从凵，象米、从匕」的字。其本義為「酒器」，亦誤為「酒名」。徐灝氏《說文注箋》曰：「鬯固非草名，即鬱亦非其本名，蓋以百草之香者秬黍之酒，取條暢之義，命之曰鬯，遂

以鬯名其酒，而造字象其器。」高鴻縉先生說：「古者以黃色之香艸築於秬黍之酒中，微火煮之，不使出氣，俟其冷而飲之，則酒芬芳而人舒暢。古遂名其酒為鬯，而多用以灌神。名其艸曰鬱金草。王者並常以鬯賜臣僚。曰錫秬鬯幾卣。卣，中尊也。有提梁，是以鬯字古原象形。象器中鬱築香艸於酒中之形。許說構造誤。所云「芬芳攸服」者或以為乃芬芳條暢之譌。攸，條之脫。服，暢之誤也。」（見《中國字例》141—142頁）高氏之說可從，按鬯為錫製之酒器，且有提梁。自屬象形字。上像器容，下像器座的酒器，其中之「※」，為酒器上之飾紋。《說文》對鬯字說解，確有不少謬誤之處。《說文》成書至今近兩千年，古代印刷術不良，全賴人手抄傳，在傳抄過程中難免有所失誤，或任意增刪，故今有多種不同的版本。段玉裁在注釋中也常有所說明改正。按鬯為酒器，而非酒名。屬象形字，而非「从凵，从匕，象米」的會意兼形聲之字，應無疑矣。在鬯部中，从鬯的字，有鬱、䰞、𩰪、𩰫四字。《易》曰：「不喪匕鬯」。段注：「震卦辭，說鬯从匕之意也。」

食 部首180。《說文》226頁下左。音ㄕˊ（乘力切）。食，亼米也。从皀，亼聲。或說亼皀也。凡食之屬皆从食。

案：篆文食，隸變作食。該字是由「亼」與「皀」二字所構成。亼為屋脊，借為集字。（說見下一部首亼字）皀為盛食物的容器。（詳178部首皀字）亼與皀二體相結合，以示集米熟之成飯。食字之本義應為「飯」。至於飲食、進食等均為食之引申義。按食為「从亼，从皀」的會意字。會「亼米熟飯」之意。朱駿聲《說文通訓定聲》說：「六穀飯曰食，从亼皀會意。」六穀為：黍、菽、麥、稻、稷、粱六種穀類。至於「从皀、亼聲，或說亼皀也。」段玉裁注：「此九字當作『从亼皀』三字。經淺人所竄改，不可通。」假如不見到段玉裁這段注釋，這筆錯誤的濫帳又算在許慎頭上。許氏本視「食」為「从亼皀」的會意字，竟被人妄改成「从皀，亼聲」的形聲字，大相徑庭。《說文解字》這部許慎的曠世巨著。兩千年來，被人竄改得亂七八糟，使後人難窺其真貌，不勝感嘆！在食部中，从食的字共有六十二字，另重文十八字。

亼 部首181。《說文》225頁上左。音ㄐㄧˊ（秦入切）。亼，三合也。从入一。象三合之形。凡亼之屬皆从亼。讀若集。

案：《說文》以「三合」釋「亼」。三合之意為何？作何用？令人費解。「从入一」。則為會意字，會何意？不明。「象三合之形。」又視亼為象形字，豈不矛盾？《說文》對亼字的解說，確有問題。亼字不見甲金文，亦不見經傳，只作為合、僉、侖、今、令等字的部首，今未見人作單獨使用者。亼字的本義究竟為何？不妨看看前輩專家們的認知。

清人朱駿聲氏《說文通訓定聲》：「亼，此於六書為指事，篆體亼，非入一字。」朱氏認為「亼」為指事字，但指何事未說明，只否定了「从入一」為會意字。

近人高鴻縉先生說：「按甲金文取亼、字偏旁，字皆作亼。象屋極形。不象三合之形。殆知屋頂之意。古舍字作⿱亼中。⿱亼中，茅屋也，从中（艸）亼會意。亼字借為集合，侖字从其意。侖，理也。集冊所以理也。」（見《中國字例》145頁）高氏之說合理可信。按亼當屬象形字，象「屋極即屋脊」之形。其本義為「屋頂」。古舍字作⿱亼中，从亼構形，是為例證。並糾正了

「亼為古集字」之誤，亼只是集的假借字，而非集的古字。「讀若集」，以集為聲。在亼部中，从亼的字有合、僉、侖、今、舍五字。

會 部首182。《説文》225頁下右。音ㄏㄨㄟˋ（黃外切）。會，合也。从亼。曾省。曾，益也。凡會之屬皆从會。㣛，古文會如此。

案：篆文會，隸變作會。《説文》以「合」釋「會」。以「从亼，曾省」解其形。所謂「合」，即聚合、匯合。「从亼，曾省。」曾字省為「⿱罒日」，加亼于其上，即成「會」字。「从亼，曾省」，實質就是「从亼，从曾（增）」。「曾，益也」。益字見《説文》214頁，作「饒」講，饒，即富饒，引伸為多。亼之本義為「屋頂」，假借為集合之集字。「从亼，从增」，即集合眾多匯聚之意。朱駿聲氏《説文通訓定聲》説：「會、㣛，合也。从亼从增會意。增，益也。古文會从彡，彡亦眾多也。」按會字當屬「从亼，从增」的會意字，會「眾多聚匯」之意。古文會作「㣛」，為「从彡，从合」的會意字。在會部中，从會的字，只有朇、𣊧二字。

 部首183。《說文》226頁上左。音ㄘㄤ（七岡切）。，穀藏也。蒼黃取而臧之，故謂之倉。从食省，口象倉形。凡倉之屬皆从倉。仺，奇字倉。

案：《說文》以「穀藏」釋「倉」。所謂「穀藏」，即儲存穀物之所，也就是穀倉。「蒼黃取而臧之。」段玉裁注：「臧，善也。蒼，舊作倉。蒼黃者，匆遽之意。刹穫貴速也。」按蒼黃同倉皇。所謂「蒼黃取而臧之」，言穀物刈穫後，急速予以妥善收藏之意。「从食省」，省食為「亼」。「口象倉形」，指倉字下之口而言。依據《說文》對倉字的解說。倉則為會意兼象形之字。解形有誤。按金文倉字「叔倉簋」作，「宗周鐘」作。上部均像覆蓋，中像儲存穀物之容器，下為底座。屬獨體象形字。本義為穀倉。倉之奇字作仺，其形與金文倉類似，仍屬象形字。在倉部中，从倉的字，只有一個牄字。

 部首184。《說文》226頁下右。音ㄖㄨˋ（入汁切）。，內也。象從上俱下也。凡入之屬皆从入。

案：篆文人，隸變作入。該字是由「丨」與「𠆢」所構成。所謂「從上俱下」，猶從上俱入也。入為臆構虛象之體。「丨」非第10部首音ㄍㄨㄣˇ之丨字，「𠆢」亦非字。二者為指事之符號。以示往下分而入之意。故入為指事字。《說文》以「內」釋「入」，復又以「入」釋「內」。疑入、內二字古本一字，入為內之初文。內為入之後起字。在入部中，从入的字有內、𠓛、糴、仝、从五字。

 部首185。《說文》227頁下右。音ㄈㄡˇ（方九切）。，瓦器。所以盛酒漿。秦人鼓之以節謌。象形。凡缶之屬皆从缶。

案：篆文，隸變作缶。《說文》以「瓦器」釋「缶」。古謂：凡瓦器未燒曰坯，成器曰缶。缶為瓦器之共名。缶，是用來盛酒漿的器皿。按缶字金文作、、等形，像上有提手及器蓋，中下像器腹及底之形。「秦人鼓之以節謌」。疑引《史記》澠池會，藺相如進盆缶請秦王擊缶事，用以證缶不僅可以盛酒漿，秦人亦常用之為樂器，擊以節歌。缶屬象形字，在缶部中，从缶的字，有二十一字，另重文一字。

矢 部首186。《説文》228頁下右，音ㄕˇ（式視切）。矢，弓弩矢也。从入，象鏑、栝、羽之形古者夷牟初作矢。凡矢之屬皆从矢。

案：篆文矢，隸變作矢。羅振玉曰：「象鏑、幹、栝之形。《説文解字》云：从入，乃誤以鏑為入字矣。」（見增訂殷虛書契考釋）卷中四十五頁。羅氏所説之鏑，即矢鋒「∧」。《説文》誤為入字。所謂「弓弩矢」。也就是弓與弩所發射的箭。但弓與弩有別，弓是藉人雙手張弓射箭，弩則靠機關發射。鏑「∧」為矢鋒，也就是箭頭，中之「|」為幹，末之「丌」為羽栝。段玉裁注：「岐其耑以居弦也。」是説藉栝搭在弦上，張弓以發矢。按矢屬獨體象形字。在矢部中，从矢的字，共有十字，另重文二字。「古者夷牟初作矢。」出自《世本》，夷牟或為牟夷，黃帝時人。

高 部首187。《説文》230頁上右，音ㄍㄠ（古牢切）。高，崇也。象臺觀高之形。从冂口。與倉舍同意。凡高之屬皆从高。

案：高字甲骨文作高、高、高。金文作高、高等形。篆文與甲金文諸形類似。均象樓臺層疊高聳之形。上像覆蓋之屋頂，下像樓層及户牖。

為整體象形字。非「从冂口」構形。《説文》以「崇」釋「高」，是為引伸義，而非本義。其本義應為「樓臺」。引申而為高、崇、尊、貴、榮等意。所謂「與倉舍同意」。徐鍇《説文繫傳》説：「與倉舍同意，謂皆室屋垣牆周帀之意。」因倉、舍之構形，其上體與高一樣也有覆蓋如「𠆢」者，故同意。在高部中，从高的字，有高、亭、亳三字。

冂

部首188。《説文》230頁下右，音ㄐㄩㄥ（古熒切）。冂，邑外謂之郊，郊外謂之野，野外謂之林，林外謂之冂。象遠介也。凡冂之屬皆从冂。冋，古文冂，从口，象國邑。坰，冂或从土。

案：冂字金文「克鼎」作冋，「古卣」作冋。與《説文》古文冋之形體相同。冂冋二字應為一字之異構。就冋字言，冂示所畫之界線，即《説文》所説的「象遠介也。」口示國邑。冂之本義應為「國界」。按冂為臆構之虛象。故冂屬指事字。或體坰為後起之「从土冋聲」的形聲字。今坰字行，而冂字廢矣。今僅作為部首字，在冂部中，从冂的字，有市、冘、央、隺，四字。

𩫏 部首189。《説文》231頁上右，音ㄍㄨㄛ（古博切）。𩫏，度也。民所度居也。从回，象城𩫏之重，兩亭相對也。或但从口，凡𩫏之屬皆从𩫏。

案：𩫏字甲骨文作𩫏。金文作𩫏等形。段玉裁注：「按城𩫏字，今作郭，郭行而𩫏廢矣。」郭字見《説文》301頁，其篆體作𩫏阝，為𩫏之後起形聲字，只作國名，別無他義。按𩫏就是城郭之屋舍。朱芳圃《甲骨學》引王國維言：「殷虛卜辭有𩫏字，象四屋相對，中函一庭形。又有𩫏字，當即此字之省也。」依王氏説，𩫏字正像今之所謂四合院之屋舍。中有一天井之形。《説文》以「度」釋「𩫏」，復又補以「民所度居也。」民所度居，自然是指住宅房屋。度字見《説文》117頁，作「法制」講。就是法規與制度。度又借為量詞。度量居民之多寡及需要而規劃建造屋舍。按𩫏為整體象形字，非从回或从口構形。在𩫏部中，从𩫏的字，只有一個缺字。

京 部首190。《説文》231頁下右，音ㄐㄧㄥ（舉卿切）。京，人所為絶高丘也。从高省。丨象高形。凡京之屬皆从京。

案：篆文京，隸變作京。所謂「人所為絶高丘」。就是用人力所堆積而成的高丘。丘與京有別，人力所作者曰京。地體自然形成者曰丘。京字的本義就是「高丘」。《說文》解其形為：「从高省，丨象高形。」从高省，即省高為亯。實質就是从高。「丨」並非象高形。朱駿聲《說文通訓定聲》說：「按丨引而上，指事也。」京當屬指事字。指京之高大。京之本義雖為高丘，但罕見用，多引伸為高大之義。例如「京師」。《公羊傳・九年》：「京師者何？天子之居也。京者何？大也。師者何？眾也。天子之居必以眾大之辭言之。」京，大也。是由「高丘」引伸而來。在京部中，从京的字，只有一個就字。

亯 部首191

《說文》231頁右下，音ㄒㄧㄤˇ（許兩切）。亯，獻也。从高省。曰象孰物形。《孝經》曰：「祭則鬼亯之」凡亯之屬皆从亯。享，篆文亯。

案：古文亯，楷作亯。今作享。《說文》以「獻」釋「亯」。以「从高省，曰象孰物」解其形。按亯字甲文作亯、亯，金文作亯、亯等形。與高字篆文之形類似。均象一棟上有屋頂，下有房舍之建築物。為獨體象形字。在此借作廟堂，以廟堂為本義。獻，為其引伸義，表示用孰食在廟堂中進獻于祖先鬼神享用。《說文》引《孝經．孝治章》：「祭則鬼亯之」是一樣的道理。（亯，隸變作享）亯之篆文作亯，其結構與古文亯相同，丅，象地基，亦為獨體象形字。在亯部中，从亯的字，有𦎫、䈞、𩫏 三字。

㫗

部首192。《說文》232頁上左，音ㄏㄡˋ（胡口切）。㫗，厚也。从反亯，凡㫗之屬皆从㫗。

　　案：篆文㫗，隸變作㫗。《說文》以「厚」釋「㫗」。按㫗厚為古今字，是為今字釋古字。段玉裁注：「今字厚行而㫗廢矣。凡經典㫗薄字皆作厚。」所謂「从反亯」。就是將亯字的篆文「亯」倒反過來；而構成㫗

（𣆪）字。其意義也就自然與亯字相反。亯字之本義為廟堂，引伸為「獻」。（說見191部首享字）段玉裁對「獻」字的注釋：「下進上之詞也。」即晚輩或下屬對長輩及上司進獻東西。𣆪（𣆪）之本義為「厚」。則為長輩或上司厚待晚輩及下屬之意。徐鍇《說文繫傳》說：「亯者，進上也。以進之具反之於下則厚也。」按𣆪（𣆪）為厚的本字。厚為𣆪的後起形聲字。𣆪、厚二字的音也皆同。今厚字行而𣆪字廢矣。亯為象形字（說見191部首亯字）从反亯的「𣆪」則為變體象形字。在𣆪部中，从𣆪的字，只有覃、厚二字。

畐 部首193。《說文》232頁下右，音ㄅㄧ（芳逼切）。畐，滿也。从高省。象高厚之形。凡畐之屬皆从畐。讀若伏。

案：篆文畐，隸變作畐。《說文》以「滿」釋「畐」。滿字見《說文》556頁，本義為「盈溢」。即注水於器中盈滿而溢于外之謂。按畐字金文「父辛爵」作畐，像鼎之類的烹飪之器。「冊」象器蓋，「田」像器容。其本義為「烹器」。滿，只是畐的假借義。按畐為獨體象形字。象「烹器」之形。「讀若伏」。以伏為聲。在畐部中，从畐的字，只有一個良字。

㐭

部首194。《說文》232頁下左，音ㄌㄧㄣˇ（力甚切）。㐭，穀所振入也。宗廟粢盛。蒼黃㐭而取之，故謂之㐭。从入从回，象屋形，中有户牖。凡㐭之屬皆从㐭。廩，㐭或从广稟。

案：篆文㐭，隸變作㐭。《說文》對㐭字的釋義與解形，頗有瑕疵，不妨按照《說文》對㐭字解說，依序予以分析，便知分曉。所謂「穀所振入」。段玉裁注：「穀者，百穀之總名也。中庸注曰：振猶收也。」也就是說，待穀物收穫後，將之收入予㐭中，㐭之本義就是「倉廩」，俗稱穀倉。「宗廟粢盛」，取意狹窄，穀米不專供為宗廟之祭品，主要是為人所食。「蒼黃㐭而取之」。蒼黃猶倉皇，有急促之意，言穀物收穫後，急促妥善予以收藏。《說文》不當以「从入从回」視㐭為會意字。乃解形之誤。按㐭為象形字。像儲存穀物的倉廩之形。㐭之篆文作㐭。上之「亼」為屋頂，下之「口」為牆垣，口中之小「口」為户牖。徐鍇《說文繫傳》說：「倉廩有户牖，以防烝熱也。」㐭為廩之初文。或體作廩，為㐭之後起形聲字。今廩字行；而亩字廢矣。在亩部中，从亩的字，有稟、亶、啚，三字。

嗇 部首195。《說文》233頁上右，音ㄙㄜˋ（所力切）。嗇，愛濇也。从來亩。來者，亩而藏之。故田夫謂之嗇夫。一曰棘省聲。凡嗇之屬皆从嗇。

𡩡，古文嗇从田。

案：篆文嗇，隸變作嗇。該字是由「來」與「亩」二字所構成。來為麥之本字。（說見196部首來字）可泛指穀類。亩為儲存穀物的倉廩。（說見194部首亩字）來、亩二字結合而成嗇字，其意就是待麥子收穫後妥善予以收藏于亩中。正如《說文》所說的「从來亩，來者亩而藏之。」「田夫謂之嗇夫」之說。按嗇夫有二說：一為小官名，秦置為鄉官，擔任聽訟收稅等工作；一為農夫。因嗇為穡之本字，從事稼穡者，自然是農夫。《說文》以「愛濇」釋「嗇」。依據段玉裁輾轉的注釋，就是「儉嗇。」可引申為「儉約」。稼穡艱難，農夫對收穫之穀物，豈能浪費？自當儉約。「愛濇」只是嗇的引申義。嗇字的本義應是「穀物收穫儲藏」。今嗇字借為吝嗇、慳吝等意後，為借義所專，本義反而不彰顯了。按嗇為「从來，从㐭」的會意字。會「穀物收穫存儲」之意。「一曰棘省聲」，即省棘為朿，則成為形聲字，不可從。，古文嗇从田。麥生長于田中，自然从田。在嗇部中，从嗇的字。只有一個牆字。

 部首196。《說文》233頁下右。音ㄌㄞˊ（洛哀切）。，周所受瑞麥來麰也。二麥一夆，象其芒朿之形。天所來也，故為行來之來。《詩》曰：「詒我來麰。」。凡來之屬皆从來。

案：所謂「周所受瑞麥來麰，天所來也。」是說周武王渡孟津，白魚躍入王舟，出涘以燎，後五日，火流為烏，五至，以穀俱來。哪是神話故事，附會之說，不足為信。今就字論字。案來為麥之本字，來字甲骨文作來、來等形，與篆文之形體接近。上象麥穗及麥葉，下象麥莖深入泥土之形，屬整體象形字。古麥字衹作來。後借用為行來，往來之來，而為假義所專，來為麥之本義遂廢，於是另造一麥字，以還其原。《說文》引《詩》曰：「詒我來麰。」旨在證來字的本義。《詩．周頌，思文》：「貽我來

牟，帝命率育。」（牟為麰的假借字）朱熹注：「來，小麥。牟，大麥也。」

在來部中，从來的字，只有一個𥝢字。

麥 部首197。《說文》234頁上右。音ㄇㄞˋ（莫獲切）。麥，芒穀。秋穜後薶，故謂之麥。麥，金也。金王而生，火王而死。从來有穗者也。从夊。凡麥之屬皆从麥。

案：篆文麥，隸變作麥。該字是由「來」與「夊」二字所構成。所謂「芒穀」，就是有芒刺的穀類。「秋穜厚薶」。（薶通埋）言種麥於秋，且須深耕，毋或其時之意。「麥，金也。金王而生，火王而死。」乃陰陽五行之說，與釋字無關。「从來，有穗者也，从夊。」因來為麥之本字，故从來。夊有行來遲曳之狀。（說見198部首夊字）麥下種于秋，須至來年夏才能收穫，也有生長遲緩之意，故从夊。按麥字為「从來，从夊」的會意字，其本義為「芒穀」。在麥部中，从麥的字有麰、麩、麴等十三字。

夊 部首198。《說文》235頁上右。音ㄙㄨㄟ（楚危切）。夊，行遲曳夊夊也。象人兩脛有所躧也。凡夊之屬皆从夊。

案：所謂「行遲夊夊」就是走路遲緩的樣子。段玉裁注：「行遲者，如有所拕曳然。」「象兩脛有所躧。」按躧為鞋不著跟，也就是拖著鞋子走路，自然走路緩慢。「ㄅ」示人之兩脛，「乀」置于兩脛之間，以示有所躧之意。按「夊」為臆構之虛象，故夊為指事字。在夊部中，从夊的字，有夋、致、憂、夏等十五字。

舛

部首199。《說文》236頁下右，音ㄔㄨㄢˇ（昌衮切）。舛，對卧也。从夊㐄相背。凡舛之屬皆从舛。踳，楊雄作舛，从足春。

案：篆文舛，隸變作舛。該字是由前198部首夊字，及其反寫㐄（㐄）二字所構成。「夊」之本義為「行遲曳夊夊」也就是行路緩慢，在此引申為足。舛（舛）以示左右兩足相背，而非《說文》釋其義為「對卧」。《玉篇》引舛字所从屬之「舞」字曰：「足相背也。」兩足相背，表示彼此兩相乖違之意。《說文》解其形為「从夊㐄相背」是對的。據此，舛字則為「从夊，从㐄」的會意字。會「左右兩足相背」之意。舛之重文踳（踳）

為後起之「从足春聲」的形聲字。楊雄，是許慎博采通人之一，東漢時人。

在舛部中，从舛的字，只有舞、舝二字。

舜

部首200。《說文》236頁下左，音ㄕㄨㄣˋ（舒閏切）。舜，舜草也。楚謂之葍，秦謂之藑。蔓地生連華。象形。从舛，舛亦聲。凡舜之屬皆从舜。𡕘，古文舜。

案：篆文舜，隸變作舜。舜為植物名，就叫舜草。楚方言叫葍，秦方言叫藑，木槿之別名亦叫舜。舜之篆體是由「匧」與「舛」所構成。惟匧字不見《說文》，所有之字書亦缺。段玉裁注：「匧象葉蔓華連之形。」「舛」音ㄔㄨㄢˇ，本義為左右兩足相背。段玉裁注：「舛亦狀蔓連相鄉背之貌。」依據《說文》對舜字的解說及段玉裁的注釋，舜就是蔓延布地連花的舜草，屬「从舛，舛亦聲」的象形兼形聲的字。舜之古文作𡕘，上之「炎」應是匧之譌變，下从土，草生于土之故。在舜部中，从舜的字，只有一個䑞字。

韋　部首201。《說文》237頁上右，音ㄨㄟˊ（宇非切）。韋，相背也。从舛。口聲。獸皮之韋，可以束物，枉戾相韋背，故借以為皮韋。凡韋之屬皆从韋。韋，古文韋。

案：韋字是由「舛」與「口」二字所構成。口為圍的初文。舛（舛）之本義為左右兩足相背。（詳199部首舛字）引申為乖違。故《說文》以「相背」釋「韋」。即兩相違背之意。按韋是違的本字，違是韋的後起形聲字。段玉裁注：「今字違行，而韋之本義廢矣。」韋又假借為皮韋（革），可以束物，以革縷束物謂之韋。韋為借義所專，其為「相背」之本義，反而罕見用了。按韋為从口得聲的形聲字。韋之古文作韋，上下象革縷束物，中之⊙示圍繞。在韋部中，从韋的字共有十六字，另重文五字。

弟　部首202。《說文》239頁上右，音ㄉㄧˋ（特計切）。弟，韋束之次弟也。从古文之象。凡弟之屬皆从弟。弟，古文弟，从古文韋省，丿聲。

案：篆文弟，隸變作弟。所謂「韋束之次弟」。段玉裁注：「以韋束物，束之不一，則有次弟也。引申之為兄弟之弟。」段氏之意，是說以韋束物，被束之物有長短大小不同，因而生次弟之義。兄弟之弟，即由次弟引伸而來。弟字金文「應公鼎」作弟，「殳良父壺」作弟，「齊侯鎛」作弟等諸形。均像有物被革縷束縛，長短高低不同的樣子。徐灝《說文解字注箋》說：「革縷束物謂之韋。輾轉圍繞如螺旋，而次弟之義生焉。因之為兄弟，兄弟者，長幼之次弟也。」按「弟」為象形字，像「革縷束物」之形。引伸為「次弟」。今作「次第」。《說文》無第字，疑第為弟之後起形聲字。在弟部中，从弟的字，只有一個罤字。至於「弟，古文弟，从古文韋省，丿聲。」按古文弟，是古文韋（韋）的省體，省中下為弟。加「丿」為聲符，則構成「从古文韋省，丿聲」的形聲字。

夂 部首203。《說文》239頁下右，音ㄓˇ（陟移切）。夂，从後至也。象人兩脛，後有致之者。凡夂之屬皆从夂。讀若黹。

案：夂字與198部首夊字，其形相似。《說文》訓「夊」為「遲行」，訓「夂」為「從後至」，其義也接近，疑夂夊二字原為一字。所謂「象人兩脛，後有致之者。」兩脛指「ク」，「乀」指從追及之意，均為臆構之虛象。故夊為指事字。其本義則為「從後至」。在夊部中，从夊的字，有夅、夆、夃等五字。「讀若黹」。以黹為聲。

 部首204。《說文》239頁下右，音ㄐㄧㄡˇ（舉友切）。，從後灸之也。象人兩脛後有歫也。《禮》曰：「久諸牆，以觀其橈。」凡久之屬皆从久。

案：，是個很普通的常用字。大家都會把它當作長久、永久、久遠等意運用。這不是久字的本義，是久的引申義而已。《說文》以「從後灸之」釋「久」，解其形為「象人兩脛後有歫」。兩脛指「ㄑ」，從後灸之則指「乀」。段玉裁注：「灸有迫著之義，歫，止也。」灸為我國古老的醫術，流傳至今，俗稱針灸。以艾草用溫火貼著患處，以阻止病毒擴散，而達療效。故灸有貼近、迫著、阻止之意。以喻兩脛被其所止，不能運行。據此，久之本義應為「留止」，引申之而有遲久等意。按久字以臆構之「ㄑ」示人之兩脛，而以「乀」臆構象從後灸之的虛象。故久為指事字。《說文》引《周禮．考工記》：「久諸牆，以觀其橈。」旨在證久字的引申義。是說工匠們在選擇木料時，先將木料一端用力抵著牆，看它是否能

持久不彎。按久為灸之初文，灸為久之「从火久聲」的後起形聲字。在久部中，無一从屬之字，許慎為何立久為部首？不解。

 部首205。《說文》240頁上右，音ㄐㄧㄝˊ（渠列切）。，磔也。从舛在木上也。凡桀之屬皆从桀。

案：篆文，隸變作桀。該字是由（舛）與木二字所構成。（舛）音ㄔㄨㄢˇ，本義為左右兩足相背。（詳199部首舛字）《說文》以「磔」釋「桀」，磔字見《說文》240頁作「辜」講，辜就是罪。古代對罪犯施以裂解肢體的酷刑叫磔。所謂「从舛在木上」。舛有相背分離之意，引伸為身首異處。人犯被處決後，將其不全之肢體懸木示眾。按桀為磔之本字，今磔字行，而磔為桀之本義遂廢，今行者為別義，如桀通傑。按桀為「从舛，从木」的會意字。會「裂解肢體懸掛木上」之意。在桀部中，从桀的字，只有磔、椉二字。

 部首206。《說文》241頁上右，音ㄇㄨˋ（莫卜切）。，冒也。冒地而生，東方之行。从中，下象其根。凡木之屬皆从木。

案：篆文木，隸變作木。木為樹木之泛稱。《說文》以「冒」訓「木」，是為音訓。木冒雙聲，同屬段氏第三部。所謂「冒地而生」。即從大地冒出而生之意。按木字甲文作木，金文作木，等形。與篆文木形相似，均象樹幹、樹枝及樹根之形。屬獨體象形字。所謂「東方之行」。為漢代緯學家言，乃陰陽五行之說，與釋字無關，在木部中，从木的字，共有四百二十一字，另重文三十九字。

東　部首207。《說文》273頁下左，音ㄉㄨㄥ（得紅切）。東，動也。从木，官溥說：从日在木中，凡東之屬皆从東。

案：《說文》以「動」釋「東」，東動二字疊韵，是為音訓。近代文字學者們多認為東為古橐字。橐字見《說文》279頁，作「囊」講，橐與囊都是俗稱的袋子。高鴻縉氏說：「近人徐中舒，丁山，均以為東為橐之初文，是也。《埤倉》：『有底曰囊，無底曰橐。』字原象兩端無底，以繩束之之形。後世借為東西之東，久借不歸，乃另造橐字。許氏引官溥說从日在木上，不可據。日在木上，晨固謂東，晚則必將謂西也。東西南北方向之名，皆借字。」（見《中國字例》176頁）按東字甲文作，金文作等形。正像橐之形，中間盛物，兩端束以繩索的袋子。與高氏所言相吻合，高氏之說可從。按東為象形字。像「橐束其兩端，中間盛物」之形。借為方位之東。在東部中，从東的字，只有一個𣍘字。官溥，是許慎博采通人之一，東漢時人。

 部首208。《說文》273頁下左，音ㄌㄧㄣˊ（力尋切）。，平土有叢木曰林，从二木。凡林之屬皆从林。

案：篆文，隸變作林。該字是由兩個木字相並所構成。二木以示多木，即叢木，也就是叢林。王筠《說文釋例》曰：「林从二木，非云止有二木也，取木與木連屬不絕之意。」按林為「从二木」的會意字，如細分之，則為同文會意。在林部中，从林的字，有楚、麓、森等八字。「平土有叢木曰林。」「平土」二字過狹隘，宜刪。叢木豈只成於平地？

 部首209。《說文》274頁下左，音ㄘㄞˊ（昨哉切）。，艸木之初生。

從丨上貫一，將生枝葉也。一，地也。凡才之屬皆从才。

案：篆文才，隸變作才。按才字甲文作 、。上一橫為地，中之直豎為莖，下為根株，正像草木初生的樣子，屬獨體象形字，其本義為「草木初生」。惟本義今罕見用，引伸而為一初事物之始。在才部中，無一从屬之字，許慎為何立才為部首？不明。

叒

部首210。《說文》275頁上右，音ㄖㄨㄛˋ（而灼切）。叒，日初出東方湯谷所登榑桑，叒木也。象形。凡叒之屬皆从叒。𠮦，籀文。

案：篆文叒，隸變作叒。所謂「叒木」，就是榑桑，也稱扶桑。叒為桑之本字，桑是叒的後起形聲字。按叒字金文「盂鼎」作 ，正像叒木枝葉繁茂之形。叒屬獨體象形字。籀文作𠮦，有疑為隸變後之若字。至於「日出東方湯谷」云云。乃妄誕不經之神話故事，不可信。倒是我們稱日本為扶桑，即本諸此說。在叒部中，从叒的字，只有一個桑字。

之

部首211。《說文》275頁上左，音ㄓ（止而切）。之，出也。象艸過中，枝莖漸益大。有所之也。一者，地也。凡㞢之屬皆从㞢。

案：篆文㞢，隸變作之。所謂「出」，指艸木莖枝從地上長出。㞢字中一直豎指莖，兩側為枝，下一橫為地。「象艸過中，枝葉益大，有所之也。」段玉裁注：「莖漸大，枝亦漸大，勢有日新不已者然。」《說文》以「出」釋「㞢」，是為引申義，其本義應為「草木初生地上」。惟本義今罕見用，而引伸廣泛，被視為文言文之虛字。可作動詞、名詞、介詞、指稱詞等。「之」屬象形字。像「草木初生」之形。在之部中，从之的字，只有一個㞷字。

帀　部首212。《說文》275頁下右，音ㄗㄚ（子答切）。帀，𠣘也。从反㞢而帀也。凡帀之屬皆从帀。周盛說。

案：篆文帀，隸變作帀。該字是由前211部首㞢（之）顛倒而成，即《說文》所說的「从反㞢」。《說文》以「𠣘」釋「帀」。𠣘字見《說文》438頁，作「帀徧」講。𠣘即周。段玉裁注：「今字周行，而𠣘廢矣。」徐灝《說文注箋》說：「《廣韵》曰：帀，徧也。㞢象艸木上出，反之則面面皆徧，合㞢字以見意，故曰反㞢而帀。」按㞢（之）可引伸為出、去、往等意反帀（帀）其文意自然與㞢相反。出之對文為入，去之對文為回，往之對文為返。往復而徧謂之帀。故《說文》以「周」釋「帀」，以示回環之義。按㞢（之）為象形字，帀（帀）為㞢的顛倒反寫，則屬變體象形字。在帀部中，从帀的字，只有一個師字。周盛，是許慎博采通人之一，東漢時人。

出 部首213。《說文》275頁下左，音ㄔㄨ（尺律切）。出，進也。象艸木益茲，上出達也。凡出之屬皆从出。

案：篆文出，隸變作出。按出字金文「頌鼎」作出，「善夫古鼎」作出，「毛公鼎」作出，均由「止」與「凵」所構形。《說文》以「象艸木益茲，上出達也」為出解其形，乃解形之誤。因從金文出之各形視之，實不象草木上出之形。《說文》以「進」釋「出」，是為出之引申義，而非出之本義。出字甲骨文作出、出等形。朱芳圃《甲骨學》引孫詒讓言：「《說文》：出，進也。像艸木益茲上出達也。金文毛公鼎作出，石鼓文作出，皆从止，龜甲文則作出，中亦从止。明古出字取足行出入之義，不像艸木上出之形。蓋秦篆之變易，而為許君襲之也。」孫氏之說可從。按出字从止，从凵構形。止即足，表行走。凵表先民居處洞穴之出口，「凵」為不成文的臆構虛象，故出為指事字，示人走出居處之意。其本義為「人離居處」。在出部中，从出的字，有敖、賣等四字。

𣎳 部首214。《說文》276頁上右，音ㄆㄛˋ（普活切）。𣎳，艸木盛𣎳𣎳然。象形八聲。凡𣎳之屬皆从𣎳。讀若輩。

案：篆文𣎳，隸變後似有三種不同的形體。一為此說之「朩」，另二者為「𠂒」與「市」。所謂「艸木盛𣎳𣎳然。」段玉裁注：「𣎳𣎳者，枝葉茂盛，因風舒散之貌。」依段注，中指草木，其兩側之兩曲筆為茂盛之枝葉。自屬象形字，象「草木茂盛」之形。《說文》又曰「八聲」。可能為後人所妄增，是則，朩為形聲字，不可從。按朩字不見經傳及甲金文，即今行之字書亦缺。隸變為𠂒，只作為𡴀、孛、索、𠂔、南五字之部首。另一隸變作「市」。沛、肺等字即从朩得聲。（沛字見《說文》547頁；肺字見《說文》170頁）讀若輩，以輩為聲。

 部首215。《說文》276頁下右，音ㄕㄥ（所庚切）。，進也。象艸木生土上。凡生之屬皆从生。

案：篆文，隸變作生。該字是由「屮」與「土」二字所構成。屮字見《說文》22頁，作「艸木初生」講。土為泥土。當屮與土相結合為生字。以示草木生土上。故生當屬「从屮从土」的會意字，會「草木生長」之意。《說文》以「進」釋「生」，是為引申義，生之本義應為「草木生長」。在生部中，从生的字，有丰、產、隆、甤、甡五字。

 部首216。《說文》277頁上右，音ㄓㄜˊ（陟格切）。，艸葉也。从穗上貫一，下有根，象形字。凡乇之屬皆从乇。

案：篆文，隸變作乇。該字不見經典及甲金文，就其篆體而言，中一橫像地，橫上為垂穗。橫下為根。為獨體象形字。在乇部中無一从屬之字，許慎為何立此為部首？不明。惟託、毫、宅三字均从乇得聲。以上三字分別見《說文》95、230、341三頁。

𠂹

部首217。《說文》277頁上右，音ㄔㄨㄟˊ（是為切）。𠂹，艸木葉華𠂹。象形。凡𠂹之屬皆从𠂹。[illegible]，古文𠂹。

案：許慎以「艸木葉華𠂹」釋「𠂹」。所謂「草木葉華𠂹」，就是草木之葉花下垂之意。中像枝幹，兩側上曲而下折者為茂盛之葉花。段玉裁注：「引伸凡𠂹之稱，今字垂行而𠂹廢矣。」垂字見《說文》700頁，作「遠邊」講。段玉裁注：「垂本謂遠邊，引伸之凡邊皆曰垂。」段氏之意：垂本義原為遠邊，被借為草木葉華下垂之𠂹，垂字遂失去其為遠邊的本義，不得不另加阜為偏旁，再造一「陲」字，以取代垂。垂則取代了𠂹，故𠂹已成為罕見用的死文字。𠂹之古文作[illegible]，是从毛从勿構形的字。

𠌶

部首218。《說文》277頁上左，音ㄏㄨㄚ（況于切）。𠌶，艸木華也。从𠂹，亏聲。凡𠌶之屬皆从𠌶。荂，𠌶或从艸夸。

案：所謂「艸木華」，即草木花。段玉裁注：「此與下文蕐音義皆同，今字花行而𠌶廢矣。」依段氏注，𠌶與蕐（華）實為一字之異體。「花行而𠌶廢」。由此可證，花為𠌶之後起形聲字。依此再推演，蕐（華）

花二字也同為一字。譬如甲等於乙，乙等於丙，自然丙也等於甲。依此邏輯，𠌶、華、花三字，實同為一字之異體。𠌶華（華）本一字，因各有部屬之字，故分為二。今字作花。《說文》以「从𠂹，亐聲」視𠌶為形聲字，乃釋形之誤，不可從，按𠌶為整體象形字，像「花朵開於于草木」之形。或體作荂，為𠌶後起「从艸，夸聲」的形聲字。在𠌶部中，从𠌶的字，只有一個韡字。

華

部首219。《說文》277頁下右，音ㄏㄨㄚ（户瓜切）。華，榮也。从艸𠌶。凡華之屬皆从華。

案：篆文華，隸變作華。該字是由「艸」與「𠌶」二字所構成。按𠌶之本義為「艸木華」，亦即「草木花」，也就是花朵開放于草木之意。（說見218部首𠌶字）𠌶華二字音義皆同，本為一字之異體。𠌶為華之初文，華為𠌶之後起形聲字。「从艸𠌶」，當云「从艸𠌶聲」。《說文》以「榮」釋「華」，榮字見《說文》249頁，本為梧桐樹名，引伸之，花開為榮，因華即花。按華（華）為「从艸，𠌶聲」的形聲字。在華部中，从華的字，只有一個曄字。

禾 部首220。《説文》277頁上右，音ㄐㄧ（古兮切）。禾，木之曲頭，止不能上也。凡禾之屬皆从禾。

案：篆文禾，隸變作禾。該字是在木字上向左加一斜筆「丿」所構成。段注：「此字古少用者。」所謂「木之曲頭，止不能上」。乃指樹木上端彎曲，表示不能再向上生長之意。按禾當屬指事字。木上向左之一小斜筆「丿」，係臆構之虛象，為不成文的指事符號，指樹木受礙不再上長。在禾部中，从禾的字有積、𥠖二字。

稽 部首221。《説文》278頁上右，音ㄐㄧ（古兮切）。稽，留止也。从禾，从尤，旨聲。凡稽之屬皆从稽。

案：篆文稽，隸變作稽。該字是由「禾」，「尤」，「旨」三字所構成。《説文》以「留止」釋「稽」。所謂「留止」，就是停留止住不再進之意。稽字與前220部首禾字，音義皆同，只是形體有別而已。稽之本義為「留止」，禾之本義為「木之曲頭，止不能上」，是一樣的意思。稽又从禾構形。故近代文字學者們多認為禾是稽的初文，稽是禾的後起「从禾，从尤，旨聲」的聲不兼義的形聲字。在稽部中，从稽的字只有䅶、⿰禾咎二字。查現行各字典，都將稽歸在禾部中，可謂大相逕庭，按禾與禾是兩個音義截然不同的字。

 部首222。《說文》278頁上左，音ㄔㄠ（鉏交切）。巢，鳥在木上曰巢，在穴曰窠。从木，象形。凡巢之屬皆从巢。

案：篆文巢，隸變作巢。該字是由「巛」、「臼」、「木」三者所構成。「巛」象鳥，「臼」象窠，「木」為築巢之樹。按巢屬合體象形字，像「鳥在樹上巢中」之形。在巢部中，从巢的字，只有一個㨿字。

 部首223。《說文》278頁下右，音ㄑㄧ（親吉切）。桼，木汁可以髹物。从木，象形。桼如水滴而下，凡桼之屬皆从桼。

案：篆文桼，隸變作桼。該字是由「木」與「氺」二者所構成。木指

桼樹，「八八」為桼樹兩側各三畫，指桼汁。與今之油漆類似，取汁之法，先將桼樹皮予以割裂，其汁才能冒出滴下。汁也稱樹脂。按桼屬合體象形字。像「桼汁從桼樹滴下」之形。在桼部中，从桼的字，只有髹、𩐎二字。段玉裁注：「桼字今作漆，而桼廢矣。」但桼、漆二字其義各不相同，桼為樹名，漆為水名。「漆水」，出右扶風杜陵岐山，東入渭。漆字見《說文》528頁。

 部首224。《說文》278頁下左，音ㄕㄨˋ（書玉切）。，縛也。从口木。凡束之屬皆从束。

案：篆文，隸變作束。該字是由「木」與「口」二字所構成。《說文》以「縛」釋「束」。所謂「縛」，就是將物纏緊聚之為一之意。按束字金文「大𣪘」作，「㫚鼎」作，似像束帛，束絲之形。篆文作，从口木構形。木示薪柴，口為圍之古字，以示將薪柴予以圍繞纏緊。引申而為一切束縛之意。束字當屬「从木从口」的會意字，會「束縛薪柴」之意。在束部中，从束的字，有柬、㯻、刺三字。

 部首225。《說文》279頁上右，音ㄏㄨㄣ（胡本切）。，橐也。从束圂聲。凡㯻之屬皆从㯻。

案：篆文，隸變作㯻。該字是由「束」與「圂」二字所構成。《說文》以「橐」釋「㯻」，復又以「囊」釋「橐」。總之，㯻、橐、囊三者，均為一樣的東西，就是俗稱可以盛物的袋子。按囊字金文「毛公鼎」作，「散盤」作。均像兩端用繩索予以束緊，中間為裝有東西的袋子。徐鍇《說文繫傳》說：束縛囊橐之名，《春秋國語》曰：「俟使於齊者，橐載而歸。」徐氏引《國語》言，旨在證橐為盛物之器。按橐字當屬「从束，圂聲」，聲不兼義的形聲字。圂字見《說文》281頁，作「豕廁」講，也就是豬圈，音ㄏㄨㄣ。僅取圂（ㄏㄨㄣ）為聲符表聲而已。在㯻部中，从㯻的字有橐、囊、櫜、橐四字。

 部首226。《說文》279頁上左，音ㄨㄟ（雨非切）。，回也。象回帀之形。凡囗之屬皆从囗。

案：《說文》以「回」釋「囗」。段玉裁注：「回，轉也。按圍繞，

迴圍之字當用此。圍行而囗廢矣。」朱駿聲氏《說文通訓定聲》亦云：「凡圍繞，迴圍字，經傳皆以圍為之。」據此，可知囗為圍之初文，圍為囗之後起形聲字。所謂「象回帀之形」。即回轉周合之形。按囗屬象形字，其本義為「圍繞」，今囗僅作部首字，在囗部中从囗的字，共有二十六字，另重文四字。

員

部首227。《說文》281頁下右，音ㄩㄢˊ（五權切）。員，物數也。从貝囗聲。凡員之屬皆从員。鼎，籀文，从鼎。

　案：《說文》以「物數」釋「員」。所謂「物數」，即貨物之數目。徐鍇《說文繫傳》說：「古以貝為貨，故員數之字从貝。若一錢二錢也。」許氏與徐氏均視員為單位詞。段玉裁注：「本為物數，引伸而為人數，俗稱官員。漢百官公卿表曰，吏員自佐史至丞相十二萬二百八十五人是也。」按員當屬「从貝，囗聲」的形聲字，本義為「物數」。至於員之籀文从鼎作鼎，徐灝《說文注箋》說：「按古文鼎字从貞，貞从貝，故凡从貝之字或从鼎。籀文鼎、鼎刂是也。」按鼎刂，今作則。在員部中，从員的字，只有一個貾字。

 部首228。《說文》281頁下左，音ㄅㄟˋ（博蓋切）。，海介蟲也。居陸名猋，在水名蜬，象形。古者貨貝而寶龜。周而有泉，至秦廢貝行錢。凡貝之屬皆从貝。

案：所謂「海介蟲」，即「海甲蟲」。是一種生長在海中的甲殼軟體動物。有多種不同的軀體。就其篆文「」而言，上之「目」像外殼，下之「八」像觸角。猋與蜬為貝之別名。古代貝殼與龜殼部用為貨幣。泉即錢，古今之異名也。周代之貝稱泉，至秦廢貝而改以金屬製錢。「貨貝而寶龜」之說。徐鍇《說文繫傳》曰：「龜可決疑，故寶之。」因為龜殼除作為貨幣外，還可用為占卜，而定吉凶。按貝當屬象形字。如細分之，則為獨體象形字。在貝部中，从貝的字共有五十九字，另重文三字。

 部首229。《說文》285頁下右，音ㄧˋ（於汲切）。，國也。从口，先王之制，尊卑有大小，从卩。凡邑之屬皆从邑。

案：篆文邑，隸變作邑。依據許氏之說，該字是由「口」與「卩」二字所構成。《說文》以「國」釋「邑」。朱芳圃《甲骨文》引葉玉森言：「按卜辭邑作邑、邑。从口象畺域，从卩象人踞形。乃人之變體，即指人民有土有人斯成一邑，許君从卩說未塙。」葉氏之說可從。許氏誤人為卩。按邑當屬「从口从人」的會意字。口為圍之初文，示有範圍的疆域。也就是國，人示眾人所居。在邑（阝）部中，从邑（阝）的字，共有一百八十一字。

䢅 部首230。《說文》303頁上左，音ㄒㄧㄤˋ（胡絳切）。䢅，鄰道也。从邑，从𨙨。凡䢅之屬皆从䢅，闕。

案：篆文䢅，隸變作乡阝。該字是由邑字正反寫兩字相並所構成。按邑之本義「國」。（詳見229部首邑字）《說文》以「鄰道」釋「䢅」，乃釋義之誤。拙意，䢅之本義應為「鄰國」。而非「鄰道」。蓋邑既為國，䢅作「鄰道」講，不合邏輯。邑𨙨二字，本為一字，音義無殊，只是一個反寫而已。邑為國，其反寫之𨙨，自然也是國。按䢅字當屬从邑，从𨙨的會意字，如細分之，則為同文會意。會「兩國相鄰」之意。所謂「闕」。段玉裁注：「闕者，謂其音未聞也。大徐云：胡絳切。」按胡降切，當為ㄒㄧㄤˋ音。在𨛜（𨙵）部中，从𨙵的字，只有鄉、鄉二字。

日 部首231。《說文》305頁上右，音ㄖˋ（人質切）。日，實也。大昜之精不虧，从囗一。象形。凡日之屬皆从日。日，古文象形。

案：《說文》以「實」訓「日」，固為漢代慣用之聲訓法。惟段玉裁引《釋名》曰：「日實也，光明盛實也。」即太陽之精光恆盛，永實不虧之意。「从囗一形象」。「囗」象太陽之輪廓，「一」象其中之不虧的精光。「日，古文象形。」王筠《說文釋例》說：「从囗一，三字衍文。日為全體象形。若从囗一，會意也。又言象形，是騎牆也。且囗一亦不成意，豈可以小篆揉圓為方，拗曲為直，而遷就其說乎？」王氏之意，「从囗一」三字是多餘的，當刪。「日，古文象形」，「日」亦為全體象形字，只是其中之精光改以曲線表之。惟「象形」二字恐為淺人所妄增，一個太陽，豈有日日二形？「象形」二字亦該刪。在日部中，从日的字，共有七十字，另重文六字。

旦 部首232。《說文》311頁下右，音ㄉㄢˋ（得案切）。旦，明也。从日見一上。一，地也。凡旦之屬皆从旦。

案：旦字甲骨文作 、。金文作 、 等形。似均像日初出地面之形，當屬象形字。惟朱駿聲《說文通訓定聲》說：「旦，明也。从日見一上，一，地也。指事。」近人林尹先生認為旦為增體指事字。（見《文字學概要》100頁）朱、林二之見，亦可通。「象形」與「指事」，有的字很難界定。所謂「从日見一，一，地也。」即日初出地平線上之意。《說文》以「明」釋「旦」，即指日初生之黎明。「黎明」亦為旦之本義。在旦部中，从旦的字，止有一個暨字。

倝 部首233。《說文》311頁下左，音ㄍㄢˋ（古案切）。倝，日始出。光倝倝也。从旦，㫃聲。凡倝之屬皆从倝。𠦝，闕。

案：篆文倝，隸變作倝。該字就篆體言，是由「旦」與㫃二字所構成。

「旦」之本義為「黎明」。（說見第232部首旦字）「㫃」為旌旗。（說見第234部首㫃字）所謂「日始出，光倝倝」。指太陽升起時，陽光照射在旌旗之上。按𠦝（倝）當屬「从旦，㫃聲」的形聲字。在倝部中，从倝的字，只有𠦝、朝二字。至於𠦝、闕。段玉裁注：「此蓋籀文也。」依段注，所謂「闕」，闕「籀文」二字。

㫃 部首234。

《說文》311頁下左，音ㄧㄢˇ（於幰切）。㫃，旌旗之游，㫃蹇之皃。从中曲垂下，㫃相出入也。讀若偃。古人名㫃字子游。凡㫃之屬皆从㫃。，古文㫃字。象旌旗之游及㫃之形。

案：篆文㫃，隸變作㫃。按㫃字甲骨文作、，金文作、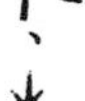等形。甲金文與篆文之㫃形，有相當大的差別。《說文》據譌變之篆文「㫃」說字，難免有所謬誤。如旗杠上之首飾，「中」，竟誤為初生屮之「中」字，而有「从中曲垂下」之錯。右側之游「人」，竟視為入字。致有「㫃相出入」之誤。按㫃與古文，均屬象形字，像旗杠及其首飾與縿游飄忽之形。「古人名㫃字子游」之說，用以證字之本義。古人取名與字，

其義必有關連，今人亦有此習。例如胡適先生，名適，字適之。「適」與「之」二字其義相通。「讀若偃」，以偃為聲。羅振玉《增訂殷虛書契考釋》說：「蓋字金文象形，卜辭作與金文同。ψ象杠與首之飾，乀象游形。段君以為从入，非也。蓋篆形既失初意，乃全不可知矣。卜辭又有ヨ字，象四游之形，疑亦㫃字。」羅氏之說可從，按㫃當屬整體象形字，本義為「旌旗」。在㫃部中，从㫃的字，有旗、族、施等二十三字，另重文五字。

 部首235。《說文》315頁下右，音ㄇㄧㄥˊ（莫經切）。，窈也。从日六，从冖。日數十，十六日而月始虧。冥也。冖亦聲，凡冥之屬皆从冥。

案：篆文，隸變作冥。依據《說文》的解說，該字是由「冖」、「日」、「六」三字所構成。其解說頗有爭議。徐灝《說文解字注箋》說：「《大雅．靈台》篇釋文引字林云：冥，幽也。即本許義。段改幽為窈，非也。此篆及說解乖舛，字形無十，而云日數十，已無所取義。況以十日為十六日，又不用十，而但从六。且既以十六日為月始虧，乃又不从月而从日，造字有如此支離惝恍者乎？今按篆當作冥。从昗冖聲。日昗而冥也。

昊之下體夨。遂譌从六」徐氏所言合理。按昊，即[illegible]字，隸變作昃。昃字見《說文》308頁。作「日在西方時側」講。日在西方則幽窈。宀字見《說文》356頁。作「覆」講。夕陽西下，夜將來臨，大地受夜色覆罩，則幽窈冥矣。

晶 部首236。《說文》315頁下左，音ㄐㄧㄥ（子盈切）。晶，精光也。从三日。凡晶之屬皆从晶。

案：晶之古文作、，譌變為晶。晶為曐之初文，復又省曐為星。晶、曐、星三字同為一字。「从三日」乃釋形之誤，天無三日之理，「三日」以示星之多也。按晶屬象形字，像「眾星羅列夜空」之形。《說文》以「精光」釋「晶」，是為引伸義。晶之本義應為「群星」。在晶部中，从晶的字，有曐、曑（參）、農（晨）、疊，四字。

月 部首237。《說文》316頁上左，音ㄩㄝˋ（魚厥切）。月，闕也。大侌之精。象形。凡月之屬皆从月。

案：篆文，隸變作月。《説文》以「闕」釋「月」。月、闕疊韵。固為音訓。惟月有殘缺之意。缺時多，圓時少。按甲金文月字，有數十種形體。篆文，象月闕時之形。月雖有盈，然闕時多，古人以恆見者造字。如「大侌之精」下加「常闕」二字，則可與「大昜之精不虧」對稱。大昜即太陽，大侌即太陰。亦為日月之通稱。在月部中，从月的字，有朔、霸、朗、期等八字，另重文二字。按月篆與肉篆相同，都作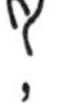，段玉裁改月篆為，以資別區。

 部首238。《説文》317頁上右，音ㄧㄡˇ（云九切）。，不宜有也。《春秋傳》曰：「日月有食之。」从月又聲。凡有之屬皆从有。

案：篆文，隸變作有。該字是由「又」與「肉」二字所構成。按肉篆與月篆無別，均作「」，段玉裁改月篆為「」，以便與肉篆區別。即又，亦即手。按有字金文「盂鼎」作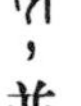，並注：「有，从又持肉會意」徐灝《説文注箋》説：「不宜有之義不確，……古者未知稼穡，食鳥獸之肉，故又（手）持肉為有也。」按有字當屬「从手，从肉，又聲」的「會

意」兼「形聲」之字。在有部中，从有的字，只有䨼，朧二字。

 部首239。《說文》317頁上左，音ㄇㄧㄥˊ（武兵切）。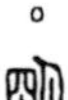，照也。从月囧。凡朙之屬皆从朙。，古文从日。

案：，字是由「囧」與「月」二字所構成。囧為窗之初文，即窗牖。月為月光。《說文》以「照」釋「朙」，表示月光照射在窗牖上而明亮之意。羅振玉曰：「朙古文作，證以卜辭，則朙皆古文。」（見《增訂殷虛書契考釋》中卷六頁）依羅氏言，今行之明字是由古文演變而成。明字則為「从日从月」的會意字。會「光明」之意，而朙字則為「从月从囧」的會意字。會「月光照在窗上」之意。在朙部中，从朙的字，只有一個𥉄字。

 部首240。《說文》317頁下左，音ㄐㄩㄥˇ（俱永切），窗牖麗廔闓朙也。象形。凡囧之屬皆从囧。讀若獷。賈侍中說：讀與朙同。

案：是窗的初文，像窗之形。外像窗的框架，內像窗格。所謂「窗

牖麗廔闓朙」。即窗牖玲瓏亮麗之意。囧為象形字，像「窗牖經過雕飾」之形。本義即為「窗牖」。「讀若獷」，以獷為聲，引賈侍中說：「讀與朙同」，惟段玉裁注：「賈侍中說讀若芒也。」賈侍中名逵，侍中為其官名，是許慎博采通人之一，東漢時人。

 部首241。《説文》318頁上左，音ㄒㄧˋ（祥易切）。，𦱤也。从月半見。凡夕之屬皆从夕。

案：夕與月二字于甲、金文同體。如夕之甲文作、，金文「盂和鐘」作，「穆公鼎」作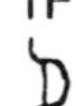，單癸卣作等形。至篆文時才分為二。《説文》以「𦱤」釋「夕」。𦱤即莫，為暮之本字。莫，即夜將來臨之時之傍晚。徐鍇《説文繫傳》説：「夕為月字之半也。月初生則暮見西方，故半月為夕。」按夕當屬省體象形字。其本義可作「殘月」講。在夕部中，从夕的字，有夜、夢、外等九字，另重文二字。

 部首242。《説文》319頁上右，音ㄉㄨㄛ（得何切）。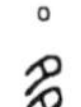，緟也。从緟

夕。夕者繹也，故為多。緟夕為多，緟日為疊。凡多之屬皆从多。夘，古文，並夕。

案：《説文》以「緟」釋「多」。惟徐鍇《繫傳》，朱駿聲《通訓定聲》及徐灝之《説文注箋》均作「重」，不作「緟」。緟字見《説文》662頁作「增益」講。段玉裁注：「經文統叚重為之，今則重行，而緟廢矣。」緟既成廢字，以下還是改用重字，較易明瞭。所謂「重」，在此作重疊講。多字的構形，「从重夕」。也就是兩個夕字上下重疊在一起，以示多義。夕為朝夕之夕字。所謂「相繹也」。段玉裁注：「相繹者，相引於無窮也。」相繹也就是演繹。接連不絶之意。譬如為事，今夕不成，明夕重來，明夕不成，再繼之。如此，多義自然而生。也就是《説文》所説的：「重夕為多。」但「重日為疊」是説不通的。疊不从三日，晶為星之初文。按多字當屬「从二夕」的會意字，屬同文會意。古文作夘，是兩個夕字並排而成，與夕上下排列的多字，音義無殊。亦為「从二夕」的會意字。在多部中，从多的字，有夥、㝖、㚇三字。惟對多字的構形，另有人作不同的解讀。認為多字非朝夕之夕字所構成，而是肉字篆文的省體。上下兩塊肉疊在一起而為多。此說頗有創意，特提參考。

毌 部首243。《說文》319頁上左，音ㄍㄨㄢ（古丸切）。毌，穿物持之也。从一橫毌。毌象寶貨之形。凡毌之屬皆从毌。讀若冠。

案：毌為貫之古字，貫為毌之後起「从貝毌聲」的形聲字。今貫字行，而毌廢矣。所謂「穿物持之」。就是以絲縷穿東西便于手提。所穿者為寶貨。「毌」象寶貨，而橫「一」為絲縷。按貫字金文作，象穿二貝之形。古以貝為貨幣，自當視為寶貨。毌，當屬象形字。本義則為「縷穿寶貨」。在毌部中，从毌的字，只有貫、虜二字。讀若冠，以冠（ㄍㄨㄢ）為聲。

㔾 部首244。《說文》319頁下右，音ㄏㄢˇ（乎感切）。㔾，嘾也。艸木之𢎘未發函然。象形。凡㔾之屬皆从㔾。讀若含。

案：篆文㔾，隸變作已。《說文》以「嘾」釋「㔾」。嘾字見《說文》59頁，作「含深」講。徐鍇《說文繫傳》說：「嘾者，含也。草木華未吐，若人之含物也。𠃍則華苞形，㇉象華初發，其莖尚屈也。」所謂「艸木𢎘未發圅然」。即草木的花朵含苞尚未開放的樣子。𢎘、華、花三字同為一字，華即花。按已字當屬象形字。像「花朵含苞待放」之形。其本義則為「蓓蕾」。在已部中，从已的字，有函、甹、甬三字。

𣐺　部首245。《說文》320頁右上，音ㄏㄢˇ（胡感切）。𣐺，艸木𠂹𢎘實也。从木𢎘，已亦聲。凡𣐺之屬皆从𣐺。

案：篆文𣐺，該字是由「木」與「𢎘」二字所構成。木，泛指草木，𢎘為蓓蕾。（說見244部首𢎘字）所謂「艸木𠂹𢎘實」。即草木上之花實（花苞）下垂之意。「已亦聲」以𢎘（ㄏㄢˇ）為聲，𣐺字當屬「从木，𢎘聲」的形聲字。本義當作「花實下垂」。惟𣐺字不見甲金文及經典，已成為一個罕見用的死文字，在𣐺部中，从𣐺的字，只有一個隸字。

𠧪　部首246。《說文》320頁上右，音ㄊㄧㄠˊ（徒遼切）。𠧪，艸木實𠂹𠧪𠧪然。象形。凡𠧪之屬皆从𠧪。讀若調。𠧪𠧪𠧪，籀文从三𠧪作。

案：篆文𠧪，隸變作𠧪。所謂「艸木實垂𠧪𠧪然」。就是草木之果實下垂的樣子。李國英氏曰：「垂𠧪𠧪然者，下垂之皃（貌）也。字以□象果實，上象蒂，中象果皮之文理。籀文作𠧪𠧪𠧪者蓋為初文，必三其形乃見垂𠧪𠧪然之狀也，篆省𠧪𠧪𠧪為𠧪，而非籀从三𠧪作也。」（見《說文類釋》47—48頁）李氏之說可從。據此，𠧪為獨體象形字，像果實「在草木上下垂」之形。讀若調，以調（ㄊㄧㄠˊ）為聲。在𠧪部中，从𠧪的字，只有栗、粟二字。

部首247。《說文》320頁下右，音ㄑㄧˊ（徂兮切）。齊，禾麥吐穗上平也。象形。凡齊之屬皆从齊。

案：篆文齊，隸變作齊。該字是由「亝」與「二」兩者所構成。「二」像地，「亝」像禾麥之穗及莖入地下。所謂禾麥吐穗上平」。即禾麥之穗向上生長得平齊之意。徐鍇《說文繫傳》說：「生而齊者，莫若禾麥也。二地也。」徐灝《說文注箋》說：「禾麥在地，彌望皆平，物之至齊者也。」二位徐氏所言中肯。按齊為象形字。本義則為「禾麥之穗上平」。引申而為一切齊平之謂。在齊部中，从齊的字，只有一個齋字。

 部首248。《說文》321頁右上，音ㄘˋ（七賜切）。，木芒也。象形。凡束之屬皆从束。讀若刺。

案：篆文，隸變作束。該字是由「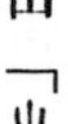」與「」所構成。木，可泛指草木。為草木之尖端，也就是芒。段玉裁注：「芒者，艸耑也。引伸為凡為鐵銳之偁。今俗用鋒鋩字，古祇作芒。束今字作刺，刺行而束廢矣。」按束為刺之本字，刺為束之後起「从刀，束聲」的形聲字。束刺為古今字，其音自然相同。束，當屬象形字，如細分之，則為合體象形。其本義為「木芒」。在束部中，从束的字，只有棗、棘二字。

 部首249。《說文》321頁上左，音ㄆㄧㄢˋ（匹見切）。，判木也。从半木。凡片之屬皆从片。

案：所謂「判木」，就是將木剖開分成兩半之意。判字見《說文》182頁，作「分」講。將篆文（木）字剖開，分成兩半，右邊一半即片字。

左邊一半為爿字，音ㄔㄨㄤˊ，牀字即从爿構形，並从爿得聲，也可說是牀之初文。按片是版之初文，版字見《說文》321頁，作「片」講。片，當屬象形字，象「半木」之形，本義則為「判木」，惟本義今罕用，所行者為別義，多借為名詞及量詞，如名片、卡片、紙片、，東西一片兩片等，在片部中，从片的字，有版、牘、牒、牖等七字。

鼎 部首250。《說文》322頁上右，音ㄉㄧㄥˇ（都挺切）。鼎，三足兩耳，和五味之寶器也。象析木以炊，貞省聲。昔禹收九枚之金，鑄鼎荊山之下，入山林川澤者，螭魅蝄蜽，莫能逢之，以協承天休。《易》卦巽木於下者為鼎。古文以貝為鼎。籀文以鼎為貝。凡鼎之屬皆从鼎。

案：篆文鼎，隸變作鼎。《說文》以「析木以炊，貞省聲」為鼎字解其形。是有問題的。所謂「省貞聲」。是將貞字省去上下，僅保留中間的「目」，作為鼎字上一半「目」，並用之為聲符。「析木以炊」。則視鼎之下一半「爿片」為剖開篆文的木（木）字。右邊為片，左邊為爿（說見249部首片字）並作為炊煮食物的薪柴。如此，則視鼎為形聲字。按鼎為整體象形字，像有容，有耳，有腳，用金屬打造的烹飪之器。王筠《說文釋例》說：「案鼎為全體象形，目其腹也，鼎之上出者為耳，下注者為足，不當以下半別象一事。」其說是。「昔禹收九枚之金，鑄鼎荊山之下……」等語，乃古製鼎之制或為製鼎之始。「螭魅蝄蜽莫逢之」云云，可視為神話，與解字毫無關連。在鼎部中，从鼎的字，有鼐、鼒、鼏三字。

 部首251。《說文》323頁上右，音ㄎㄜˋ（苦得切）。，肩也。象屋下刻木之形。凡克之屬皆从克。，古文克。，亦古文克。

案：篆文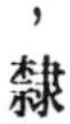，隸變作克。《說文》以「肩」釋「克」。肩字見《說文》171頁，作「髆」講。髆，即肩甲。徐鍇《說文繫傳》說：「肩者，任也。負荷之名也。與人肩髆之肩義通。此字下亦微象肩字之上也。能勝此物謂之克。」徐氏之意：肩能負荷重任，能勝任事者，謂之克。《說文》為克解其形為：「象屋下刻木形。」段玉裁注：「上象屋，下象刻木彔彔形。木堅而安居屋下。」《說文》對克的解形，及段玉裁的注釋。難令人認同。我們必須將克字還原為古老的甲骨文及鼎彝銘文，才能明瞭克字的構形，

及其真正的意涵。按克字甲骨文作、、、、，金文作、、，等形。羅氏振玉說：「《說文解字》：克肩也，象屋下刻木之形。古文作、。古金文作、與此略同。象人戴冑形。克本訓勝，許訓肩，殆引申之誼（義）矣。」（見增訂《殷虛書契考釋》殷中69頁）就甲、金文諸形言，羅氏之說可信。「克象人戴冑形。」冑，即頭盔。猶今軍人作戰時所戴之鋼盔。戴冑（頭盔）者，必為戰鬥之士。戰鬥之目的在求勝，所以克字當屬整體象形字。象人戴冑形。當以「攻敵制勝」為本義。「肩」只是克之引伸義。在克部中，無一從屬之事，許氏為何立之部首？其意不明，可能克字無所歸之故。現行字典，克字歸在儿（人）部中。應算適當。兩個古文克，亦均象形字。

部首252。《說文》323頁上左，音ㄌㄨˋ（盧谷切）。，刻木彔彔也。象形。凡彔之屬皆从彔。

案：篆文，隸變作彔。按彔字金文「大保敦」作，「彔卣」作等形。近人高鴻縉先生說：「字原象桔槔汲水形。故託以寄彔水之意，動詞。後彔淪為偏旁，失其本意。乃又加水為意符作淥，以還其原。或又作漉，形聲字。彔字周時借為福祿之祿。如頌鼎、頌壺、多父盤之類。周秦間加示為意符作祿。《說文》列入示部，解曰：祿，福也。从示彔聲。解構造似是，而實非其本也。」（見《中國字例》242頁）高氏之說可信。今就彔字金文「太保敦」作，予以分析說明：上之「」，即高氏所說的桔槔，也稱轆轤，為設在井上之絞盤及繩索。中之「」為汲水之器，屬桶之類。下之「」為溢出桶外之水。按彔當屬整體象形字，像用「桔槔取水」之形，本義可從形見之。彔為淥的本字，淥為彔之後起形聲字，今淥字行，而彔罕見用矣。後又借為福祿之祿為偏旁，祿，則為聲不兼義的形聲字，僅用彔表聲而已。《說文》以「刻木彔彔」釋「彔」，乃釋義之誤，不可從。在彔部中，無一从屬之字，為何《說文》立彔為部首？不明。

 部首253。《說文》323頁上左，音ㄏㄜˊ（戶戈切）。，嘉穀也。以二月始生，八月而孰。得之中和，故謂之禾。禾，木也。木王而生，金王

而死。从木，象其穗。凡禾之屬皆从禾。

案：篆文禾，隸變作禾。《說文》以「嘉穀」釋「禾」。所謂「嘉穀」。是連稈穀類植物之通稱。按禾字甲文作[glyph]、[glyph]、[glyph]，金文作[glyph]、[glyph]等形。上像穗及葉，下像根及莖之形。《說文》以「从木，象其穗」，乃解形之誤。按禾當屬整體象形字，非从木構形。至於「木王而生，金王而死」。乃陰陽五行之說，與釋字無關，古有所謂「穀初生曰苗，抽穗曰秀，成實曰禾」之說，在禾部中，从禾的字，共有八十七字，另重文十三字。

秝 部首254。《說文》322頁上左，音ㄌㄧˋ（郎擊切）。秝，稀疏適秝也。从二禾，凡秝之屬皆从秝。讀若歷。

案：篆文秝，隸變作秝。該字是由兩個禾字相並而成。所謂「稀疏適秝」。王筠《說文釋例》說：「稀疏，適也。指兩禾之間之空地也。立苗欲疏，故兩禾離之。」其說是。植禾（插秧）時，兩苗之間必須要有適當的距離，不能太密，否則，禾不易成長。段玉裁注：「適疏，適音的，秝音歷。《玉篇》曰：『稀疏厤厤然』，蓋凡言歷歷可數，歷行而秝廢矣。」據此，可知秝是歷之初文，歷為秝之後起字，歷字行，而秝字罕見用矣。秝，當屬「从二禾」的會意字。如細分之，則為同文會意。在秝部中，从秝的字，只有一個兼字。「讀若歷」。秝歷為古今字，二字之音自然相同。

黍 部首255。《說文》332頁下右，音ㄕㄨˇ（舒呂切）。黍，禾屬而黏者也。以大暑而種，故謂之黍。从禾，雨省聲。孔子曰：「黍可為酒。故从禾入水也。」。凡黍之屬皆从黍。

案：篆文黍，隸變作黍。該字是由「禾」與雨之省體「雨」（省上一橫）所構成。《說文》以「禾屬而黏者」釋「黍」。因黍是一種有黏性的穀類植物，俗稱黍子，類似糯米。黍是古代釀酒之主要原料。「以大暑而種，故謂之黍。」此說有兩層意涵：一為黍下種的季節在大暑，約為農曆五月下旬；一為以大暑之「暑」命名為「黍」，因暑黍音同。以黍下種之季節命名，故謂之黍。《說文》引孔子語：「黍可為酒，故从禾入水。」

此乃漢代緯學家之謅託，雖非孔子語，但所言倒也巧合，隸變後的「黍」字，不正是由「禾」、「入」、「水」三字所構成？《說文》以「从禾，雨省聲」，視黍為形聲字，欠妥。拙意：雨可引申為水。「黍」應屬「从禾，从水」的會意字。會「禾與水相合製酒」之意。在黍部中，从黍的字有黏，黎等八字，另重文二字。

香 部首256。《說文》333頁上左，音ㄒㄧㄤ（許良切）。香，芳也。从黍从甘。《春秋傳》曰：「黍稷馨香。」凡香之屬皆从香。

案：篆文香，隸變作香，就其篆體言，該字是由「黍」與「甘」二字所構成。黍為有黏性之穀類，可製芬芳之酒。（說見255部首黍字）甘之本義為美味。（說見150部首甘字）當黍與甘二字相結合，構成香（香）字，自可散發芬芳之香味。《說文》以「芳」釋「香」，按芳與香為同義詞，可相互為訓。香，當屬「从黍从甘」的會意字，如細分之，則為異文會意。在香部中，从香的字，只有一個馨字。《春秋傳》曰：「黍稷馨香。」段玉裁注：「約舉《左傳．僖五年》文，此非為香證，說香必从黍之意也。」

米 部首257。《說文》333頁下右，音ㄇㄧˇ（莫禮切）。米，粟實也。象禾黍之形。凡米之屬皆从米。

案：《說文》以「粟實」釋「米」。粟可泛指穀類，粟實也就是穀實。穀去其皮糠之實，即米。猶果去其殼之實，稱核或仁。按米字甲骨文作米。羅振玉《增訂殷虛書契考釋》說：「米，象米粒瑣碎縱橫之狀，古金文从米之字，皆如此作，許書作米形稍失矣。」其說是。按米象米粒之形，而非《說文》所說的象禾黍之形。至後俗體誤加一豎「丨」連貫其中作米。米，自屬象形字。在米部中，从米的字，共有三十六字，另重文七字。

毇 部首258。《說文》337頁右上，音ㄏㄨㄟˇ（許委切）。毇，糲米一斛舂為九斗也。从臼米，从殳。凡毇之屬皆从毇。

案：篆文毇，隸變作毇。該字是由「臼」、「米」、「殳」三字所構成。臼為舂米之具，殳本為兵器。段玉裁注：「殳猶杵也。」當臼、米、殳結合成毇，以示人持杵舂米之意。所謂「糒米一斛舂為九斗。」糒即糲，為糙米。一斛為十斗。十斗糙米曰毇。是說一毇（十斗）糙米，可舂成九斗精米。惟徐鍇《說文繫傳》說：「糒米一斛舂為八斗。」為何有一斗之差？可能在舂米的過程中精細不同之故。按毇當屬「从臼，从米，从殳」的會意字。會「糙米舂為精米」之意。其本義為「舂米」。在毇部中，从毇的字，只有一個糳字。

 部首259。《說文》337頁上左，音ㄐㄧㄡˋ（其久切）。臼，舂臼也。古者掘地為臼，其後穿木石。象形。中象米也。凡臼之屬皆从臼。

案：篆文臼，隸變作臼。《說文》以「舂臼」釋「臼」，簡言之，舂臼就是舂米之器。先民生活簡陋。就地掘土而成。其後生活改進，改用木與石鑿成。木臼今少見、石臼在農村仍能見到，石臼又稱為碓。臼，當屬象形字。像「石臼中有米」形。在臼部中，从臼的字，有舂、臿、臽、舀、臽五字。另重文二字。

凶 部首260。《説文》337頁下左，音ㄒㄩㄥ（許容切）。凶，惡也。象地穿交陷其中也。凡凶之屬皆从凶。

案：篆文凶，隸變作凶。該字是由「凵」與「㐅」所構成。凵字見《説文》63頁，音ㄎㄢˇ，作「張口」講。此口非口舌之口，乃坑坎之口，按凵為坎之初文，坎之本義為「陷」。凵，即為險惡的陷阱。㐅象交陷於其中。㐅為不成文的臆構虛象，故凶為指事字。《説文》以「惡」釋「凶」，是為引伸義，凶之本義應為「陷阱」。在凶部中，从凶的字，只有一個兇字。

朩 部首261。《説文》339頁上右，音ㄆㄧㄣ（匹刃切）。朩，分枲莖皮也。从屮，八象枲皮。凡朩之屬皆从朩。讀若髕。

案：篆文朩，隸變作朩。所謂「分枲莖皮」。枲即麻，就是將麻莖皮予以剝開。「屮」象麻莖。莖之兩旁「八」為麻皮。按朩當屬象形字，像「枲被剝去其皮」之形，本義應為「麻片」。在朩部中，从朩的字，只有一個枲字。「讀若髕」，以髕為聲。

𣏟 部首262。《說文》339頁上左，音ㄆㄞ（匹卦切）。𣏟，葩之總名也。𣏟之為言微也。微纖為功，象形。凡𣏟之屬皆从𣏟。

案：篆文𣏟，隸變作𣏟。該字是由兩個朩字相並所構成。朩是剝去其莖皮的麻片。（說見上一部首朩字）《說文》以「葩之總名」釋「𣏟」。段玉裁注：「葩本謂麻實，因以為苴麻之名，疑此句尚有奪字，當云：治葩枲之總名。」徐灝《說文解文注箋》說：「段說是也。緝麻以二縷相續，故从二朩，其為治葩枲之名明矣。𣏟與麻聲轉之異也。因各有所屬字，而分為二部。」徐氏之說可從，𣏟麻本為一字，只是音有別，因各有从屬之字，才分別立為部首。績麻當以二朩相並，才能紡成麻紗。故𣏟當屬「从二朩」的會意字，而非《說文》解其形為「象形」。所謂「微纖為功」。段玉裁注：「絲起於糸，麻縷起於𣏟。」言凡事功成，必起於細微。在𣏟部中，从𣏟的字，只有𣏣、㪔二字。

麻 部首263。《說文》339頁下右，音ㄇㄚ（莫遐切）。麻，枲也。从𣏟，从广。𣏟，人所治也。在屋下。凡麻之屬皆从麻。

案：麻字是由「广」與「𣏟」二字所構成。广字見《說文》449頁，音ㄧㄢˇ。是靠在山石之厓巖所建之屋舍。𣏟麻本為一字，加广以示在屋下治之。段玉裁注：「𣏟必於屋下績之，故从广。」《說文》以「枲」釋「麻」。枲即麻，是為同義字相互為訓。惟枲與麻仍有區分。段玉裁注：「未治謂之枲，治之謂之麻，以已治之偁加諸未治，則統謂之麻。」按麻當屬「从𣏟，从广」的會意字，如細分之，則為異文會意。在麻部中，从麻的字，有𪎊、䴱、𪎭三字。

尗 部首264。《說文》339頁下左，音ㄕㄨˊ（式竹切）。尗，豆也。尗象豆生之形也。凡尗之屬皆从尗。

案：《說文》以「豆」釋「尗」。段玉裁注：「尗豆古今語，亦古今字，此以漢時語釋古語也。」尗豆為古今語，或有可能，但絕非古今字。按豆為古食肉器，假借為植物豆類之名，如黃豆、綠豆等。（詳163部首豆字）豆為用器，尗才是真正的植物之豆。段玉裁注：「豆之生也，所種之豆，必為兩瓣，而戴於莖之頂，故以一象地。下象其根，上象其戴生之形。」

今字作菽。」依據段注，尗為全體象形字。中之一橫象地，一橫下為根，一橫上為莖及所生之豆瓣。而「今字作菽」。中間尚有一段過程。尗孳乳為叔，叔之本義為拾取，叔字从又，又即手，以手採擷尗之意。後叔字借為叔伯，叔姪之叔，叔為借義所專，於是加艸為意符而作菽，以還之原。尗為菽之初文，菽為尗之後起「从艸，叔聲」的形聲字。今菽字行，而尗字則罕見用矣。尗之本義固為豆，乃植物豆類之豆，而非古食肉器之「豆」。在尗部中，从尗的字，只有一個菽字。

 部首265。《說文》340頁上右，音ㄉㄨㄢ（多官切）。，物初生題也。上象生形，下象根也。凡耑之屬皆从耑。

案：篆文，隸變作耑。《說文》以「物初生題」釋「耑」。段玉裁注：「題者額也。人體額為最上，物之初見，即其額也。古發端字作此，今則端行，而耑廢。乃多用耑為專矣。」按耑字金文「義楚耑」作，「鄀王耑」作。中一橫象地，橫上象艸木初生，橫下象根。為獨體象形字。其本義為「物初生之題」。題即頂額。今借端為耑，以取代耑。而

耑又借為「專」，與專意同。在耑部中，無一从屬之字，許慎為何單耑為部首，不解。

 部首266。《說文》340頁上右，音ㄐㄧㄡˇ（舉友切）。韭，韭菜也。一種而久生者也。故謂之韭。象形。在一之上，一地也。此與耑同意。

案：篆文韭，隸變作韭。今俗作韮，韮菜是最常食用之蔬菜之一。就其篆體「韭」言，中間兩直豎象葉之上出，左右象葉之旁達，下一橫指地，謂其生長於地上也。韭為多年生草本，以其「一種而久生者」，韭久同音，故命名為韭。徐鍇《說文繫傳》說：「韭刈之復生也。異於常艸，故皆自為字也。」所謂「與耑同意」，因韭耑生態相同，構形亦類似。在韭部中，从韭的字，有䪢、䪤、䪥、韱、䪨五字。

 部首267。《說文》340頁下右，音ㄍㄨㄚ（古華切）。瓜，蓏也。象形。凡瓜之屬皆从瓜。

案：篆文瓜，隸變作瓜。《說文》以「蓏」釋「瓜」。蓏音ㄌㄨㄛˇ，植

物的果實有核者叫果，無核者叫蓏，瓜即屬無核者。段玉裁注：「艸部曰：在木曰果，在地曰蓏，瓜者，縢生布於地者也。」按瓜當屬象形字，外之「」象藤蔓。內之「」象其實。在瓜部中，从瓜的字，有瓝、瓞等八字。

 部首268。《說文》341頁上右，音ㄏㄨˋ（胡誤切）。，匏也。从瓜，夸聲。凡瓠之屬皆从瓠。

案：篆文，隸變作瓠。《說文》以「匏」釋「瓠」。匏字見《說文》438頁，音ㄆㄠˊ，作「瓠」講。瓠與匏二字義同，是為互訓。瓠，即今俗稱之壺盧瓜。因其形如壺，故名。按瓠當屬「从瓜，夸聲」的形聲字。在瓠部中，从瓠的字只有一個瓢字。

 部首269。《說文》341頁上左，音ㄇㄧㄢˊ（武延切）。，交覆深屋也。象形。凡宀之屬皆从宀。

案：篆文，隸變作宀。所謂「交覆深屋」。即四面有墻，上有蓋，內有室有堂之房屋。徐鍇《說文繫傳》說：「象屋兩下垂覆也。」按宀當

屬象形字。在宀部中，从宀的字，共有七十一字，另重文十六字。

 部首270。《説文》346頁上左，音ㄍㄨㄥ（居戎切）。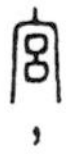，室也。从宀，躳省聲。凡宮之屬皆从宮。

案：篆文，隸變作宮。《説文》以「室」釋「宮」。古代人民之居室，無分貴賤，皆稱宮。至秦代始定為王者所居方稱宮。古之宮與室義同，是為同義字互釋。按宮字金文「東宮鼎」作，「召公尊」作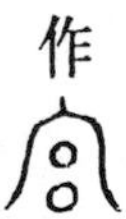，「頌鼎」作，「石鼓文」作等形。均不从呂，而从吕或从○○。徐灝《説文解字注箋》説：「鐘鼎文宮字屢見，皆从二口，不从呂，阮氏欵識利宮尊作，疑象室有窗牖。」按宮字甲文作、、、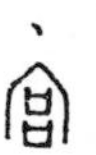、等形。朱芳圃《甲骨學》引羅振玉言：「从呂从象有數室之狀，从象此室達于彼室之狀，皆象形也。《説文解字》謂从躳省聲，誤以象形為形聲矣。」羅氏之説可從。呂為吕之譌，宮字當屬合體象形字。象上有覆蓋之屋頂，外有墻垣，內有小室之房屋。其本義為「居室」。在宮部中，从宮的字，只有一個營字。宮，應寫「宮」方為正確。

呂 部首271。《說文》346頁下右，音ㄌㄩˇ（力舉切）。呂，脊骨也。象形。昔太嶽為禹心呂之臣，故封呂侯。凡呂之屬皆从呂。膂，篆文呂，从肉，旅聲。

案：古文呂，隸變作呂。所謂「脊骨」，就是脊椎骨，俗稱脊背骨。段玉裁注：「呂象顆顆相承，中象其系聯也。」段氏之意，也可說呂象脊椎骨一節一節相連接之形，中間之一小筆為連接之筋。人之脊椎骨共為三十三個，呂，舉其大要而已。「昔太嶽為禹心呂之臣，故封呂侯。」是說太嶽（官名）因助禹治水有功，禹視為心呂（心腹）之臣，因而封為呂侯。此說旨在證呂字之本義。呂之篆文作膂（膂）。是呂之後起「从肉旅聲」的形聲字，呂則為膂之古文。在呂部中，从呂的字，只有一個躳字，俗作躬。

穴 部首272。《說文》347頁上右，音ㄒㄩㄝˋ（胡決切）。穴，土室也。从宀八聲。凡穴之屬皆从穴。

案：篆文穴，隸變作穴。所謂「土室」，就是將土挖空而成之居室。

今黃土高原尚有於土壁鑿穴為室以居者。朱駿聲《說文通訓定聲》說：「穴象嵌空之形，非八字。」按穴為全體象形字。《說文》以「从宀八聲」視穴為形聲字，乃釋形之誤。在穴部中，从穴的字，共有五十一字，另重文一字。

㝱　部首273。《說文》350頁下右，音ㄇㄥˋ（莫鳳切）。㝱，寐而覺者也。从宀从爿，夢聲。《周禮》以日月星辰占六㝱之吉凶，一曰正㝱，二曰咢㝱，三曰思㝱，四曰悟㝱，五曰喜㝱，六曰懼㝱。凡㝱之屬皆从㝱。

案：篆文㝱，隸變作㝱。該字是由「宀」、「爿」、「夢」三字所構成。宀字見《說文》341頁，音ㄇㄧㄢˊ，作「交覆深屋」講。爿字見《說文》351頁，音ㄑㄧㄤˊ。作「倚」講（爿是牀的初文）。夢字見《說文》318頁，作「不明」講。當宀、爿、夢三字結合為㝱字，表示人在深屋中倚靠在牀上作夢，有意識不清之狀。所謂「寐而覺者也。」段玉裁注：「寐而覺，與醉而覺同意。」段氏之意，㝱寐如同酒醉，雖然意識不清，但仍有知覺。按㝱為夢的本字，後省㝱為夢，今夢字行，而㝱廢矣。《說文》引《周禮》六㝱之說，旨在證㝱字的本義。與釋字無關。按㝱當屬「从宀从疒，夢聲」的形聲字。其本義為「意識模糊」。在㝱部中，从㝱的字，有寢、寐、寤、寎等十字，另重文一字。

部首274。《說文》351頁下右，音ㄋㄜˋ（女戹切）。疒，倚也。人有疾痛也。象倚箸之形。凡疒之屬皆从疒。

案：篆文疒，隸變作疒。《說文》以「倚」釋「疒」。所謂「倚」，就是倚靠。疒字是由「爿」與「一」所構成。爿是牀的本字，橫視之「爿」正象牀正面之形。「一」非數字之一，在此乃指人而言。當爿與一相結合構成疒字，以示人有疾痛時，倚靠在牀上息養之意。一為不成文之臆構虛象，故疒為指事字。疒字隸為疒，僅作為一切有關疾痛字的偏旁。在疒部中，从疒的字，共有一百零三字，另重文七字。

部首275。《說文》356頁下右，音ㄇㄧˋ（莫狄切）。冂，覆也。从一下垂也。凡冂之屬皆从冂。

案：篆文冂，隸變作冖。所謂「覆」，段玉裁注：「覆者，蓋也。」徐灝《說文注箋》說：「冖又作幂，《說文》無幂字，幂即幎也。巾部曰：幎，幔也。幔，幕也。帷在上曰幕，與覆義同。冖幎幔幕一聲之轉，冂象巾覆物形。」徐氏之說可從，按冖即幎之古文。屬象形字。像「以巾覆物」之形，其本義為「覆蓋」。今幎字行，而冖則廢矣。今僅作為部首，在冖部中，从冖的字有：冠、冣、託三字。

𠔼

部首276。《說文》357頁上右，音ㄇㄠˋ（莫保切）。𠔼，重覆也。从冂一。凡𠔼之屬皆从𠔼。讀若艸莓莓。

案：篆文𠔼，隸變作𠔼。𠔼字與下一部首冃字音義皆同，只是𠔼比冃少一畫而已。疑𠔼與冃本為一字之異體。冃字作「頭衣」講，所謂頭衣，就是戴在頭上的帽子。从冂从二構形，「冂」為覆蓋，如覆戴在頭上，自然就是帽子。「二」是帽上的兩件飾物。𠔼字中只有一橫，表示少了一件飾物，並不影響它的聲義。𠔼與冃本為一字，因各有所從屬之字才各立為部首。《說文》以「从冂二」視𠔼為會意字，一非數字之一，不構成會意的條件，按𠔼當屬象形字，是帽字的古文，在𠔼部中，从𠔼的字有同、冢、青 三字。「讀若艸莓莓」當云「讀若艸莓莓之莓」，造字未有一字讀聯音或二音者。

冃 部首277。《説文》357頁上右，音ㄇㄠˋ（古報切）。冃，小兒及蠻夷頭衣也。从冂，二其飾也。凡冃之屬皆从冃。

案：篆文冃，隸變作冃。該字是由「冂」與「二」所構成。所謂頭衣，就是帽子。為何小兒及蠻夷之帽不稱冠？我國古禮，男人成年時行過加冠禮後才稱冠，夷狄不行加冠禮，雖成年，亦曰帽。冂之本義為覆蓋，引申為帽。二，與數字一二三的二無關，是帽上兩件飾物。冃，當屬合體象形字。冃帽為古今字。今帽字行，而冃為帽義廢矣。今僅作為部首字。在冃部中，从冃的字，有冕、冑、冒、最四字。

㒳 部首278。《説文》358頁右上，音ㄌㄧㄤˇ（良獎切）。㒳，再也。从冂，从从，从丨。《易》曰：參天㒳地。

案：《說文》以「再」釋「㒳」。段玉裁注：「再者，一而二也。凡物有二，其字作㒳。」《說文》對㒳字的釋義及段氏的注釋，實難令人完全了解。㒳字看來簡單，卻是個「疑難雜症」的字，不易解釋明白。今筆者妄自作「望文生義」的解說：按㒳字是由「冂」、「丨」、「从」三字所構成。冂（冂）字見《說文》230頁，音ㄐㄩㄥ，作「邑界」講。在此引申為一塊尚未分割的土地，屬二人所共有。丨字見《說文》20頁，音ㄍㄨㄣˇ。作「上下通」講。在此，借「丨」為分界線。「从」音ㄘㄨㄥˊ，作「二人」講。當冂、丨、从三字合而構成㒳字，以示將此土地分為兩半，由二人各自治理。依此，㒳字則為「从冂、从丨、从二人」的會意字，當以「分界」為本義。按㒳兩為古今字。今兩字行，而㒳罕見用矣。在㒳部中，从㒳的字，只有兩、㒼二字。《說文》引《易，說卦》旨在證㒳字之本義。

 部首279。《說文》358頁下右，音ㄨㄤˇ（文紡切）。，庖犧氏所結繩，以田以漁也。从冂，下象网交文。凡网之屬皆从网。，网或加亡。，或从系。，古文网，从冂亡聲。，籀文从。

案：网，應單指漁網。段玉裁依據《廣韵》補加「以田」二字。网字是由「冂」與「㐅㐅」所構成。冂之本義為「覆蓋」，（說見275部首冂字）「㐅㐅」即交紋，為網之小空隙。网，正像捕魚之網形。网之兩個或體字，一為，是「从网亡聲」聲不兼義的形聲字，隸變作罔。另一或體作。是「从糸罔聲」的形聲字。从糸以示結网之質。即今行之網字。古文作，是「从冂亡聲」的形聲字。籀文，从。按网為象形字，是網之初文，今網字行，而网僅作為部首字。《說文》無罔與網字，即网之或體與。在网部中，从网的字，共有三十四字，另重文十二字。

 部首280。《說文》360頁下右，音ㄒㄧㄚ（呼訝切）。，覆也。从冂，上下覆之也。凡襾之屬皆从襾。讀若晋。

案：襾字是由「一」、「凵」、「冂」三者所構成，冂凵二字音義皆同，只是一正一反而已。冂字見《說文》356頁，作「覆」講。《說文》以「覆」釋「襾」，冂示以巾覆物，從上覆下也。凵則相反，指從下覆上也。一，指覆而再覆之意。王筠《說文釋例》說：「冂下云：覆也。襾从

冂，故同其義。冂為正凵，在上而覆下也。凵為倒冂，自下而覆上也。故曰：上下覆之。又加一，如包物者，重覆裹之也。」王氏之説可信。按襾字上之一橫，非數字之一，乃臆構之虛象，指重覆之事，故襾為指事字，在襾部中，从襾的字，有覂、覆、覈三字。「讀若晋」。徐灝《説文注箋》曰：「俗謂物從上按下曰襾，蓋古語。」

 部首381。《説文》360頁下左，音ㄐㄧㄣ（居銀切）。巾，佩巾也。从冂，丨象系也。凡巾之屬皆从巾。

案：篆文巾，隸變作巾。該字是由「冂」與「丨」所構成。冂字見《説文》356頁，音ㄇㄧˋ，作「覆蓋」講。丨為系，用以懸巾者。徐鍇《説文繫傳》説：「帨即佩巾，佩之故，有系。」帨，即今俗稱之手帕，隨身所帶者。稱佩巾者，猶玉之有系稱「佩玉」。巾多為布帛所製，今無系者亦曰巾，如面巾、枕巾、浴巾、桌巾等等，按巾為象形字，在巾部中，从巾的字，共有六十二字，另重文八字。

巿

部首282。《說文》366頁上右，音ㄈㄨˊ（分勿切）。巿，韠也。上古衣蔽前而已。巿以象之。天子朱巿，諸侯赤巿，大夫葱衡。从巾，象連帶之形。凡巿之屬皆从巿，韍，篆文巿，从韋从犮。

案：《說文》以「韠」釋「巿」。韠字見《說文》237頁，作「韍」講。簡言之，韠就是先民用皮韋所制，用以遮蔽前身之圍裙。段玉裁注：「鄭注《禮》曰：『古者佃漁而食之，衣其皮，先知蔽前，後知蔽後。後王易之以布帛，而獨存其蔽前者，不忘本也。』按韠之言蔽也，韍之言亦蔽也。」按巿，可能是初民最原始之簡單衣著，勉蔽其前身而已，其後逐漸進化，改以布帛所製，為守古道，不忘根本，仍保留此種衣著之款式。並成為官員們之制服。視官階之高低，以顏色加以區分。如天子朱巿，諸侯赤巿等，且有一定之規格，上廣二尺，下廣一尺，其頸五寸。（見韠字）。按巿當屬象形字。上象帶，下象皮韋之形。在巿部中，从巿的字，只有一個韐字。巿之篆文作韍，與韠同為古文巿之後起形聲字，巿為韠之初文，今韠字行，而巿罕見用矣。

 部首283。《說文》367頁上右，音ㄅㄛˊ（旁陌切）。，繒也。从巾白聲。凡帛之屬皆从帛。

案：篆文，隸變作帛。該字是由「白」與「巾」二字所構成。《說文》以「繒」釋「帛」。繒字見《說文》654頁，作「帛」講，帛繒義同，是為同義字相互為訓。按帛當屬「从巾白聲」的形聲字，在帛部中，从帛的字，只有一個錦字。

 部首284。《說文》367頁上左，音ㄅㄞˊ（旁陌切）。，西方色也。陰用事，物色白，从入，含二，侌數。凡白之屬皆从白。，古文白。

案：篆文，隸變作白。《說文》解其形為「从入合二」。即篆文之字是由「入」與「二」所構成。釋其義為「西方色也。侌用事，物色白。」所謂「西方色」，乃漢代五方色之說：青、赤、白、黃、黑，分居東、南、西、北、中，遂謂白為西方色也。所謂「侌用事」。段玉裁注：「出者陽也，入者陰也，故从入。」歸納《說文》之解說及段玉裁之注釋。白字則為「从入从二」的會意字，其本義「物色白」。惟徐灝《說文注箋》

說：「白字从入二，義不可通，以古文證之，則其非入二明矣。古鐘鼎文多作日，無从入二者。皀部曰：皀穀之馨香也。象嘉穀在裹中之形，匕所以扱之，是皀之上體白，正象米粒即白字也。」徐氏否定了《說文》對白字的解說，並認為白字是米粒之白，屬象形字。另朱駿聲《說文通訓定聲》說：「白字从日，上象日未出初生微光。按日未出地平時，先露其光恒白，字當从日，丨指事。訓太陽之明也。」朱氏認為白字是指日光之白，並視白為指事字。更有人認為白之金古「伯侯父盤」文作，象翹起的大拇指，因而叔伯之「伯」字从白，以寓居長之意。真是眾說紛紜莫衷一是，何者正確？憑各人主觀的認知了。倒是大陸學者向夏先生在其《說文解字部首講疏》中，說了兩句極為中肯的話：「白字本義煙沒，不可深究。」在白部中从白的字有皎、皢、皙等十字，另重文二字。

㡀 部首285。《說文》367頁下左，音ㄅㄧˋ（毗際切）。㡀，敗衣也。从巾，象衣敗之形。凡㡀之屬皆从㡀。

案：篆文㡀，隸變作㡀。該字是由「巾」與「八丨丨」所構成。所謂「敗衣」，就是破衣。巾之本義為「佩巾」，可引申為衣。「八川」為衣上之破孔。當巾與八川相結合，正像破衣的樣子。㡀當屬象形字。按㡀為敝之本字，敝為㡀之後起形聲字，今敝字行而㡀廢矣。在㡀部中，从㡀的字，只有一個敝字。㡀為獨體象形字。

 部首286。《說文》367頁下左，音ㄓˇ（陟几切）。，箴縷所紩衣也。从㡀，丵省，象刺文也。凡黹之屬皆从黹。

案：篆文，隸變作黹。所謂「箴縷所紩衣」。段玉裁注：「箴當作鍼。箴所以綴衣，鍼所以縫也。紩，縫也。縷，線也。絲亦可為線矣。以鍼貫縷曰黹。」簡言之，「箴縷所紩衣」，就是用針線縫衣。朱駿聲《說文通訓定聲》說：「黹字疑象形，非从丵省。」其說可信。按黹為全體象形字。《說文》以「从㡀，丵省」視黹為會意字，乃解形之誤。在黹部中，从黹的字，有黼、黻等五字。

 部首287。《說文》369頁上右，音ㄖㄣˊ（如鄰切）。，天地之性最

貴者也。此籀文，象臂，脛之形。凡人之屬皆从人。

案：所謂「天地之性最者」。即天地間人為萬物之靈的意思。按人字甲骨文作、，金文作、等形。籀文作，象人側立之形。故只見其頭與一臂一脛。人，自屬象形字，如細分之，則為獨體象形。在人部中，从人的字，共有二百四十四字，另重文十四字。

 部首288。《說文》388頁上左，音ㄏㄨㄚˋ（呼跨切）。，變也。从到人。凡匕之屬皆从匕。

案：篆文，隸變作匕。《說文》以「變」釋「匕」。段玉裁注：「變者，更也。凡變匕當作匕，教化當作化。許氏之字指也。今變匕字盡作化，化行而匕廢矣。」簡言之，變就是變化。所謂「从到人」，到即倒。是說將籀文人字予以顛倒，而成匕字，以示變化之意。按匕為化之古字，化為匕之後起形聲字，教化乃變化之引伸義，今化字行，而匕字則罕見用矣。在匕部中，从匕的字，有化、眞、匙三字。匕屬象形字，如細分之，則為變體象形。

部首289。《說文》388頁下左，音ㄅㄧˇ（卑履切）。，相與比敘也。从反人。匕，亦所以用匕取飯，一名柶。凡匕之屬皆从匕。

案：篆文，是人（）字的反寫，故曰：「从反人」。隸變作匕。所謂「相與比敘」。徐灝《說文注箋》說：「匕比古今字。比，密也。密即比敘之義。凡比例、比次、比較，皆比敘也。為獨立形，反為，與之相對，是相與比敘矣。」按隸變之匕，是匙的初文，又名柶。柶與匕都是舀取食物的器具，類似飯瓢與湯匙。正如《說文》所云：「匕，亦所以用比取飯，一名柶。」據此，可知該字有二形，二義。王筠《說文釋例》說：「匕字蓋兩形各義。比敘之匕从反人，其篆當作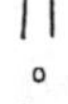。部中[illegible]、匘、卬、卓從之。一名柶之匕，蓋本作，象柶形。部中匙、𠤕、頃從之……由此觀之，其為兩義較明白。反人則會意，柶則象形……。」徐王二氏之說，均可從。由此可知，反人則為「比敘」之義；匕則為「飯匙」之義，是為二形二義也。匕又假借為刀匕字，即所謂「匕首」，以其首類匕，故名。按匕首為短劍。

部首290。《說文》390頁上右，音ㄘㄨㄥˊ（疾容切）。，相聽也。从二人。凡从之屬皆从从。

案：篆文，隸變作从。該字是由兩個人字相並所構成。《說文》以「相聽」釋「从」。段玉裁注：「聽者，聆也。引伸為相許之偁。言部曰：許，聽也。按从者，今之從字，從行而从廢矣。」从從為古今字，从是從之初文，從是从之後起形聲字。簡言之，相聽就是相從。二人相隨，即從行之意。按从為「从二人」的會意字，如細分之，則為同文會意。在从部中，从从的字，只有從、并二字。

部首291。《說文》390頁上左，音ㄅㄧˋ（毗至切）。，密也。二人為从，反从為比。凡比之屬皆从比。，古文比。

案：篆文，隸變作比。該字是由兩個人字的反寫相並所構成。即《說文》所說的：「二人為从，反从為比。」按比字金文「比彝」作，「鬲攸比鼎」作，「邙比父豆」作等形。《說文》以「密」釋「比」。密，就是親密，乃專指人之親密而言。從金文比字諸形視之，像後人趴在

前人之身上，其親暱之模樣，不禁想起李安所導演的曾獲得奧斯卡金像獎的電影《斷背山》。比雖為兩個人字的反寫，但仍屬人字，算是人字的變體而已。按比為「从反人」的會意字，其本義應作「人之親密」講。古文作，是兩個大字所構成。大即人。（詳大字）是「从二人」的會意字。在比部中，从比的字，只一個毖字。

 部首292。《說文》390頁下右，音ㄅㄟˋ（博墨切）。，菲也。从二人相背。凡北之屬皆从北。

案：篆文，隸變作北。該字是由兩個人字反向相並列所構成。即《說文》所說的：「从二人相背」。《說文》以「菲」釋「北」。菲字見《說文》146頁，俗作乖。其本義為「戾」。就是乖戾相背之意。按北為背之古字，背為北之後起形聲字，北字當屬「从二人相背」的會意字，本義為菲（乖）。惟北字借為東南西北方位之「北」字後，其為乖的本義遂廢。在北部中，从北的字，只有一個冀字。

 部首293。《說文》300頁下左，音ㄑㄧㄡ（去鳩切）。，土之高也。非人所為之。从北从一，一，地也。人居在北南，故从北。中邦之居，在昆侖東南。一曰：四方高，中央下為丘。象形。凡北之屬皆从北。，古文从土。

案：篆文，隸變作丘。《說文》以「土之高，非人所為」釋「丘」。所謂「土之高」。就是高的土阜，也可說就是小山。「非人所為」。說明丘乃自然形成，非人工所堆成者。此說旨在與「京」字作為區別。因「京」為人工所堆成之丘（小山）。（詳190部首京字）。按丘字甲文作，金文作，與篆文之形大致相同。均象兩個山峯之形，與山為三峯，少一峯而已。屬獨體象形字。《說文》以「从北，从一」為丘解其形。因篆文丘之上體「」與北篆體「」相同，遂誤為北字，竟將一個整體象形的丘字拆之為二，視丘為「从北，从一」的會意字。顯係解形之誤。「一曰：四方高，中央下為丘，象形。」又視丘為象形字。豈不矛盾？《說文》對丘字的說解，確有問題，至於「人居在北南，故从北」云云，全係會附之說，不可據。丘之古文作「」，加土為意符，「从土，丘聲」為丘之後

起俗字。在丘部中，从丘的字，只有虛、㞕二字。

㐺 部首294。《說文》391頁上左，音ㄧㄣˊ（魚音切）。㐺，眾立也。从三人。凡㐺之屬皆从㐺。讀若欽崟。

案：㐺字是由三個人字並立所構成。以示眾立之意。疑為眾之古字。按㐺當屬「从三人」的會意字，如細分之，則為同文會意。「讀若欽崟」。當云「讀若欽崟之崟」。語意方為完整。在㐺部中，从㐺的字，有眾、聚、臮三字。

𡈼 部首295。《說文》391頁下右，音ㄊㄧㄥˇ（他鼎切）。𡈼，善也。从人士。士，事也。一曰，象物出地挺生也。凡壬之屬皆从壬。

案：篆文𡈼，隸變作壬。依據《說文》之解說，篆文𡈼，則是由「人」與「士」二字所構成。並以「善也，从人士」為壬釋義解形。又說：「一曰：象物出地挺生也。」據此，《說文》認壬有二義。按壬字甲骨文作、、。朱芳圃《甲骨學》引商承祚言：「按《說文解字》

壬，善也。从人士。士，事也。一曰：象物挺生也。此正象士上生物之形。與許書第二說相符，則此字當从士，不應从土。」商氏無異間接否定了《說文》的第一說：「善也，从人士」。商氏之說可信，按士字甲骨文作，如與壬之甲骨文作相對照，壬字下半為土，而非士。士字則不見甲文。徐鉉（大徐）也說：「人在土上，壬然而立也。」壬然而立，也就是「挺然而立」。因此，疑壬為挺之初文，挺為壬之後起字。按壬當屬「从人，从土」的會意字，會「人挺然而立」之意。在壬部中从壬的字，有徵、朢、𦣞三字。按士與土二字之別，只在下一横的長短，形雖近，而音義迥然有別，如稍不注意，而寫錯，真有所謂「差之毫釐，謬之千里」也。如十天干第九位音ㄖㄣˋ的「壬」字。與上述音ㄊㄥˇ的「壬」字，楷書幾乎完全相同，但音義卻是完全不同，像這種字，也只有靠上下文來認定了。否則就要將之還原為篆文、金文甚至甲骨文才能明白。

 部首296。《說文》392頁上右，音ㄓㄨㄥˋ（柱用切）。，厚也。从壬，東聲。凡重之屬皆从重。

案：篆文重，隸變作重。就其篆體言，該字是由「𡈼」（𡈼）與東二字所構成。𡈼（𡈼）之本義作「人挺立地上」講。（說見295部首𡈼字）東為橐之古字，橐即囊。也就是俗稱的袋子。後借為方位東字。（詳207部首東字）《說文》以「厚」釋「重」。當𡈼（𡈼）與東相結合構成重字。表示站立的人身上背著一個裝滿東西的笨重袋子。而顯厚重之意。按重當屬「从𡈼，東聲」的形聲字。其本義為「厚重」。念去聲ㄓㄨㄥˋ。借為重疊之重，則念平聲ㄔㄨㄥˊ。惟徐鍇《說文繫傳》說：「𡈼者，人在土上，故厚也。」徐氏之說，也有道理，併列參考。在重部中，从重的字，只有一個量字。

臥

部首297。《說文》392頁上右，音ㄨㄛˋ（吾貨切）。臥，伏也。从人臣，取其伏也。凡臥之屬皆从臥。

案：篆文臥，隸變作卧。該字是由「人」與「臣」二字所構成。臣為目之變體，本義為「瞋目」。（詳85部首臣字）「臥，伏也」。其他各本不作「伏」，如《繫傳》與《通訓定聲》都作：「臥，休也」。《玉篇》作：「臥，眠也，息也。」段玉裁改訂為「臥，伏也。」其實，伏、休、偃、俯、息等字之意接近。臣為目之變體，可引伸為瞑目、垂目，或閉目，人在疲勞時之自然現像，表示需要休息睡眠了。按臥當屬「从人、从臣」的會意字，如細分之，則為異文會意。本義作「休」或「伏」均可。在臥部中，从臥的字，有監、臨、⿱臥食三字。

 部首298。《說文》392頁上左，音ㄕㄣ（失人切）。，躳也。从人，申省聲。凡身之屬皆从身。

案：篆文，隸變作身。身就是身體。《說文》以「躳」釋「身」。躳字見《說文》347頁。作「身」講。「身，躳也。躳，身也。」雖為互訓，但身躳二字卻有很大的區別，躳字从呂構形，呂是脊椎骨，俗稱脊背骨。（詳271部首呂字）人之脊椎骨共有三十三個，個個緊扣，用以支撐人之身軀而直立。《說文》以「从人，申省聲」，為「身」解其形。所謂申省聲。申之籀文作，就是省去右邊之，僅保留左上角之「∈」，而代申作為身之聲符。並視身為形聲字。但對身字下部向左之一撇末作交代，因而解形欠完整。按身字金文「通彔鐘」作，像人大腹站立地上之形，屬

全體形象字，而非形聲字。其本義則為「人之身體」。在身部中，从身的字，只有一個軀字。

㐆 部首299。《説文》292頁下右，音一（於機地）。㐆，歸也。从反身。凡㐆之屬皆从㐆。

案：篆文㐆，隸變作㐆。該字是由身的篆文「身」之反寫而成。故曰：「从反身」。《説文》以「歸」釋「㐆」。㐆既是身的反寫，其意自然也與身相反。身為象形字，像人大腹站立地面之形。（詳前298部首身字）面向外，似有作外出打算的樣子。㐆則站立的方向相反，似從外歸來之狀。徐鍇《説文繫傳》説：「人之身有所為常外向趣（趨）外事，故反「返」身為歸。」按身為象形字，像人大腹站立地上之形。反身之「㐆」還是身字，只是站立的方向相反。仍屬象形字。其本義為歸。在㐆部中，从㐆的字，只有一個殷字。

衣 部首300。《説文》392頁下左，音一（於稀切）。衣，依也。上曰衣，下曰常。象覆二人之形。凡衣之屬皆从衣。

案：篆文，隸變作衣。《說文》以「依」釋「衣」，因衣依二字音同，固為漢代習慣之音訓法。但依有依靠、依賴之意。衣者，所以依其遮蔽身體也。衣應單指上衣而言，常即裳，則為下裙。「象覆二人之形。」依常理推之，衣無覆二人之理。顯係釋形之誤。段玉裁也作了錯誤的注釋：「云覆二人，則貴賤皆覆。」按衣字甲骨文作、，金文作等形，與篆文相似。上為衣領，左右象衣袖，中象交衽，衣屬整體象形字。在衣部中，从衣（衤）的字，共有一百十六字，另重文十一字。

 部首301。《說文》398頁上右，音ㄑㄧㄡˊ（巨鳩切）。，皮衣也。从衣，象形。（此為段玉裁訂做从衣象形，並刪「一曰象形」四字）與衰同意。凡裘之屬皆从裘。，古文裘。

案：篆文，隸變作裘。該字是由「求」與「衣」二字所構成。惟其他各本對裘字的說解不同。如徐鍇《說文繫傳》與朱駿聲《說文通訓定聲》都作：「裘，皮衣也，从衣求聲，一曰象形……。」段氏不僅刪「一

曰象形」四字，也與徐、朱二氏視裘為形聲字，為象形字不同。段氏所持改刪之理由，在他的注釋中說：「各本作从衣，求聲，一曰象形。淺人妄增之也。裘之制毛之外，故象毛文。」段氏之改刪，是否合理，乃見仁見智之事。許慎這部曠世巨著《說文解字》，兩千年來，不知經多少人隨性任意刪增，有很多字，已難窺其原著之真貌，使後來閱讀此書的人，不無遺憾，有無所適從之感。不管前人怎麼改，怎麼說。可以肯定。「求」為象形字，出現在前。「裘」為形聲字，出現在後。初民不知耕種，食鳥獸之肉，自然也無絲麻可以製衣。吃完獸肉後，將其皮曬乾，用以遮體禦寒，這是人類最原始之衣著，按求字金文「君夫敦」作。「番生敵」作，「齊子仲美鎛」作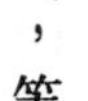，等形。均像剝下之獸皮，有頭、足、尾之形。後來人類逐漸進化，知道以絲麻可以製衣。求字則借作干求，求匄（丐）之求，求為借義所專，而為原始衣著之本義遂廢。於是加衣為意符作裘，以還其原。也可以肯定，求為裘之初文，裘為求之後起形聲字。所謂「與哀同意」。段注：「皆从衣而象其形也。」在裘部中，从裘的字，只有一個䘳字。古文，即今行之求字。

部首302。《說文》402頁上右，音ㄌㄠˇ（盧皓切）。，考也。七十曰老。从人、毛、匕。言須髮變白也。凡老之屬皆从老。

案：篆文，隸變作老。就其篆文言，該字是由「」（毛）「」（人），「匕」（化）三字所構成。《說文》以「考」釋「老」。考下曰：老也。老、考二字義同，是為「轉注」，即轉相注釋之意。「七十曰老」。人到七十視為古稀之人。頭髮、鬍鬚都變白了，故曰「須髮變白也。」須為鬚之本字，匕為化的本字，匕，即變化。按老字當屬「从人、从毛、从匕（化）」的會意字，會「人老」之意。在老部中，从老的字有：耋、耄、耆、耇、耉、耈、壽、考、孝九字。

部首303。《說文》402頁下左，音ㄇㄠˊ（莫袍切）。，髮之屬及獸毛也。凡毛之屬皆从毛。

案：篆文，隸變作毛。所謂「眉髮之屬及獸毛」。段玉裁注：「眉者，目上毛也。髮者，首上毛也。獸毛者，貴人賤畜也。」徐灝《說文解字注箋》說：「人獸曰毛，鳥曰羽，渾言通曰毛。」按毛應單指人獸之毛

而言。屬獨體象形字。在毛部中，从毛的字，有氈、毶等六字。

毳 部首304。《說文》403頁下右，音ㄘㄨㄟˋ（此芮切）。毳，獸細毛也。
从三毛。凡毳之屬皆从毳。

案：篆文毳，隸變作毳。該字是由三個毛字相疊而成。所謂「獸細
毛」。就是獸類茸密之細毛。毛細則叢密。故从三毛，三，以示眾多之意。
按毳當屬「从三毛」的會意字。會「眾毛」之意。如細分之，則為同文會
意。其本義為「獸毛」。在毳部中，从毳的字，只有一個𣰆字。

尸 部首305。《說文》403頁下右，音ㄕ（式脂切）。尸，陳也。象臥
之形。凡尸之屬皆从尸。

案：《說文》以「陳」釋「尸」。段玉裁注：「陳當作敶。敶，列也。
象首俯而曲背之形。」惟徐灝《說文注箋》說：「尸字即人篆之橫體，末
筆引而長之。人部仁，古文作𡰥，即其證。段謂象俯首而曲背，非也。古
者祭祀之尸，以人為之，故凡从尸之字，多言人事。如屆，臥息也。展，

轉也。屒，伏也。皆取臥義，餘則取橫體相配耳。尸本人臥之偁，因人死而長臥不起亦謂尸。」徐氏之說可從。人死長臥不起，即為屍。屍字从尸从死構形。从尸即从人，因尸為人字的變體。因此，疑尸為屍之古字，屍為尸之後起字。古之經籍亦多以尸為之。如《史記·伍子胥列傳》：「拙楚平王墓，出其尸，鞭之三百然後已。」按尸為獨體象形字。當以「人臥」為本義。陳，為其引伸義而已。其中徐灝氏說：「古者祭祀之尸，以人為之。」其說載於《儀禮》。古代親死後，以孝子之兄弟飾親受祭，飾者稱之為尸。《孟子·告子》：「弟為尸，則誰敬？」朱熹注：「尸，祭祀所主之象神，雖子弟為之，然敬之當為祖考也。」此種古禮，敝地廣西全州龍水村蔣氏家族，在八十年前尚遵之施行。且筆者就被裝扮過尸。不過，當時不叫尸，而叫「祝童」。民國十六年，先叔祖德音公去世，家人將筆者扮成叔祖德音公模樣，祭祀時，手捧叔祖牌位，高坐在大桌上之椅中，叔伯及堂兄弟們在下向筆者行跪拜禮。當時筆者年僅七歲，雖事隔八十年，至今憶及，猶昨日也。在尸部中，从尸的字，有屍、展、屒，等二十三字。另重文五字。

尺 部首306。《說文》406頁上右，音彳（昌石切）。尺，十寸也。人手卻十分動脈為寸口，十寸為尺。尺，所以指尺規榘事也。从尸，从乀。乀，所識也。周制：寸、尺、咫、尋、常、仞諸度量，皆以人之體為法。凡尺之屬皆从尺。

案：篆文尺，隸變作尺。該字是由「尸」與「乀」所構成。我國尺寸之度，起于手。如《說文》釋「寸」曰：「人手卻一寸動𧖴，謂之寸。」是說從手掌邊卻（退）至動𧖴（脈）處，為一寸之長度。手腕動脈處為寸口。（詳89部首寸字）由寸起，十進位，十寸為尺，十尺為丈。惟尺也以手為準，從手掌至手腕為一尺之長度。咫為八寸，尋為八尺，常為十六尺，仞，伸臂一尋八尺，一仞也是八尺。量度之制始於周。尺寸之建立，可為規矩之準。但人有高矮，手臂也有長短，當時人民生活簡單，自無一定之規格，當然不若今日尺寸之精準。按尺字从尸从乀構形。从尸即从人，因尸為人篆的變體。（詳前305部首尸字）从尸表示古之量度以人體為法，即以人身為標準之意。所謂「乀，所識也。」段玉裁注：「漢武帝讀東方朔上書未盡，輒乙其處，題識之意也。」按「乀」非甲乙丙丁之「乙」。

乃記識之符號，故尺為指事字，其本義為度名，即十寸。在尺部中，从尺的字，只有一個咫字。婦人手長八寸謂之咫。

 部首307。《說文》406頁下右，音ㄨㄟˇ（無斐切）。尾，微也。从到毛在尸後。古人或飾系尾，西南夷皆然。凡尾之屬皆从尾。

案：篆文尾，隸變作尾。就其篆體言，該字是由「尸」與毛字的篆文「毛」之倒寫所構成。《說文》以「微」釋「尾」。段玉裁注：「微當作𢼸，𢼸，細也。此以疊韵為訓。如門，捫也。户，護也之例。」因尾微二字音同，這也是漢代慣用之同音字的音訓法。所謂「从到毛在尸後」。就是从倒毛在人後。按尸為人篆之變體。（說見305部首尸字）到毛即倒毛，到為倒之本字。說白一點，就是人背後有隻尾巴。此尾何來？初民不知稼穡，食鳥獸之肉以維生。食完鳥獸之肉後，將其皮毛曬乾，用以遮蔽前面，如同短裙。這是人類最原始之衣著，只知蔽前，不知蔽後。人是有靈性的動物，覺得光著屁股不好看，於是也將獸皮遮蔽臀部。這就是人尾形成之來由，也可稱之為後裙，後來在後裙上加點花樣，竟視為裝飾品，也就是

《說文》所說的：「古人或飾系尾。」所謂「西南夷皆然」。段玉裁注：「《後漢書．西南夷列傳》曰：『槃瓠之後，好五色衣服，製裁皆有尾形。』」西南夷較中原漢民族落後，至今可能還有此種服飾。按尾當屬「从尸，从倒毛」的會意字。其本義為「人之尾部」。引伸之凡事物之末為尾。在尾部中，从尾的字，有屬，屈，尿三字。

履 部首308。《說文》407頁上右，音ㄌㄩˇ（良止切）。履，足所依也。从尸，服履者也。从彳夊。从舟，象履形。一曰：尸聲。凡履之屬皆从履。𩕛，古文履，从頁从足。

案：篆文履，隸變作履。就其篆體言，該字是由「尸」，「舟」，「彳」，「夊」四字所構成。「尸」為人篆之變體，尸即人。（詳305部首尸字）「彳」為行之省體，本義為道路。（說見34部首彳字）「夊」作「行遲曳夊夊」講，引伸為行走。（詳198部首夊字）「舟」像履形。履即鞋，喻兩足所依之物，即雙足所穿的鞋子。當尸、彳、夊、舟四字相結合構成履字，表示人穿著鞋子在路上行走。按履字當屬「从彳，从夊，从舟，从尸」的會意字。本義為「鞋」，引伸而為實踐履行等意。在履部中，从履的字，有屨、屣、屐等五字。履之古文作，為「从頁，从足，从舟（鞋）」的會意字。頁為古頭字，與尸意同，亦表人。

舟 部首309。《說文》407頁下右，音ㄓㄡ（職流切）。舟，船也。古者共鼓、貨狄，刳木為舟，剡木為楫，以濟不通。象形。凡舟之屬皆从舟。

案：篆文舟，隸變作舟。《說文》以「船」釋「舟」。段玉裁注：「《邶風》方之舟之，《傳》曰：舟，船也。漢人言船。毛以今語釋古，故云舟即今之船也。」依段氏注，舟船為古今語，亦為古今字。《說文》以船釋舟，是為後起之字釋古字。共鼓與貨狄二人為始作舟者。段玉裁注：「《世本》云：共鼓，貨狄作舟。《易・繫辭》曰：刳木為舟，剡木為楫，以濟不通，致遠以利天下。共鼓、貨狄，黃帝堯舜間人。」按舟字金文「舟父巳爵」作，「父舟觚」作，「父壬尊」作，「石鼓文」作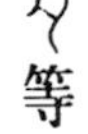等形，與篆文之形類似，均象扁舟之形，屬獨體象形字。在舟部中，从舟的字有：船、舳、彤、般，等十二字，另重文二字。

 部首310。《說文》408頁下左，音ㄈㄤ（府良切）。，併船也。象兩舟省總頭形。凡方之屬皆从方。，方或从水。

案：篆文，隸變作方。《說文》以「併船」釋「方」。段玉裁注：「併船者，併兩船為一。《釋名》曰：大夫方舟。謂併兩船也。」按方字金文「南方敵」作，「彔伯敦」作。徐灝《說文注箋》說：「方象兩舟竝繫橫視之形，今字作舫。方之引伸為凡相併之偁。鄉射禮曰：『不方足』。鄭注：『方猶併也。』若用為方圓之方，則是假借，而非引伸。蓋匚乃其本字，今方行而匚廢耳。」徐氏之說可信。按方為象形字，象「兩舟相併」之形，其本義為「併船」。方之或體作，為从水方聲的形聲字。在方部中，从方的字，只有一個斻字。

 部首311。《說文》409頁上左，音ㄖㄣˊ（如鄰切）。，古文奇字也。象形。孔子曰：「儿在下，故詰詘。」凡儿之屬皆从儿。

案：篆文，今作儿。是人字的變體，「儿」「人」二字音義皆同，本為一字，不當視為二字。徐灝《說文注箋》說：「（人）非二字，

特因所合而稍變其勢。合於左者，若伯、若仲，不變其本文而為（人）。合于下者，若兒、若見，則微變其本文而為（儿）。分而為二者，誤也。本作（人），因合於下而詰屈其勢。所謂人在下，故詰屈也。」其說是。如兑、充、兄、允、見，等字都从人構形，而作儿，是其證。例如衣字，用為偏旁則作衤。不能視衣衤為二字，又如刀字用為偏旁則作刂，也不能視刀刂為二字，與「人」「儿」不能視為二字，是一樣的道理。「至於孔子曰」云云，非真孔子語，不可據。按儿與人，都是獨體象形字。在儿部中，从儿的字，有兀、兒、允、兑、充、亮六字。

 部首312。《說文》410頁上右，音ㄒㄩㄥ（許榮切）。，長也。从口，从儿。凡兄之屬皆从兄。

案：篆文，隸變作兄，該字是由「口」與「儿」（人）二字所構成。《說文》以「長」釋「兄」。「長」即長輩，長上之意。「从口」以示兄長以口訓教子弟。「从儿」即从人，儿為人之變體。按兄字當屬「从口，从人」的會意字。會「兄長以口訓導子弟」之意。本義為「兄長」。在兄

部中，从兄的字，只有一個兢字。

先 部首313。《說文》410頁上左，音ㄗㄢ（側琴切）。先，首笄也。从儿，匚象形。凡先之屬皆从先。簪，俗先。从竹朁。

案：篆文先，隸變作先。所謂「首笄」。就是整理頭髮的東西。由竹所製成。即今所稱的簪子。該字是由「儿」與「匚」所構成。儿為人字的變體。（說見311部首儿字）匚象笄形。當匚置於儿上，以示人的頭上插著簪子。以備隨時束髮整髮之用。古代男子也蓄髮，男女可通用，其後才為婦女所專用，匚為不成文的實象，故先為合體象形字。象頭上插著簪子之形。俗體簪，是先的後起俗字，今俗字簪行，而本字先反而不用了。在先部中，从先的字，只有一個兓字，而簪則歸在竹部中。

皃 部首314。《說文》410頁下右，音ㄇㄠˋ。《說文》：皃，頌儀也。从儿，白象面形。凡皃之屬皆从皃。貌，皃或从頁，豹省聲。貌，籀文皃，从豸。

案：（皃），即今行之貌字，皃為貌之古字。皃字是由「白」與「儿」所構成。段玉裁注：「白非黑白字，乃象人面也。」「儿」為人字的變體，儿即人。（詳311部首儿字）當白與儿相結合構皃字，以示人之容貌。《說文》以「頌儀」釋皃，頌儀就是容儀。段玉裁注：「頌，皃也。此曰皃，頌儀也，是為轉注，頌者，今之容字……。」皃之或體作（䫉）是从頁，豹省聲（省勺）的形聲字。籀文作（貌）。是从豹省（省勺）皃聲的形聲字，即今行之貌字。䫉，貌均為皃之後起形聲字。今貌字行，皃則罕見用矣。惟古籍中卻都用皃，而不用貌。如《說文》與《說文．段注》都用皃，不用貌。筆者編寫此書時，若遇皃字，即改為貌。以免誤皃為兒童之兒字。按皃為合體象形字，像「人面」之形。在皃部中，从皃的字，只有一個㒵字。

 部首315。《說文》411頁上左，音ㄍㄨˇ（公户切）。，廱蔽也。从儿，象左右皆蔽形。凡兜之屬皆从兜。讀若瞽。

案：篆文，隸變作兜，該字是由「儿」與「」所構成。《說文》以「廱蔽」釋「兜」。所謂廱蔽，就是遮蔽。「从儿」即「从人」。儿為

人之變體。（詳311部首儿字）「左右皆蔽」。指儿字兩側之「匚」言。按兜當屬合體象形字，像人被遮蔽有不見之意。徐灝《說文注箋》說：「兜猶瞽也。故其義為廱蔽，而讀與瞽同，左右皆蔽，則無所見矣。」徐氏所說兜猶瞽，按瞽也有目被遮蔽不見之意。兜瞽二字不僅音同，義也類似。惟段玉裁注：「兜字經傳罕見。音與蠱同，則亦蠱惑之意也。」徐、段二氏對兜字解說截然不同。在兜部中从兜的字只有一個兜字，又有謂兜為兜之省文，兜兜本為一字。按兜已成為古今罕見用的死文字。無深究之必要。

 部首316。《說文》411頁上右，音ㄒㄧㄢ（鮮前切）。，前進也。从儿之。凡先之屬皆从先。

案：篆文，隸變作先。就其篆體言，該字是由「」（之）與（儿）二字所構成。之（）字見《說文》275頁，作「出」講，引伸為往，為進。（儿）為人字之變體，儿即人。當之在人上構成先字，以示人前往，前進之意。按先當屬「从之，从儿」的會意字。本義為「前進」，急行以赴之意。在先部中，从先的字，只有一個兟字。

部首317。《說文》411頁下右，音ㄊㄨ（他谷切）。，無髮也。从儿，上象禾粟之形，取其聲。凡秃之屬皆从秃。王育說。蒼頡出，見秃人伏禾中，因以制字，未知其審。

案：篆文，隸變作秃。該字是由「禾」與「儿」二字所構成。《說文》以「無髮」釋「秃」。段玉裁注：「齊人謂無髮為秃楬，引申之凡不銳者曰秃。」「从儿」即「从人」，因儿是人字的變體。（說詳儿字）「上象禾粟之形」。段注：「粟當則秀，以避諱改之也。」段氏所說之避諱，乃避漢光武帝劉「秀」之名諱。經此一改，「禾粟」與「禾秀」之意涵，大有不同。禾粟，可泛指穀類植物。禾秀則為禾實，秀也就是將已成熟可以收割的禾穗。禾割其穗，則禾秃矣。就像人之無髮。據此，秃則為「从秀省（省乃）从儿」的會意字。本義為「禾秃」，「無髮」乃假借義。王育，是許慎博采通人之一，東漢時人。至於「蒼頡出，見秃人伏禾中，因以制字」云云乃附會之說，不可信。且段玉裁注：「《說文》古本無倉頡以下十七字。」可能為傳抄者之妄增。在秃部中，从秃的字，只有一個穨字。

 部首318。《說文》412頁上右，音ㄐㄧㄢˋ（古甸切）。，視也。从目儿。凡見之屬皆从見。

案：篆文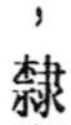，隸變作見。該字是由「目」與「儿」二字所構成。目為人眼，儿為人字之變體，儿即人。（說詳儿字）《說文》以「視」釋「見」，視，就是看。按見字當屬「从目，从儿」的會意字，如細分之，則為異文會意。會「看視」之意，在見部中，从見的字，共有視、觀、覽等四十五字，另重文三字。

 部首319。《說文》414頁下右，音ㄧㄠˋ（弋笑切）。，竝視也。从二見。凡覞之屬皆从覞。

案：篆文，隸變作覞。該字是由二個見字並立所構成。所謂「竝視」即普視。按覞為見之複體，其音義與見相同，因有從屬之字，才立之為部首。在覞部中，从覞的字，有䚘、𧢄二字。

 部首320。《說文》414頁下左，音ㄑㄧㄢˋ（去劒切）。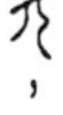，張口气悟也。

象气从儿上出之形。凡欠之屬皆从欠。

案：篆文，隸變作欠。該字是由「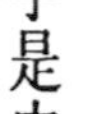」與「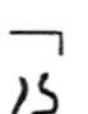」所構成。所謂「張口悟气」。段玉裁注：「悟，覺也。引伸為解散之意。」因此，張口气悟，就是張口散氣。也就是人在疲倦欲睡時之俗稱打呵欠。「」表氣，「儿」即人，儿為人之變體，當在人上，打呵欠時，以示气从人上出之意。按「」為臆構之虛象，不成字，是指气的符號。故欠為指事字。在欠部中，从欠的字，共有六十五字，另重文五字。

 部首321。《說文》418頁下右，音ㄧㄣ（於錦切）。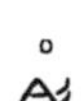，歠也。从欠，酓聲。凡㱃之屬皆从㱃。（汆），古文㱃，从今水。（㱃），古文㱃，从今食。

案：篆文，今作飲。就其篆體言，㱃字是由「今」、「欠」、「酉」三字所構成。《說文》以「歠」釋「㱃」。歠下云：歠，㱃也。歠㱃二字義同，是為轉注。《說文》以「从欠，酓聲」為㱃解其形，視㱃純為形聲字，欠妥。㱃字當屬「从欠，从酉，今聲」會意兼形聲之字。欠之本義為

張口气悟（説詳前部首欠字）欠可引伸為口，酉為盛酒之器。「从欠，从酉」以示以口飲酒。「今」僅作聲符，不兼義。至於古文「[illegible]」，而非古文，是「从水今聲」的後起形聲字。另一古文「[illegible]」，亦非古文，也是「从食，今聲」的形聲字，都聲不兼義。今飲字行，而㱃則罕見用矣。在㱃部中，从㱃的字，只有一個歠字。

 部首322。《説文》418頁下左，音ㄒㄧㄢ（敘連切）。，慕欲口液也。从欠水。凡㳄之屬皆从㳄。（[illegible]），或从侃。（[illegible]），籀文㳄。

案：篆文，隸變作㳄。該字是由「欠」與「水」二字所構成。欠，作張口气悟講，引伸為張口。（詳320部首欠字）水，表唾液。《説文》以「慕欲口液」釋「㳄」。段玉裁注：「有所慕欲而口生液。」説得通俗一點，打個比方好了。有人見到香噴噴的美食，且又正在飢餓中，要想吃，卻又無法吃到，難免要流口水。有句成語：「垂涎三尺」用來形容，再適當不過了。而㳄正是涎的本字。涎就是口水。按㳄為「从水，从欠」的會意字，如細分之，則為異文會意。涎為㳄的後起俗字。今涎字行，而㳄則

罕見用矣。在㳄部中，从㳄的字，有羨、盜、𣵼三字。㳄之或體作𠈱。為从水侃聲的形聲字。籀文作㳄（𣶒）比㳄多一水字，與㳄音義無殊，同㳄，是為从㳄，从欠的會意字。

旡 部首323。《說文》419頁上右，音ㄐㄧˋ（居未切）。旡，歙（飲）食屰气，不得息曰旡。从反欠。凡旡之屬皆从旡。旡，古文旡。

案：篆文旡，隸變作旡。該字是由欠字的篆文欠，反寫而成。即《說文》所說的：「从反欠」。欠之本義為「張口气悟」。（詳320部首欠字）即張口散氣。就是俗稱的打呵欠。使气能順利排出，令人有舒暢之感。旡是欠（欠）的反體。音不同，其意也自然相反。所謂飲食屰（逆）气，不得息為旡。」指喝水及吃東西時，氣不順，食物受阻，難以吞嚥，就像打嗝，吐酸水。也就是腸胃病中的「食道逆流症」。有上述症狀的人，其咽自不得順息也。按欠為指事字。反欠（旡）也是指字是，為變體指事耳。古文作旡，與篆文稍異，但仍為變體指事字。在旡部中，从旡的字，只有𣄨、𣄴二字。

頁 部首324。《說文》420頁上右，音ㄧㄝ（胡結切）。頁，頭也。从百从儿，古文䭫首如此。凡頁之屬皆从頁。

案：篆文頁，隸變作頁。頁字金文「卯簋」作頁，上為髮，中為頭，下為頸（脖子）。屬整體象形字，像人頭之形。《說文》以「頭」釋「頁」，是為後起之形聲字釋古字。頁、百、首三字本為一字，音義相同，都念ㄕㄡ。頁字由於音變、讀「胡結切」，而念ㄧㄝ。「頭也，从百从儿，古文䭫首如此。」段玉裁注：「以上十二字，蓋後人所改竄，非許氏原文。」段注可信。按頁字借為書頁的頁字後，久借不歸，其為頭之本義遂廢，由後起之「从頁，豆聲」的頭字所取代。頁字雖為頭的本義已不彰顯，但它陰魂不散。在頁部中所从屬的九十三字，如頭、頸、顏、頌、項、頂等等，無不與頭有關，由此足證頁為頭的象形字，而非「从百，从儿」的會意字。

百 部首325。《說文》426頁下左，音ㄕㄡ（書九切）。百，頭也。象形。凡百之屬皆从百。

案：篆文百，隸變作百。按頁、百、首三字本為一字之異體。都是頭的象形字。因各有不同的從屬字，才分別立為部首。百為首之省體，今首字行，而百則罕見用矣。在百部中，从百的字，只有一個䭫字。

 部首326。《說文》427頁上右，音ㄇㄧㄢˋ（彌箭地）。，顏前也。从百，象人面形。凡面之屬皆从面。

案：篆文，隸變作面。該字是由「」與「冂」所構成。「」為頭的象形字。（說見325部首百字）「冂」非口舌之口，亦非圍之古字，故冂缺其口以別之。冂示面之輪廓。《說文》以「顏前」釋「面」。顏作「眉目之間」講。引伸之就是人的面孔，包括眉目口鼻耳之全部。按面自屬象形字，若細分之，則為合體象形。在面部中，从面的字，有靦、䩉、醮三字。

 部首327。《說文》427頁下右，音ㄇㄧㄢˋ（彌箭切）。，不見也。象雝蔽之形。凡丏之屬皆从丏。

案：《說文》以「不見」釋「丏」。指人被雝蔽不見其形之意。有視

丏為避箭之短牆者。李國英氏曰：「雖蔽之形不可象，因以主觀臆構之形以象之。」（見《說文類釋》156頁），李氏視丏為獨體指事字。惟丏字古今罕見用，僅作為他字之偏旁。如麪、沔、眄等字从丏得聲，卻分別歸在麥、水、目諸部中，在丏部中，無一從屬之字，為何許氏單立丏為部首？不解。

𩠐 部首328。《說文》427頁下右，音ㄕㄡˇ（書九切）。𩠐，古文百也。巛象髮，髮謂之鬊，鬊即巛也。凡𩠐之屬皆从𩠐。

案：古文𩠐，隸變作首。首百二字本為一字之異構。二字音義皆同，均為頭的象形字。所不同者，首是蓄有髮「巛」的頭，百則為未蓄髮的光頭。首百二字分別建立部首的原因，是各有所不同的從屬字。就如人與儿本為一字各立部首一樣的道理。在百部中，从百的字只有一個脜字。（說見325部首百字）在首部中，从首的字也只有䭫、𩠠二字。今首字行，而百字則罕見用矣。

県 部首329。《說文》428頁上左，音ㄒㄧㄠ（古堯切）。県，到𦣻也。賈侍中說：「此斷𦣻到縣県字。」凡県之屬皆从県。

案：県字是首的篆體𦣻，顛倒而成。所謂「到𦣻」就是倒首，到為倒之古字。倒𦣻也就是人被斬首後，將其頭倒掛之意。段玉裁注：「《廣韻》引《漢書》曰：三族令，先黥劓，斬左右趾，県首。菹其骨。按今《漢書．刑法志》作梟。」依據段注，倒𦣻也就是俗稱的𦣻首示眾。按𦣻（首）為象形字，像頭有髮之形。（說見328部首𦣻字）県則為變體象形字，像人頭倒掛之形。在県部中，从県的字，只有一個縣字。賈侍中，是許慎博采通人之一，也是許慎的老師，侍中為其官名。稱官不稱名尊其師也。

須 部首330。《說文》428頁下右，音ㄒㄩ（相俞切）。須，頤下毛也。从頁彡。凡須之屬皆从須。

案：篆文須，隸變作須。該字是由「頁」與「彡」所構成。頁為頭的象形字（說見324部首頁字）「彡」表鬍鬚。當頁與彡相結合成須字，作「頤下毛」講。頤下毛，就是面頰下的鬚。段玉裁注：「《釋名》曰：口上為髭，頤下曰鬚，在頰耳旁曰髯。」按須字借為須要、須臾等意後，為借義所專，於是另造鬚字以還其原。須為鬚的本字，鬚為須的後起形聲字。《說文》以「从頁彡」視須為會意字。欠妥。須當屬合體象形字，像頤有鬚之形。在須部中，从須的字，有頾、䫇、顊、頿四字。

 部首331。《說文》428頁下左，音ㄕㄢ（所銜切）。彡，毛飾畫文也。象形。凡彡之屬皆从彡。

案：《說文》以「毛飾畫文」釋「彡」。段玉裁注：「毛者，聿也，亦謂之不律，亦謂之弗，亦謂之筆。所以畫者也，其文則為彡。」段氏之意：毛就是毛筆，「彡」則由毛筆所畫成。此說令人懷疑。彡字的出現應在秦以前，從彡部所从屬之修、彰、彫、形等字可為證。毛筆史稱秦之蒙恬所發明。拙意：毛是指「彡」如毛形之線條。所謂「毛飾畫文」，就是將如毛之形的線條，刻畫在器物上，用以裝飾的花紋。李國英氏曰：「毛飾畫文之數有不可窮者，舉三以見其義而已。字于卜辭有作、之形者，篆取其最簡作彡者，以定字耳。」（見《說文類釋》59頁）李氏之

說可從。亦可證「彡」在殷商時就已有的字，那時何來毛筆?按彡當屬獨體象形字，惟此字古今罕見用，只作為他字之偏旁。在彡部中，从彡的字，有形、㐱、修、彫等八字。

 部首332。《說文》429頁下右，音ㄨㄣˊ（無分切）。，戫也。从彡文。凡彣之屬皆从彣。

案：篆文，隸變作彣。《說文》以「戫」釋「彣」。戫字見《說文》317頁，音ㄩˋ，作「有彣彰」講。所謂「彣彰」。前人曰：「狀其華美曰彣，道其素絢曰彰。」「有彣彰」。就是有華美、素絢之意。彣字是由「文」與「彡」二字所構成。文作「錯畫」講，可引伸為文采。彡為飾畫文，是畫在器物上的飾文（說見文、彡二字）。文與彡二字，都有美好之意。當文與彡相併結合為彣字，而更為華美。按彣當屬「从文、从彡」的會意字。在彣部中，从彣的字，只有一個彥字。

 部首333。《說文》229頁下左，音ㄨㄣˊ（無分切）。，錯畫也。象

交文。凡文之屬皆从文。

案：篆文，隸變作文。所謂「錯畫」，就是相互交錯其畫。按文字金文「盄和鐘」作，「晉美鼎」作，「毛公鼎」作，與篆體，均象兩紋交互之形。文為紋之本字，紋為文之後起俗字。按文當屬象形字。在文部中，从文的字，有斐、辬、斄三字。

 部首334。《説文》430頁上左，音ㄅㄧㄠ（必凋切）。，長髮猋猋也。从長彡。一曰：白黑髮襍而髟。凡髟之屬皆从髟。

案：篆文，隸變作髟。該字是由「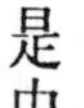」（長）與「」二字所構成。長字見《説文》457頁，作「久遠」講。可引伸為長短的長。彡之本義為「毛飾畫文」。可引伸為毛髮。（説詳331部首彡字）當長與彡相結合構成髟字，表示頭上留有長髮。即《説文》所説的：「長髮猋猋」。惟段玉裁注：「當依《玉篇》作髟髟。」髟髟也就是頭上有長髮的樣子。按髟當屬「从長，从彡」的會意字，會「頭有長髮」之意。至於「一曰：白黑髮襍而髟。」以上八字段玉裁依李善《秋興賦注》所補，其他各本無。在髟

部中，从彡的字，共有三十八字，另重文七字。

部首335。《說文》434頁上右，音ㄏㄡˋ（胡口切）。，繼體君也。象人之形。从口《易》曰：「后以施令告四方。」凡后之屬皆从后。

案：篆文，隸變作后。《說文》以「繼體君」釋「后」。繼體君就是「國君」。段玉裁注：「《釋詁》毛《傳》皆曰：后，君也。繼體君者，后之言後也。開刱（創）之君在先，繼體之君在後也。析言之如是，渾言之不別也。」依段注，后，就是君主。且古代稱長官亦曰后。如后稷，后羿等。徐灝《說文注箋》說：「諸侯謂之羣后，天子獨稱元后，後世乃為后妃之專名。顧氏炎武曰：帝嚳四妃，帝舜三妃，以至周初太姜、大任、大姒，邑姜皆無后名。《春秋．桓八年》祭公來，遂逆王后於紀，於是始稱后。」據此，今后字已為君主嫡妻之專稱，后之本義原為「國君」，反而不彰顯了。后又假借為後字。所謂「象人之形」。指后字上部之「𠂆」而言。因后字是由「𠂆」與「口」二字所構成。𠂆為（人）字的橫寫，實質仍為人字。口為口舌之口。按后字當屬「从人、从口」的會意字。會

「人君以口發號施令」之意，在后部中，从后的字，只有一個㖃字。《說文》引《易》言：「后以施令告四方。」旨在證后字的本義。

司 部首336。《說文》434頁上左，音ㄙ（息茲切）。司，臣司事於外者。从反后。凡司之屬皆从司。

案：司字是后字的反寫。即《說文》所云「从反后」。后之本義為「國君」。（說詳335部首后字）反后則為人臣。國君發號施令，人臣奉而行之。故《說文》以「臣司事於外者」釋「司」。乃指人臣在外司理政事之謂。段玉裁注：「外對君而言，君在內也。臣宣力四方在外也。」按后字為「从人，从口」的會意字。會「人君以口發號施令」之意。（詳后字）从反后的司字，則為變體會意字。「从ㄱ，从口」會意。ㄱ為ᒍ（人）的變體。可會「人臣在外宣力四方」之意。在司部中，从司的字，只有一個䛐字，今作詞。

卮 部首337。《說文》434頁下右，音ㄓ（章移切）。卮，圜器也。一名觛，所以節飲食。象人，卩在其下也。《易》曰：「君子節飲食。」

凡卮之屬皆从卮。

案：篆文卮，隸變作卮。卮為盛酒之器。《史記．項羽本紀》項王曰：「壯士賜之卮酒，則與斗卮酒，噲拜謝起立飲之。」由此，可證卮為盛酒之器。觛為小於卮的另一種酒器。「象人，卩在其下」。段玉裁注：「卮从人卩，與后从人口同意。」段氏視卮為「从人从卩」的會意字。不可從。王筠《說文釋例》說：「卮字會意，可疑，它器皿字，非象形，即形聲。恐此字義失傳，許君姑以為說耳。」王氏之說合理，按卮當屬整體象形字，像「圜形酒器」之形。在卮部中，从卮的字，只有⿸卮專、⿸卮耑二字。

卩

部首338。《說文》435頁上右，音ㄐㄧㄝˊ（子結切）。卩，瑞信也。守邦國者用玉卩，守都鄙者用角卩。使山邦者用虎卩，土邦者用人卩，澤邦者用龍卩，門關者用符卩，貨賄用璽卩，道路用旌卩。象相合之形。凡卩之屬皆从卩。

案：篆文卩，隸變作卩。所謂「瑞信」，就是信符。守國者用玉卩云云，旨在說明官職之高低，所使用之卩其質有所不同。也可說是古代用卩的制度。「象相合之形」。卩相合必有兩半，才能言相合。舉個最簡單的例子：譬如朝廷派將率兵戍守邊關，在出發前，將玉或金屬之類東西，剖為二半，一半交守將持往邊關，另一半則留在朝廷。如守將有緊急軍務須向朝廷請示時，即派遣親信以快馬持卩回朝陳述。朝臣即取出留存之卩與之相合，如兩相符合，即從其所請。同樣的道理，朝廷須向守將下達急要命令時，即派遣使臣持卩奔馳邊關，以取信于守將，如相符合，守將即遵命行事。瑞信也可說是符節。卩（俗作卪）是節的古字，節是卩（卪）的後起字，今節字行，卩則罕見用矣。按卩當屬象形字，像「符節一半」之形。在卩部中，从卩（卪）的字有：卯、令、卲、卷、卻等十三字。在我國章回小說中，有很多類似符節的纏綿繾綣的愛情故事：如男女戀人在被逼分離時，女的即取出頭釵折為兩半，一半付男，謀釵合重聚，並以此盟誓，如釵不合，矢志不再娶嫁。這也算是另類的符節。

印 部首339。《說文》436頁上右，音ㄧㄣˋ（於刃切）。印，執政所持信也。从爪卩。凡印之屬皆从印。

案：篆文印，隸變作印。印字是由「爪」與「卩」二字所構成。爪為手爪。（說見73部首爪字）卩為瑞信。（說詳388部首卩字）《說文》以「執政所持信」釋「印」。段玉裁注：「凡有官守者皆曰執政，其所持之卩曰信，曰印。」段氏之意，就是掌握政權的人所持之信物叫印。也就是今所稱之印章、印信、關防、鈐記等。古代君王之印稱玉璽。本來官員不分大小，其印均稱璽；自秦以後則為君王之印的專稱。猶「朕」古代不分貴賤均可自稱為朕，作我的第一人稱。秦滅六國，秦始皇自稱曰朕，自此朕亦為君王自稱之所專有，按印字當屬「从爪，从卩」的會意字。會「以手持卩為印」之意。在印部中，从印的字，只有一個卯字。

色 部首340。《說文》436頁上左，音ㄙㄜˋ（所力切）。色，顏气也。从人卩。凡色之屬皆从色。

案：篆文色，隸變作色。就其篆體言，色字是由「人」（人）與「卩」（卩）二字所構成。《說文》以「顏气」釋「色」。顏字見《說文》420

頁，作「眉目之間」講。顏气就是面上的氣色，簡言之，就是面色。《論語》：「少之時，血氣未定，戒之在色。」孔子所說的色就是色慾。《孟子》：「寡人有疾，寡人好色。」齊宣王所說的好色，就是女色。《孟子》：「食色性也。」好色是人之天性，但必須有所節制。色字从人从卩構形，人為主體，卩為節之古字。當人與卩相合構成色字，表示人之好色必須有所節制。否則，就是縱慾。不僅有違道德之規範，對人之身體亦有所傷害。據此，色字當屬「从人、从卩」的會意字。會「人之好色，須有節制」之意。「顏氣」應為引伸義。在色部中，从色的字，只有艴、艵二字。另有一說：㔾字甲骨文作、像人跽跪形，㔾亦為人字，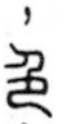字則像一人趴在另一人的身上。其義為男女之性行為，此說也有道理，另供參考。

𠨍　部首341。《說文》436頁下左，音ㄐㄧˇ（去京切）。𠨍，事之制也。从卩卩。凡𠨍之屬皆从𠨍。闕。

案：篆文𠨍，隸變作𠨍。《說文》以「事之制」釋「𠨍」。段玉裁注：「卩卩，今人讀節奏。合乎節奏，乃為能制事者也。」許慎對𠨍字的說解及段玉裁的注釋，均很難令人理解。所謂「闕」，闕其音未聞。按卯字甲骨文作，像二人相對之形。東漢時，甲骨文尚未出土，許氏未見過甲骨文，因而可能誤卯為符節之相合。才能勉強牽扯到「事之制」。近人高鴻縉先生引羅振玉氏言：象二人相嚮，猶（北）象二人相背，許君謂為事之制者非也。按羅說是也。从二人跽而相嚮，動詞，後假向為之，又另作嚮。（見《中國字例》445頁）高氏之見可從。卯為之譌，當屬「从二人」的會意字。會「二人相對」之意，在卯部中从卯的字，只有一個卿字。按卿字甲骨文作，象二人向食之形。可以為證，引伸而為宴饗之饗，如用為公卿之卿，則為假借義。

 部首342。《說文》437頁上右，音ㄅㄧˋ（必益切）。，法也。从卩辛，節制其辠也。从口，用法者也。凡辟之屬皆从辟。

案：篆文，是由「卩」、「口」、「辛」三字所構成。隸變作辟。《說文》以「法」釋「辟」。法，就是今所稱之法律。卩為節之古字，引伸而有節制、謹慎之意。「口」為用法者，也就是今所稱之司法人員。「辛」

為犯罪者。辛字見《説文》748頁作辠（罪）講。當卩、口、辛三字相結構成辟字，以示司法者必須謹慎審理犯罪（辠）者，以達勿枉勿縱。按辟當屬「从卩，从口，从辛」的會意字。其本意為「法」。在辟部中，从辟的字，只有𨐨、𢍏二字。

 部首343。《説文》437頁上左，音ㄅㄠ（布交切）。，裹也。象人曲形，有所包裹。凡勹之屬皆从勹。

案：篆文，隸變作勹。勹字是（人）字曲其體而成。空其中，以象包裹。按勹仍為人字，（人）為象形字，勹則為變體象形字。勹為包之本字。段玉裁注：「今包字行，而勹廢矣。」今僅為部首字。在勹部中，从勹的字有：匍、匐、菊、匀、匈等十五字，另重文三字。

 部首344。《説文》438頁下右，音ㄅㄠ（布交切）。，妊也。象人裹妊，在中，象子未成形也。元氣起於子。子，人所生也。男左行三十，女右行二十，俱立於巳，為夫婦。裹妊於巳，巳為子。十月而生，男起巳

至寅，女起巳至申，故男年始寅，女年始申也。凡包之屬皆从包。

案：篆文，隸變作包。該字是由「」與「」（巳）所構成。為人字的變體。引伸為孕婦。為懷在腹中之胎兒。按包當屬象形字。像婦女懷孕，胎兒懷在腹中之形。其本義為「妊」。包為胞之古字，胞為包之後起形聲字。本義已為胞所專。今包行者為別義。在包部中，从包的字，只有胞、匏二字。至於元氣以下諸語及段玉裁的注釋，多為陰陽家言，與字義無關。

 部首345。《說文》439頁上右，音ㄐㄧˋ（己力切）。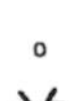，自急敕也。从羊（羊）省，从勹口。勹口，猶慎言也。从羊，與義、善，美同意。凡苟之屬皆从苟。，古文不省。

案：篆文，隸變作苟。該字是由「」、「」、「」所構成。為羊字的省形。為人字的變體。為口舌之口。（詳羊、勹、口三字）《說文》以「自急敕」釋「苟」。敕字見《說文》125頁，作「誡」講。自急敕就是自我急切誡敬誡慎。也可說為自我約束，嚴守本分之意。《說

文》以「勹口」作「慎言」講，是正確的，因勹又是包的初文。「包口」即不利口，不妄言。苟字从羊省構形，實質就是从羊。羊性温馴，被視為吉祥物。凡从羊的字，如美、善、義，與苟字从羊，其意相同，都有美好之義。按苟字當屬「从羊省，从勹，从口」的會意字。其本義為「自急敕」。古文𦍍，不省。為「从羊，从勹、从口」的會意字。在苟部中，从苟的字，只有一個敬字。徐灝《說文注箋》說：「疑苟為敬的古字。」徐氏所言合理，敬作「肅」講與苟作「自急敕」講義近。是則，敬為苟的後起字。按艸部从艸句聲的「苟」字與「茍」字隸變後均作苟，形體相同，但音義卻迥別。在現行字典中，已混為一體，不分了！

鬼　部首346。《說文》439頁上左，音ㄍㄨㄟˇ（居偉切）。鬼，人所歸為也。从儿，甶象鬼頭。从厶，鬼陰气賊害，故从厶。凡鬼之屬皆从鬼。䰟，古文从示。

案：《說文》以「人所歸為鬼」釋「鬼」。就是人死後變成鬼之意。鬼字是由「甶」、「儿」、「厶」三字所構成。甶為鬼頭，表示鬼。（說見

347部首甶字）儿即人。（說詳311部首儿字）从儿，表示鬼是人變的。厶是自私的「私」的本字。（說見348部首厶字）从厶，表示鬼是自私無理性而害人的，故鬼字當屬「从甶，从儿，从厶」的會意字。惟甲骨文鬼字作，等形。是由鬼頭與人所構成，並無厶字，則可視為「从鬼，从人」的會意字。誰又見過鬼了？不過是古人憑想像中所造的字，實在沒有仔細分析的必要。鬼之古文作（䰟）从示，表示鬼是要祭祀的。在鬼部中，从鬼的字，有魄、魃、醜等十六字，另重文四字。

甶 部首347。《說文》441頁上右，音ㄈㄨˊ（敷勿切）。甶，鬼頭也。象形。凡甶之屬皆从甶。

案：甶字不見經傳，今之字書亦闕。是個古今都罕見用的字。《說文》以「象鬼頭之形」釋甶。鬼頭之形真是這個樣子嗎？誰見過？也是古人憑想像所造的字。姑歸之為象形字。在甶部中，从甶的字有畏、禺二字。

厶 部首348。《說文》441頁上左，音ㄙ（息夷切）。厶，姦衺也。韓非曰：「倉頡作字，自營為厶。」凡厶之屬皆从厶。

案：篆文，隸變作厶。《說文》以「姦衺」釋「厶」。段玉裁注：「衺字淺人所增，當刪。女部曰：姦，厶也。二篆為轉注。公私字本如此，今字私行，而厶廢矣。」厶字就其篆體「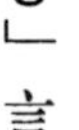」言：字形環曲，以示人之心術不正，專為自己營求，不顧他人。即所謂「自私自利」。其本義為「自營」。「姦邪」為其引伸義。私本為禾名，毫無自私之意。厶才是自私的本字。今私行，而厶反而廢了。變成了喧賓奪主。按厶為臆構之虛象，厶當屬指事字。許慎引韓非言，旨在證厶之本義為「自營」。

 部首349。《說文》441頁下右，音ㄨㄟˊ（五灰切）。，山石崔嵬，高而不平也。从山，鬼聲。凡嵬之屬皆从嵬。（末句為筆者所補）

案：篆文，隸變作嵬。該字是由山與鬼二字所構成。所謂「山石崔嵬，高而不平」，就是高大不平的石山。按嵬字是「从山，鬼聲」聲不兼義的形聲字，在嵬部中从嵬的字，只有一個巍字。《說文》每個部首說解後，必有「凡某之屬皆从某」。獨嵬部闕。可能為傳抄者所漏。今補。

部首350。《說文》442頁上右，音ㄕㄢ（所閒切）。，宣也。謂能宣散气，生萬物也。有石而高，象形。凡山之屬皆从山。

案：《說文》以「宣」釋「山」。山宣音同，是為音訓，因宣能宣散氣，而生萬物。按山字甲骨文作，金文作、、，與篆文均象山峰起伏之形，自屬象形字。在山部中，从山的字，共有五十三字，另重文四字。

部首351。《說文》446頁上右，音ㄕㄣ（所臻切）。，二山也。凡屾之屬皆从屾。闕。

案：篆文，隸變作屾。該字是由兩個山字相並而成。所謂「闕」。段玉裁注：「此闕謂闕其讀若也。今音所臻切，恐是肊說。」按屾字不僅闕讀若，即闕音，也闕義。許慎說解文字，必先說義，再言形。重體字自不例外。如「从」，相聽也，从二人；「林」，平土叢木曰林，从二木；「誩」，競言也，从二言等之類，都是先言義，再言形。惟屾字但云「二山也」，只言形，可說是音義俱闕。今雖音「所臻切」（ㄕㄣ），段玉裁也

疑為是臆説，不可信。屾字應視為山之重文，與山之音、義也應相同。仍當視屾為象形字。屾之所以立為部首，因有從屬字「嵞」之故。

屵　部首352。《説文》446頁下右，音ㄜˋ（五葛切）。屵，岸高也。从山厂，厂亦聲。凡屵之屬皆从屵。

案：屵字是由「山」與「厂」二字所構成。厂字見《説文》450頁，音ㄏㄢˇ。作「山石之厓巖，人可居」講。人可居，自然是房屋，惟此屋是建在山石之厓巖的高處。《説文》以「岸高」釋「屵」。岸作「水厓而高」講。（説詳岸字）也就是水邊的高山曰岸。按山厂二字均有高義。故屵當屬「从山，从厂、厂亦聲」的會意兼形聲之字。本義為「岸高」。在屵部中，从屵的字，有岸，崖等六字。

广　部首353。《説文》447頁上右，音ㄧㄢˇ（魚儉切）。广，因厂為屋也。从厂，象對剌高屋之形。凡广之屬皆从广。讀若儼然之儼。

案：所謂「因厂為屋」。就是依靠山石之巖所建之屋。厂作「山石之厓巖」講。（說見厂字）徐灝《說文注箋》說：「因厂為屋，猶傍巖架屋。此上古初有宮室之為也。考鐘鼎文广本作个，象形，小篆稍變其體耳。」徐氏之說可從。所謂「象對刺高屋形」。謂屋上作∧形，相對也。按广當屬象形字。像初民傍巖所架之簡陋屋舍之形。在广部中，从广的字，共有四十九字，另重文三字。「讀若儼然之儼」，以儼（ㄧㄢˇ）為聲。

厂

部首354。《說文》450頁下左，音ㄏㄢˇ（呼旱切）。厂，山石之厓巖人可凥。象形。凡厂之屬皆从厂。厈，籒文从干。

案：厂，山石之厓巖人可凥。段玉裁注：「厓，山邊也。巖者，厓也。人可居者，謂其下可居也。」段氏之意，即厂下可居。此居乃初民之巖居。「象形」。段玉裁注：「象嵌穴可居之形。」也就是厓巖有穴，可以居人。按厂當屬獨體象形字上一橫筆象巖石之突出，左一直豎象巖壁。在厂部中，从厂的字，共有二十七字，另重文四字。厂之籒文作厈，从干。段注：象形而从干聲。

部首355。《說文》452頁下左，音ㄨㄢˊ（胡官切）。，圜也。傾側而轉者。从反仄。凡丸之屬皆从丸。

案：篆文，隸變作丸。該字是由仄（）字反寫而成。故曰「从反仄」。必須先了解仄字的意思，才易明白「从反仄」的字。仄字見《說文》452頁上左。音ㄗㄜˋ。是由「厂」與「人」二字所構成。作「側傾也，从人在厂下」講。厂作「山石之厓巖，人可居」講。（說詳厂字）因初民居於巖洞，巖洞多低矮狹窄，出入洞穴，必須低頭側傾身軀。故仄為「从人在厂下」的會意字，會「人出進洞穴側傾難轉」之意。今將（仄）字反寫為其義也自然相反。故《說文》以「圜也，傾側而轉者」釋「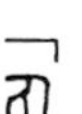」，表示人有足夠的空間，可以圜轉自如。與仄的「側傾難轉」成相反之意。仄為會意字。丸為變體會意字，可會「人圜轉自如」之意。在丸部中，从丸的字有：⿰丸咼、⿰丸而、奿三字。

部首356。《說文》453頁上右，音ㄨㄟˊ（魚為切）。，在高而懼也。从厃，人在厓上，自卪止之。凡危之屬皆从危。

案：篆文，隸變作危。該字是由「厃」與「卪」（卪）二字所構成。厃字見《說文》452頁，音ㄨㄟˊ，是由𠆢（人）與厂所構成，作「人上厂上」講，厂為「山石之厓巖」。（說詳厂字）卪為節之古字。人在厓巖高處，應善自節止，勿使過之，否則易生意外。按危字當屬「从厃，从卪」的會意字。本義為「在高而懼」。乃高險可懼之意。在危部中，从危的字，只有一個䛂字。

 部首357。《說文》453頁上左，音ㄕˊ（常隻切）。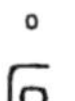，山石也。在厂之下，〇象形。凡石之屬皆从石。

案：所謂「山石也，在厂之下」。「厂」為「山石之厓巖」。（說見厂字）山石，即厓巖下之石塊，〇象石塊之畧形。按石當屬象形字，如細分之，則為合體象形。在石部中，从石的字，共有四十九字，另重文五字。

 部首358。《說文》457頁下左，音ㄔㄤˊ（直良切）。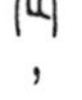，久遠也。从

兀，从匕，亾聲。兀者，高遠意也。久則變匕。𠀌者，到亾也。凡長之屬皆从長。，古文長。亦古文長。

案：篆文，隸變作長。該字是由「𠀌」、「兀」、「匕」三字所組成。這三個字，我們今日很少見到，必須稍加說明才能了解。「𠀌」是倒寫的亾字，是亡字的篆體。故《說文》云：「𠀌者到亾也」到亾即倒亾，按到為倒之古字。「兀」字見《說文》201頁，音ㄐㄧ，作「下基也，荐物」講。段玉裁注：「兀，平而有足，可以荐物。」簡言之，兀就是置放物品的高架子。天地萬物沒有永恆不變的東西，東西放久了，自然會起變化。（匕為化的古字）即《說文》所云：「久則變匕。」「亾聲」，即長字从亾（亡）得聲。據此，長字則為「从兀、从匕（化），亾（亡）聲」的會意兼形聲之字。其本義為「久遠」。惟朱駿聲氏對長字有不同的解釋：「按倒亡則篆宜作，許說非也。字當訓髮，人毛之最長者也。𠀌象長髮緜延之形，一以束之。从匕，久而色變，與老同意。此字兼象形、指事會意。」（見《說文通訓定聲》796頁）依朱氏之說長字當以「髮長」為本義，「久遠」則為引伸義，朱說亦有道理，供為參考。兩個古文長字如從朱說，則為从人的合體象形字。如從許說，則為从丌（ㄐㄧ）的會音字。

 部首359。《說文》458頁上左，音ㄨˋ（文弗切）。，州里所建旗。象其柄，有三游。襍帛，幅半異。所以趣民，故遽偁勿勿。凡勿之屬皆从勿。，勿或从㫃。

案：依照《說文》對勿字解說，大致的意思是這樣的：勿是古代州縣地方政府用雜色布帛所製的旌旗。就其篆文「」言，上為旗柄，下為旗幅及三游。游是旗幅上的飄帶。勿並不限定只有三游。如勿字金文「盂鼎」作，「毛公鼎」作，石鼓文作等形，有五游，六游，四游不等者。勿是州縣地方政府用來趣民的旌旗。趣民就是趨民，換言之，就是用來指揮所屬之人民用的，人民奉到差遣時，就必須急速勤勉遵行。即《說文》所說的「遽偁勿勿」。勿勿就是勉勉。按「勿」為獨體象形字，象「旗柄旗幅有三游」之形。本義則為「州里所建之旌旗」。惟本義早已湮沒不用了。今勿字借為否定詞，與不、弗、亡等字之意相同。勿之或體作，是勿的後起从㫃勿聲的形聲字。在勿部中，从勿的字，只有一個昜字。

 部首360。《說文》458頁下右，音ㄖㄢˇ（而琰切）。，毛冄冄也。象形。凡冄之屬皆从冄。

案：篆文，隸變作冄。今又俗作冉。該字是由兩個毛字相併而成。所謂「毛冄冄」。段玉裁注：「冄冄者，柔弱下垂之皃（貌）。」段氏之意，冄冄像毛髮柔弱下垂的樣子。毛能下垂，必為長毛。故冄字亦有長意。柔則弱，長則垂。冄字當以「柔長之頰毛」為本義。查現行字典，冄冄用為狀行之詞，作緩慢進行講。如升降國旗，形容為「冉冉上升，冉冉下降，」也就是慢慢上升，慢慢下降。在升旗典禮中，旗手先將國旗張開，一聞國歌之聲響起，即開始升旗，必須等國歌演奏完畢，旗才升到杆頂，降旗亦然。「冉冉上升，冉冉下降」是由頰毛之「柔長」所引伸。按毛為象形字，二毛構成的冉字，亦為象形字。像面頰毛下垂之形。按冄應為髯之本字，惟髯字不見《說文》。

 部首361。《說文》458頁下左，音ㄦˊ（如之切）。，須也。象形。《周禮》曰：「作其鱗之而。」凡而之屬皆从而。

案：篆文，隸變作而。各本均作頰，段玉裁改訂為須。所謂須，就是鬍鬚，因須是鬚的本字。須字見《說文》428頁，作「頤下毛」講。頤下毛，也就是鬍鬚。按而字金文「僕兒鐘」作，正像鬍鬚下垂的樣子。而字的本義雖為「頰毛」，但本義罕見用。今除借為語詞外，還借為第二人稱的指稱詞作「你，汝」講。如《左，定十四年》：「夫差！而忘越王之殺而父乎？」譯為白話，就是：「夫差啊！你難道忘了越王殺害你父親的事嗎？」《說文》引《周禮》曰：「作其鱗之而」。段玉裁注：「《考工記》梓人文，鄭云：之而，頰頌也。鱗屬頰側上出者曰之，下垂者曰而。」此說在證而字之本義。在而部中，从而的字，只有一個耏字。

 部首362。《說文》459頁上右，音ㄕˇ（式視切）。，彘也。竭其尾，故謂之豕。象毛足而後有尾。讀與豨同。按今日字誤以豕為豕，以象為豕，何以明之，為啄，琢从豕，蠡从象，皆取其聲，以是明之。凡豕之屬皆从豕。，古文。

案：《說文》以「彘」釋「豕」。彘字見《說文》462頁，音ㄓˋ，作

「豕」講。彘、豕二字義同，以同義字互釋，是為轉注。彘與豕雖然都是猪，但仍有別。豕為家畜之猪，彘為山野之猪。彘字从矢構形。彘字甲骨文作、。像豕身中箭之形。羅振玉氏說：「从豕，身箸矢乃彘字也。彘殆野豕，非射不可得，亦猶雉之不可生得也……。」（見《增訂殷虛書契考釋》殷中29頁）按豕字甲骨文作、。金文作、等形，橫視之，正像豕之有頭、身、足而後有尾之形。「竭其尾，故謂之豕。」這兩句話有語病，是說不通的。段玉裁注：「竭者，負舉也。豕怒而豎其尾，則謂之豕。」段氏的注釋也很含糊。誰見豬發過怒了？不豎其尾，難道就不叫豬嗎？筆者生長在古老的農村中，自幼即學會餵豬，放牛放羊。深知豬與羊是最溫順的動物。從未見豬發過怒。豬的尾巴有時雖然會翹起，但多半是下垂的。至於「今世字誤以豕為豕」以下數句，疑為他人所妄增，而非許語。也不過是告訴世人識字要認真而已，無深究之必要。按豕屬獨體象形字，豕為豬之初文，豬為豕之後起形聲字。在豕部中，从豕的字，共有二十二字。豕之古文作亦屬獨體象形字。「讀與豨同」，以豨為聲。

㣇

部首363。《說文》460頁下左，音一丶（羊至切）。㣇，脩毫獸也。一曰河內名豕也。从彑，下象毛足。凡㣇之屬皆从㣇。讀若弟。

案：所謂「脩毛獸」。就是長毛獸。「一曰河內名豕也。」段玉裁注：「河內，漢郡名，領有懷縣等縣十有八，今懷慶衛輝以及彰德府南境皆是其地。」河內人稱㣇為豕，就是今稱之豪豬。按㣇字甲文作（錄自朱芳圃《甲骨學．文字編》），正象上有頭，餘象身軀與長毛的長毛獸。當屬獨體象形字。其本義為「脩長獸」。「讀若弟」。以弟為聲。

彑

部首364。《說文》461頁上左，音ㄐ丶（居側切）。彑，豕之頭。象其銳而上見也。凡彑之屬皆从彑。讀若罽。

案：所謂「豕之頭」。就是豬頭。「象其銳而上見」，乃指豬頭上尖銳之處。徐灝氏《說文注箋》說：「彑即象字之頭，因彘、象等字从彑，遂立為部首，而自為一字。其實，象从豕彑，象形。彘亦从象省耳。戴氏侗曰：彑為豕頭，猶牛之有屮，羊之有丫，不得別立為字，是也。」徐氏之意。古本無彑字，因有彘、彖等字从彑，許氏才將「彑」自為一字。作之為部首。按彑當屬象形字。像豬頭之形。在彑部中，从彑的字有彖、彘等四字。讀若罽，以罽為聲。

𧰼 部首365。《說文》461頁下右，音ㄊㄨㄣˊ（徒魂切）。𧰼，小豕也。从古文豕。从又持肉以給祠祀也。凡𧰼之屬皆从𧰼。豚，篆文从肉豕。

案：古文𧰼，該字是由「豕」「肉」「又」三字所構成。豕為豬，肉即肉，又即手。（詳豕、肉、又三字）《說文》以「小豕」釋「𧰼」。小豕，就是小豬，大抵古代拿來作為廟堂祭祀之用。即《說文》所說的：「从又持肉以給祠祀也。」按𧰼當屬「从又、从月、从豕」的會意字。會「以手持豕肉祭祀」之意。篆文豚，隸變作豚，與古文𧰼之音義無殊，為今所行者，𧰼則罕見用。

豸 部首366。《說文》461頁下左，音ㄓˋ（池爾切）。豸：獸，長脊，行豸豸然，欲有所司殺形。凡豸之屬皆从豸。

案：段玉裁注：「司，今之伺字。許書（指《說文》）無伺。凡獸欲有所伺殺，則行步詳審，其脊若加長。豸豸然，長貌。」按《說文》所說的獸，當然不是一般的獸，乃指豺狼虎豹之猛獸而言。當猛獸發現獵物時，先仔細窺伺，並躡足隨其後，待時機成熟，立即以彈跳猛撲之勢，必能一舉而擒。在彈跳中，使人感到其脊（）像伸長的樣子。按豸當屬獨體象形字。橫視之，上象獸頭張開之大口，下象身軀及四足。正象欲有所伺殺的樣子。當以「猛獸」為本義。在豸部中，从豸的字，有豹、豺、貚等二十字，另重文二字。

 部首367。《說文》463頁上右，音ㄙˋ（徐姊切）。，如野牛，青色。其皮堅厚，可制鎧。𤉡頭與禽，离同。凡𤉡之屬皆从𤉡。，古文從儿。

案：篆文，橫視之，上象頭，下象身軀與四足及尾。隸變作𤉡。古文，正面視之，上象頭，下四足僅見其二。非从儿（人）構形。隸變作兕。即今所行者。所謂「𤉡頭與禽、离同」。段玉裁注：「今人作楷，

冡作凹，禽、离作凶，其頭不同矣，篆法古當同。」兕為野牛，其皮青色堅厚，可製作鎧甲，作為戰袍。《論語．季氏》：「虎兕出於柙，龜玉毀櫝中，是誰之過與？」注：兕為野牛。按篆文冡與古文兕均為獨體象形字。當以「野牛」為本義。在冡部中，只有一個古文兕字。

易 部首368。《說文》463頁下右，音ㄧˋ（羊益切）。易，蜥易，蝘蜓，守宮也。象形。秘書說曰：「日月為易，象陰陽也。」一曰从勿。凡易之屬皆从易。

案：篆文易，隸變作易。《說文》以「蜥易、蝘蜓，守宮」釋「易」。易為爬蟲類動物，名蜥易。蝘蜓，守宮為其方言名，易之種類很多，名稱也各有不同。如哈蚧、四腳蛇、壁虎、變色龍等等。許氏僅列其三，是大畧而已。易為獨體象形字。就其篆文「易」言，橫視之，上象頭，下象身軀及四足。因易有保護色，隨著環境的不同，隨時能變其顏色，尤其是變色龍。易在嶺南一帶，有十二蟲之稱，因一天十二時，能變化十二種不同的顏色，易是最善變色的動物。因而引伸或假借為變易、更易、易容，輕易、交易、容易等等。後又加虫為意符作蜴，以別於易。今作「蜥蜴」。易字為借義及引伸義所專，遂失其為「蜥蜴」的本義，而行借義及引伸義。至於秘書說：「日月為易，象陰陽也。」乃緯學者陰陽五行之說，與釋字無關。「一曰从勿」，更不能成立。易字上下兩部份都不是文字，既不是日月的「日」字，也不是旗勿的「勿」字。在易部中，無一從屬之字，想必是無所歸之故?許氏才立之為部首。

 部首369。《說文》464頁上右，音ㄒㄧㄤ（徐兩切）。，南越大獸，長鼻，牙，三年一乳。像耳、牙、四足、尾之形。凡象之屬皆从象。

案：象產於南越，即今之雲貴，包括泰國、緬甸、越南等地。但古代我國北方也產象。羅振玉氏曰：「象為南越大獸，此後世事，古代則黃河南北亦有之。「爲」字从手牽象（說見爲字）則象為尋常服御之物。今殷墟遺物有鏤象牙禮器，又有象齒甚多。卜用之骨絕大者殆象骨，又卜辭卜田獵有『獲象』之語，知古者中原有象……。」（見《增訂殷虛書契考釋》殷中31頁）按象為獨體象形字，像頭、長鼻、四足及尾之形。在象部中，

从象的字，只有一個豫字。《說文》釋豫為「象之大者」。可知象為豫之本字，豫為象之後起形聲字。豫之本義雖為「象之特大者」，但本義已不彰顯，今行者為別義。另「像」字，雖从象構形，卻歸在人部中，作「似」講，似就是相似，相像之意。為「从人，象聲」的形聲字。《說文》中六書之一的「象形」的象字，是像的假借字。該作「像形」才對。凡《說文》中曰像某某，亦均假「象」為之。已約定俗成，習慣就好。

 部首370。《說文》465頁上右，音ㄇㄚˇ（莫下切）。，怒也。武也。象馬頭、髦、尾、四足之形。凡馬之屬皆从馬。，古文。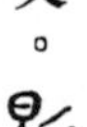，籀文馬，與同有髦。

案：篆文，隸變作馬。《說文》以「怒、武」釋「馬」。段玉裁注：「以疊韵為訓，亦門，聞也。户，護也之例。」這是漢代人慣用的同音字的音訓方式。但馬為威武之獸，有潛在之怒，武特性。在戰場上能將特性發揮的至極。蒙古人之所以能席捲歐亞，建立龐大的帝國，可說全賴馬之功能。按馬字甲文作、。金文作、等形，橫視之，象馬頭、

鬃、眼，足尾之形，屬全體象形字。在馬部中，从馬的字，共有一百一十五字，另重文八字。馬之古文與籀文，亦均為象形字。

 部首371。《說文》474頁上右，音ㄓˋ（宅買切）。，解廌獸也。似牛，一角。古者決訟，令觸不直者。象形。从豸省。凡廌之屬皆从廌。

案：篆文，隸變作廌。《說文》以「解廌獸」釋「廌」。解廌又作獬豸。相傳是一種有靈性的怪獸。有點像牛，又有說像羊的，只有一只角。牠能辨是非，知善惡。牠如遇到有人相鬥時，竟會用牠的獨角去觸撞那個兇惡的人。現在聽來，只能當是神話故事。但在古代還真有人深信不疑。還拿牠來斷案的。即《說文》所說的：「古者決訟，令觸不直者。」，就是在審理疑難案件，難以決斷時，就將廌牽至公堂上，令牠去觸人，觸到誰，誰就是理曲的人，就此定案。現在聽來，簡直是不可思議。太荒誕了，也只能當作笑話。廌這種獸，現在可能絕種了，在古代一定會有。就其篆文「」言上象一角兩耳及頭，下象身軀及四足與尾。屬獨體象形字。在廌部中，从廌的字，有鷓、薦、灋三字。

部首372。《說文》474頁上右，音ㄌㄨˋ（盧谷切）。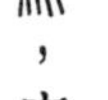，鹿獸也。象頭、角、四足之形。鳥、鹿足相比，从比。凡鹿之屬皆从鹿。

案：篆文，隸變作鹿。鹿一種常見的哺乳動物，其性溫馴善走，牡者有角。原為野生，現多設場飼養，因經濟價值高。肉可供食用。角、茸、骨等均可入葯，皮可製器，尤以鹿茸被視為葯中之珍品。按鹿字甲骨文作等形，是圖畫性很強的象形字，象岐角、頭、身及足之形。其篆文「」。段玉裁依《韵會》改為「鳥鹿足相比，从比」。徐灝氏《說文注箋》說：「鹿足作，與鳥足作同，故鳥鹿足相似。然上文云象頭角四足之形，其義已備，何須更贅及此，疑後人所增也。」徐氏所疑合理，「鳥鹿足相比，从比。」頗有畫蛇添足之味，在鹿部中，从鹿的字，共有二十六字，另重文六字。

部首373。《說文》476頁下左，音ㄘㄨ（倉胡切）。，行超遠也。从三鹿。凡麤之屬皆从麤。

案：篆文，隸變作麤。該字是由三個鹿字相疊而成。《說文》以「行

超遠」釋「麤」。鹿善驚躍，三鹿以示群鹿，群鹿奔馳，而能行超遠。當屬「从三鹿」的會意字，如細分之則為同文會意。應以「群鹿」為本義。「行超遠」乃其引伸義。在麤部中，从麤的字，只有一個⿱麤土字，音ㄔㄣ。取義于群鹿疾走，埃土飛揚，為「从麤从土」的會意字，今省⿱麤土為塵。對岸簡化為尘。為「从小从土」的會意字。

 部首374。《説文》476頁下左，音ㄔㄨˋ（丑畧切）。，㲋獸也。似兔青色而大。象形。頭與兔同，足與鹿同。凡㲋之屬皆从㲋。，籀文。

　案：篆文，隸變作㲋。屬獸類。《説文》説牠是青色的，似兔卻比兔大。牠的頭與兔頭相同，足與鹿足相同。段玉裁注：「合二形為一形。」這種怪獸可能已絕種，因而㲋字也罕見用，在現行字典中查不到㲋字。但在古代一定會有這種獸。不然不會憑空製造此字。㲋，自屬象形字。在㲋部中，从㲋的字，有毚、⿱㲋吾、㲜 三字。籀文作，是兩個省㲋的字所重疊，亦屬象形字。

 部首375。《說文》477頁上右，音ㄊㄨˋ（湯故切）。兔，兔獸也。象兔踞，後其尾形。兔頭與㲋頭同。凡兔之屬皆从兔。

案：篆文兔，隸變作兔。所謂「兔踞，後其尾。」言兔蹲踞時，其尾在足之後。「兔頭與㲋頭同」，謂㲋、兔二頭構形相同也。按兔為獨體象形字，上象兔頭下象兔身及足尾。在兔部中，从兔的字，有逸、冤、娩、免，等字。惟免字《說文》失收，由段玉裁所補。

 部首376。《說文》477頁上右，音ㄏㄨㄢˊ（胡官切）。萈，山羊細角者。从兔足，从苜聲。凡萈之屬皆从萈。讀若丸，寬字从此。

案：篆文萈，隸變作萈。所謂「山羊細角者」。就是細角的山羊。凡禽獸的字，幾乎都是象形文。《說文》以「从兔足，苜聲」。視萈為形聲字，乃釋形之誤。按萈字當屬全體象形字。「ㄨ」象羊角。「目」象頭，「儿」正面視之，四足只見其二及尾。「寬字从此。」寬不僅从萈得聲，亦从萈構形。在萈部中，無一從屬之字，許氏為何立之部首？不明。寬字雖从萈得聲構形，寬卻歸在宀部中。

犬 部首377。《説文》477頁下左，音ㄑㄩㄢˇ（苦泫切）。犬，狗之有縣蹏者也。象形。孔子曰：「視犬之字，如畫狗也。」凡犬之屬皆从犬。

案：篆文犬，隸變作犬。所謂「縣蹏」就是懸蹄。縣為懸之古字，蹏即蹄。縣蹏即不著地之蹄，成長的狗才有懸蹄，長在小腿上。未成長的狗則無。因此，大者稱犬，小者稱狗。其實，為一物之異名。按犬字甲骨文作犬、犬，金文作犬。是圖畫性很強的象形字。橫視之，象頭、身，足尾之形。孔子曰：「視犬之字，如畫狗也。」此非孔子語，乃緯者之謁託，按犬為獨體象形字。用為偏旁則作「犭」，在犭部中，从犬（犭）的字，共有八十三字，另重文五字。

㹜 部首378。《説文》482頁下左，音ㄧㄣˊ（語斤切）。㹜，兩犬相齧也。从二犬。凡㹜之屬皆从㹜。

案：篆文㹜，隸變作㹜。該字是由兩個犬字相並所構成。《説文》以「兩犬相齧」釋「㹜」。因犬是一種好鬥的動物，兩犬相遇，往往相齧。我們從「獨」字可知犬有好鬥的天性。獨字見《説文》480頁。作「犬相得而鬥」講。就是犬得到食物時，絕不願與他犬共享，如他犬爭食，必定相鬥。至獨食而後止。按㹜為「从二犬」的會意字，如細分之，則為同文會意。會「二犬相齧」之意。在㹜部中，从㹜的字，只有獄、獄二字。

 部首379。《說文》483頁上右，音ㄕㄨˇ（書呂切）。，穴蟲之總名也。象形，凡鼠之屬皆从鼠。

案：篆文，隸變作鼠。鼠之種類很多，有田鼠、地鼠、水鼠、山鼠、飛鼠（蝙蝠）等，鼠性好穴，故稱「穴蟲之總名。」鼠自屬象形字。徐鍇氏《說文繫傳》說：「上象齒，下象腹、爪、尾。」因鼠好齧傷物，川人又稱之為耗子。在鼠部中，从鼠的字，共有二十字，另重文三字。

 部首380。《說文》484頁上右，音ㄋㄥˊ（奴登切）。，熊屬。足似鹿，从肉，聲。能獸堅中，故稱賢能，而彊壯稱能傑也。凡能之屬皆从能。

案：篆文，隸變作能。所謂「能屬」，言能為熊類的獸類。能既屬

熊類之獸，應為象形字。《說文》以「足似鹿、从肉、㠯聲」視能為形聲字，恐釋形失當。徐灝氏《說文注箋》說：「能，古熊字。……假借為賢能之能，後為借義所專，遂以火光之熊為獸名之能，久而昧其本義矣。」徐氏之說可從。「能」為「能獸」，被借為賢能之能後，為借義所專，遂失其為「能獸」的本義。按「能」自屬象形字。當以「能獸」為本義。賢能為假借義。在能部中，無一從屬之字。許氏立之為部首，也許能字無所歸之故。現行字典都歸在肉部中。

 部首381。《說文》484頁上左，音ㄒㄩㄥˊ（羽弓切）。，獸。似豕，山居，冬蟄。从能，炎省聲。凡熊之屬皆从熊。

案：篆文，隸變作熊。依照《說文》對熊字釋義：熊是一種生活于山中類似豕（豬）的野獸。冬則入穴而蟄，至春始出，也就是俗稱的冬眠。解其形為「从能炎省聲。」（省炎為火）惟徐灝《說文注箋》說：「熊之本義為火光。《西山經》曰：其光熊熊。郭注：光氣炎盛焜燿之貌。是也。竊謂此當从火能聲。假借為能獸字。」徐氏之說與前能字之解說吻合。應

可信。按熊當屬「从火能聲」的形聲字，其本義為「火光」，假借為能獸。在熊部中，从熊的字，只有一個羆字。

火

部首382。《說文》484頁下右，音ㄏㄨㄛˇ（呼果切）。火，燬也。南方之行，炎而上。象形。凡火之屬皆从火。

案：篆文火，隸變作火。《說文》以「燬」釋「火」。燬字見《說文》484頁，音ㄏㄨㄟˇ。燬下云：「火也。」火、燬二字義同，同義字互釋，是為轉注。按火字甲文作、、等形，正象火上升的樣子。自屬象形字。在火部中，从火的字，共有一百一十二字，另重文十五字。至於「南方之行」，乃陰陽五行之說，與釋字無關。

炎

部首383。《說文》491頁下右，音ㄧㄢˊ（于廉切）。炎，火光上也。从重火。凡炎之屬皆从炎。

案：篆文炎，隸變作炎。該字是由兩個火字上下相疊而成。《說文》以「火光上」釋火。即火光上升之意。按炎當屬「从二火」的會意字。在炎部中，从炎的字，共有八字，另重文一字。

 部首384。《說文》492頁上左，音ㄏㄜ（呼北切）。，北方色也。火所熏之色也。从炎上出。凡黑之屬皆从黑。

案：篆文，隸變作黑。黑字是由「」與「炎」二字所構成。為囪之古字，在此指爐灶上的煙囪。炎之本義為「火光上」，即火煙上升。當囪與炎二字相結成黑字，以示火煙向煙囪上升，久之，其囪自然被熏成黑色，即《說文》所云：「火所熏色。」至於「北方色」，乃陰陽五行之說，與釋字無關。按黑當屬「从囪、从炎」的會意字。其本義為「火所熏色」，也就是黑色。在黑部中，从黑的字，共有三十七字，另重文一字。

 部首385。《說文》495頁上右，音ㄔㄨㄤ（楚江切）。，在牆曰牖，在户曰囪。象形。凡囪之屬皆从囪。，古文。

案：篆文，隸變作囪。囪為窗之古字。按囪屬象形字。外象窗框，內象窗格。徐鍇《說文繫傳》說：「囪象交疏形。」其說是。古文，即

煙囪。「在牆曰牖，在户曰囪。」只是裝設的位置不同，而名有別，其實，是一樣的東西。在囪部中，从囪的字，只有一個悤字。窗字歸在穴部中。即窻字，今省為窗。為「从穴，从囪」的會意兼形聲之字。《說文》無窗字。

焱 部首386。《說文》495頁上左，音ㄧㄢˊ（以冉切）。焱，火𠌶也。从三火。凡焱之屬皆从焱。

案：篆文焱，隸變作焱。該字是由三個火字相疊而成。所謂火𠌶，就是火華，𠌶為華之本字。三火以示盛大之火。古者凡言物之盛，皆三其文。火華也就是火光盛大的樣子。按焱當屬「从三火」的會意字，會「火光盛大」之意，其本義為「火華」，亦即火花。在焱部中，从焱的字，只有熒、燊二字。

炙 部首387。《說文》495頁下右，音ㄓˋ（之石切）。炙，炙肉也。从肉在火上。凡炙之屬皆从炙。，籀文。

案：篆文，隸變作炙。該字是由「肉」與「火」二字所構成。所謂「炙肉」。根據下文「从火在肉上」言。「炙肉」應為動詞，就是將肉置於火上烤之以熟。也就是今日常見的休閒活動中在野外的烤肉。段玉裁注：「炕火曰炙。炕，舉也。謂以物貫之而舉於火上以炙之。」段氏之意，炙肉就是炕肉。類似我國西北回民之烤串羊肉。如視炙肉為名詞，則為乾肉。按炙字當屬「从火、从肉」的會意字。本義為「炕肉」或「烤肉」均可，炕烤二字義近。在炙部中，从炙的字，只有𤎅、𤏓二字。炙之籀文作「」，為炙之後起俗字。

 部首388。《說文》496頁上右，音ㄔˋ（昌石切）。，南方色也。从大火。凡赤之屬皆从赤。，古文，从炎土。

案：篆文，隸變作赤。就其篆體言，該字是由「大」與「火」二字所構成。所謂「南方色」，乃陰陽五行之說，與字義無關。《玉篇》曰：「赤，朱色也。」火大則成朱紅色。按赤為「从大，从火」的會意字，如細分之，則為異文會意。當以「朱色」為本義。俗謂「近朱者赤。」在赤

部中，从赤的字有赫、赭、赧等九字，另重文四字。古文作烾，為「从炎从土」的會意字。土無物稱赤土，猶人之無衣曰赤身。

部首389。《說文》496頁下左，音ㄉㄚˋ（徒蓋切）。，天大、地大，人亦大焉。故象人形。古文大也。凡大之屬皆从大。

案：古文，隸變作大。大字金文「太保鼎」作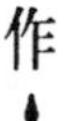，「毛公鼎」作，「盂鼎」作等形，與古文字之形相似。象人正面而立，張其雙足，揚其兩手之形。為獨體象形字。當以「人」為本義。「天大、地大，人亦大」乃大之引伸義。其本義雖為人，惟本義今罕見用。假借而為大小之大。在大部中，从大之字有：奎、奄、夾，等十七字。

部首390。《說文》498頁上左，音ㄧˋ（羊益切）。，人之臂亦也。从大，象兩亦之形。凡亦之屬皆从亦。

案：篆文，隸變作亦。亦為腋之古字。「人之臂亦」。也就是人之臂腋。腋，俗稱胳肢窩。「从大」即从人。（詳大字）「象兩亦之形」，

是指大字兩倒之「八」。即兩腋之部位，「八」為臆構之虛象，是指事的符號，故亦為指事字。亦字假借為語詞後，為借義所專，遂別造掖以代之。《說文》無腋字。在亦部中从亦的字，只有一個夾字。

 部首391。《說文》498頁下右，音ㄗㄜˋ（阻力切）。夨，傾頭也。从大，象形。凡夨之屬皆从夨。

案：篆文夨，隸變作夨。該字是在「大」字上加一曲筆「㇉」所構成。大象人張其雙臂，跨其雙足，正面而立之形。（說詳大字）大（人）上加一曲筆，正象人傾側其頭的樣子。夨，當屬合體象形字。在夨部中，从夨的字，有奊、𡗜、吳三字。

 部首392。《說文》498頁下左，音ㄧㄠ（於兆切）。夭，屈也。从大，象形。凡夭之屬皆从夭。

案：篆文夭，隸變作夭。夭是個頗有爭議的字。夭字甲骨文作「夭」。羅振玉氏認為：「夭屈之夭，許書作夭，與古文傾頭之夨形頗相混，此

作。石鼓文从（走）諸字皆作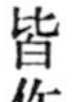，與此正同，古金文亦然。無作者。」（見《增訂殷虛書契考釋》殷中56頁）羅氏認為夭為甲骨文之譌變。走字石鼓文作，似象人疾走時，左右兩手前後擺動之形。朱駿聲氏認為：「从大而屈其首，指事。中者，腰之直。夭者，頭之曲。」（見《通訓定聲》230頁）朱氏似視夨與夭為一字，夨訓「傾頭」，夭訓「屈首」。傾頭與曲首豈有太大之差別？高鴻縉氏說：「按字从大（人）而屈其首，故有夭屈之意。……但由夨字周文作，亦作例之，則古文反正不拘。夨、夭古蓋同形。依上下文辨之，秦時始為分別，偏左者曰夨，偏右者曰夭。」（見《中國字例》440頁）根據前面幾位學者不同的意見，夭確是一個有問題的字。《說文》雖視「屈」為夭之本義。惟本義今罕見用，現所行者為別義。在夭部中，从夭的字，有喬、幸、奔三字。按夭為合體象形字。

 部首393。《說文》499頁上左，音ㄐㄧㄠ（古爻切）。，交脛也。从大，象交形。凡交之屬皆从交。

案：篆文，隸變作交。該字从大。从大即从人。（說詳大字）所謂

「交脛」。指人之兩足相交之意。按交字甲文作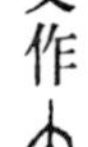，金文作、、等形。正象兩足交錯的樣子。交字當以「交足」為本義，惟本義罕見用，引伸而為相併、相合、相錯、相接等意。按交為獨體象形字。

 部首394。《說文》499頁下右，音ㄨㄤ（烏光切）。，尪也。曲脛人也。从大，象偏曲之形。凡尢之屬皆从尢。，篆文从㞷。

案：古文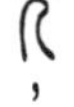，隸變作尣。《說文》以「尪」釋「尢」。尪字見《說文》499頁下左，音ㄅㄛˇ。是跛的本字，跛是尪的俗字。跛，就是一隻腳有疾，不良于行，俗稱跛腳。「从大」即「从人」大像人正面而立，揚其兩手，張其雙足之形。（說詳大字）按是個變形的大字，雙足之一的右足已彎曲，表示有疾。即《說文》所說的：「曲脛人，从大，象偏曲之形。」按（尢）當屬象形字。像人「曲其一足」之形。篆文作，是尢的後起「从尢，㞷聲」的形聲字。在尢部中，从尢的字，有尪、尬、尥等十二字。

 部首395。《說文》500頁上左，音ㄏㄨˊ（户姑切）。，昆吾，圜器

也。象形。从大象其蓋也。凡壺之屬皆从壺。

案：篆文，隸變作壺。所謂「昆吾」。段玉裁注：「古者昆吾作匋。壺者，昆吾始為之。」段氏之意：昆吾是人名，是製作陶器的工匠。壺是由昆吾最先製造的。徐鍇《說文繫傳》說：「昆吾，紂臣，作瓦器。」段、徐二氏之說大致相同。惟王筠氏有截然不同的解讀。他說：「壺下云：昆吾，圜器。十五年前吾亦如段氏說，今思得之，昆吾者，壺之別名也。昆讀如渾，與壺雙聲，吾與壺疊韻。正與疾黎為茨，之于為諸，者焉為旃一例。」（見《說文釋例》卷十八，四十九頁）王氏所思之得，認為昆吾是壺的別名。也可說壺是昆吾二字的合聲。就聲韻學觀點而言，王氏的舉證推理，是正確的。但段、徐二氏均認為昆吾是人名，必有所本。王氏僅憑其所思，竟將人名改為器名，未免有點天真。按壺字甲骨文作，金文作、、、，等形，與篆文無太大之差別。屬獨體象形字。上象壺蓋（非从大），兩旁象壺耳，中象壺容，下象底座。為盛酒漿的圜形陶瓦之器。

部首396。《說文》500頁下右，音一（於悉切）。，嫥壹也。从壺吉。吉亦聲。凡壹之屬皆从壹。

案：篆文，隸變作壹。《說文》以「嫥壹」釋「壹」，各本作「專壹」，可能為段玉裁改訂為「嫥壹」。嫥字見《說文》626頁，嫥下云：「壹也」。段玉裁注：「壹下云；嫥也。與此為轉注。凡嫥壹字，古如此作。今則專行，而嫥廢矣。」據此，嫥壹，就是專壹。所謂「專壹」，乃指專心致志，不紛雜，專心一意之意。壹字就其篆體言，是由「壺」與「吉」二字所構成。从壺从吉會意。壺為盛酒漿的瓦器，（說詳壺字）吉字見《說文》59頁，作「善」講。徐鍇《說文繫傳》說：「从壺，取其不泄。」不泄就是不漏。不泄不漏可引伸為嚴謹、慎密。又加「吉」之本義為「善」。凡從事任何正當行業，如能嚴謹慎密，善自為之，就可稱專壹。「吉亦聲」。吉字除與壺字合而構成壹字外，也兼作壹的聲符。因此，壹為「从壺，从吉，吉亦聲」的會意兼形聲的字。其本義為「專壹」。在壹部中，从壹的字，只有一個懿字。壹字借作一之大寫，猶二為貳，三為參……意同。

㚔 部首397。《說文》500頁下左，音ㄋㄝˋ（尼輒切）。㚔，所以驚人也。从大从㐄。一曰大聲也。凡㚔之屬皆从㚔。一曰：讀若瓠。一曰：俗語以盜不止為㚔。讀若籋。

案：㚔，是個頗有爭議的字，原作㚔。段玉裁改作㚔，只少一横。段玉裁注：「各本作从㐄。《五經文字》曰：《說文》从大从㐄。㐄，音干。今依《漢石經》作幸。又曰：執者，《說文》執者，經典相承，凡報之類同是。則張氏所據《說文》與今本迥異如是。今隸用《石經》體，且改《說文》。此部皆作幸，非也，今皆正。干者，犯也。其人有大干犯而觸罪，故其義曰：所以驚人。其形从大干會意。」段氏引張參《五經文字》改「㚔」為「㚔」。㚔則成為从大从干的會意字，會「干犯大罪」之意。段氏並將㚔部所屬之報、執、睪、圉、盩、籋六字的偏旁「幸」的篆體，改為㚔。㚔下从干。徐灝《說文注箋》說：「張參說甚謬，㐄固非干字，若依《石經》作幸，則其下正从㐄而不从干。段氏未加審覈，遂改全部篆體从干，蓋由未識从㐄之意，以干犯為得其恉，而改篆以就之，亦大輕率矣。今按干部，㐄，撥也。撥有引致之義，㚔之本義，蓋謂拘攝罪人，故所屬之字多捕亡、訊因之類，㚔之言攝也。一曰大聲者，謂一說用大為聲，蓋大有他達切之音，可諧也。讀若瓠，當是瓡之譌。《漢書．地理志》北海郡瓡縣。師古曰：瓡即執字。又按此字隸變與微幸字相亂。」徐氏對段氏之改㚔為㚔，不以為然。但㚔、㚔二字之本義卻很接近。依段氏說，㚔為「干犯觸罪」。徐氏則認為㚔之本義為「拘攝罪人」。徐氏之分析合理可從。如報字金文作，从𢆉不从干。惟㚔字隸變後成為微幸、幸福的「幸」字。現在如將報改為報，幸字少一橫。恐難令人接受。有人說：「文字是「約定俗成」的產物，習慣就好，實在沒有更改的必要。」「一曰俗語以盜不止㚔」，段玉裁注：此十字恐為後人所沾。」

 部首398。《說文》501頁下右，音ㄕㄜ（式車切）。，張也。从大，者聲。凡奢之屬皆从奢。，籀文。

案：篆文，隸變作奢。該字是由「大」與「者」二字所構成。《說文》以「張」釋「奢」。段玉裁注：「張者，施弓弦也。引申凡充㡿（斥）之稱。侈下曰：一曰奢也。」按侈與奢義同，侈从多構形，籀文奓亦从多

構形。者，自可借有多義。奢，當屬「从大，者聲」的形聲字。其本義為「張」。張作「施弓弦」講，引伸而為誇張、鋪張、過分，有華而不實，侈靡放縱之義。籀文作，是「从大、从多」的會意字，在奢部中，从奢的字只有一個奲字。

部首399。《說文》501頁下左，音ㄍㄤ（古郎切）。，人頸也。从大省，象頸脈形。凡亢之屬皆从亢。，亢或从頁。

案：篆文，隸變作亢。《說文》以「人頸」釋「亢」義，以从大省，象頸脈形解其形。王筠《說文釋例》說：「象脛脈形，謂几也。似几席字，故不出。此篆當作。此字似通體象形，非大省，頸上承首，首大于頸，故以象之，之外則頸形，中加一者，象中間之高骨也，今謂之結喉。」其說是。按當屬整體象形字，上象首，下象脛脈。其本義為「人頸」，即俗稱的脖子。惟本義罕見用，今行者為別義。或體作（頏）為「从頁，亢聲」的形聲字，頁為頭的本字，（說詳頁字）

部首400。《說文》502頁上左，音ㄊㄠ（土刀切）。，進趣也。从大十。大十者，猶兼十人也。凡本之屬皆从本。讀若滔。

案：篆文，隸變作本。該字是由「大」與「十」二字所構成。大即人。大象人正面而立，揚其雙臂，張其兩足之形。十之本義為「數之具」，也就是具足一個整數，引申而有多義。《說文》以「進趣」釋「本」，「進趣」就是「進趨」。向前疾走之意。當大與十結成本字，以示十人疾走，亦即段玉所注：「言其進之疾，如兼十人之能也。」按本當屬「从大，从十」的會意字本義為「進趣」。在本部中，从本的字有：奏、皋，等五字，另重文二字。讀若滔，以滔（ㄊㄠ）為聲。

部首401。《說文》503頁上右，音ㄍㄠ（古老切）。，放也。从大八。八，分也。凡夰之屬皆从夰。

案：篆文，隸變作夰。該字是由「大」與「八」二字所構成。大字象人正面而立，揚其雙手，張其兩足之形。（說詳大字）八字見《說文》49頁，作「別」講。《說文》以「放」釋「夰」。所謂「放」。就是放逐。

从大即从人。八之本義為「別」，引伸為離、為分、為遠離。人被逼遠離，就是放逐。故夰字當屬「从大、从八」的會意字。會人被「放逐」之意。惟夰字不見金、甲文，即今之字書亦闕，已是一個古今罕見用的死文字。在夰部中，从夰的字，有臩、奡等四字。

亣 部首402。《說文》503頁上右，音ㄊㄚˋ（他達切）。亣，籀文大，改古文。亦象人形。凡亣之屬皆从亣。

案：大之古文作大，象人正面而立，張其雙臂，跨其兩足之形。籀文作亣，其上體與古文大之形相同，只是雙足未跨開。亣與大都是今行之大字，音義皆同，只是形體稍別而已，且都是「人」的象形字。假借為大小之大，既然同為一字，為何要各立部首？段玉裁注：「謂古文作大，籀文乃改作亣也。本是一字，而凡字偏旁或从古，或从籀不一。許為字書（指《說文》）不得不析為二部。猶人儿本一字，必析為二部也。」段氏之意：古文「大」與籀文「亣」，雖然同為一字，但各有不同的屬字，不得不各立為部首，猶人與儿也同為一字，各立為部首是一樣的道理。（說見311部首儿字）按大自屬象形字。像人「張其兩臂，雙足微跨」之形。在大（大）部中，从大的字有：奕、奘、奚等八字。

夫 部首403。《說文》504頁上右，音ㄈㄨ（甫無切）。

夫，丈夫也。从大一。一以象先。周制八寸為尺，十尺為丈。人長八尺，故曰丈夫。凡夫之屬皆从夫。

案：篆文夫，隸變作夫。就其篆文言，該字是由「大」加「一」所構成。大為大字的籀文，實質就是大字。象人正面而立，張其雙臂，兩足微跨之形。「一」非數字之一，在此借一為先。先，今俗作簪，就是插在頭髮上的簪子。所謂「丈夫」。指已成年的男子之稱。古以二十歲為成年，舉行加冠禮，束髮戴冠插簪，這就算成年了，可稱為丈夫。《說文》以「从大一」視夫為會意字，欠妥。段玉裁注：「夫為象形亦為會意。」揣意：夫字以合體「象形」為宜。象「男子頭上結髮插簪」之形。在夫部中，从夫的字，只有規、扶二字。周制八寸為尺云云。段玉裁注：「此說人稱丈夫之恉。」

立 部首404。《說文》504頁下右，音ㄌㄧˋ（力入切）。立，侸也。从亣在一之上。凡立之屬皆从立。

案：篆文立，隸變作立。各本均以「住」釋「立」。段玉裁以《說文》無住字，改以「侸」釋「立」。侸字見《說文》377頁，音ㄕㄨˋ，作「立」講。立、侸二字義同，是為互訓。立字就其篆文立言，是由「亣」與「一」所構成。亣是籀文大字，象人正面而立，張其雙臂，微跨兩足之形。「一」非數字之一，在此表地。當亣與一相結合構成立（立）字，以示人站在地上。按立當屬合體象形字，象人「站在地上」之形。以「人站立」為本義。在立部中，从立的字，有端、竨、竦、靖等十九字，另重文二字。

竝 部首405。《說文》505頁下右，音ㄅㄧㄥˋ（蒲迥切）。竝，併也。从二立。凡竝之屬皆从竝。

案：篆文竝，隸變作並。該字是由兩個立（立）字排列而成。立之本義作「人站立」講（詳前立字）。《說文》以「併」釋「並」。併字見《說文》376頁，音ㄅㄧㄥˋ，作「竝」講。併、竝二字音義皆同，是為轉注。按並（竝）當屬「从二立」的會意字。以「二人併立」為本義。在並部中，從並的字，只有一個普字。

囟 部首406。《說文》505頁下左，音ㄒㄧㄣ（息進切）。囟，頭會腦蓋也。象形。凡囟之屬皆从囟。脖（脖），或从肉宰。囟，古文囟字。

案：篆文囟，隸變作囟。李國英氏說：「頭者諸陽之會。頭蓋骨不合之處，醫書謂之百會穴，俗稱囟門者也。小兒囟不合，故兒字金文有作兒者，及長囟雖合，而骨至脆薄，異於他處，故囟字本其初而缺筆以象之，其中乃象筋膜連綴之形。古文為直筆而已，與篆同為獨體象形。或體作脖者，从肉宰聲之俗體字也。」（見《說文類釋》72—73頁）李氏之說可從。按囟當屬獨體象形字，象嬰兒之頭蓋骨未合之形，在囟部中，从囟的字，只有𣬉、巤二字。

思 部首407。《說文》506頁上右，音ㄙ（息茲切）。思，容也。从心从囟。凡思之屬皆从思。

案：篆文，隸變作思。各本均以「容」釋「思」。段玉裁改為以「㝐」釋「思」。㝐字見《說為》576頁，音ㄐㄩㄣˋ，作「深通川」講。段玉裁注：「凡深通皆曰㝐。……謂之思者，以其能深通也。」按思字是由「囟」與「心」二字所構成。囟作「頭會𡿺蓋」講（說見406部首囟字）。心為人心。囟是𡿺之初文，今俗作腦。《說文》無腦字。當囟與心相結合構成思字，以示人之思惟是靠心、腦併用。西方人取笑國人的思惟只靠心，與科學不符，其實，大謬不然。在數千年前，我們的老祖先就知道人的思惟是要靠腦的。從「思」字就足以證明。因思字是从囟（腦）構形。思，當屬「从囟，从心」的會意字。會「思惟」之意。在思部中，从思的字，只有一個慮字。

 部首408。《說文》506頁上左，音ㄒㄧㄣ（息林切）。，人心。土臧也。在身之中，象形。博士說：「以為火臧」。凡心之屬皆从心。

案：篆文，隸變作心。所謂「土臧」（藏）與「火臧」，乃漢代今文家與古文家，也就是所謂的五經博士，各不同的認知。今文家認為肺屬

金，肝屬木，腎屬水，心屬火，胃屬土；古文家則認為肝屬金，脾屬木，腎屬水，肺屬火，心屬土。總之均為陰陽五行之說，與字義無關。按心為獨體象形字。象心瓣及兩大動脈之形，在心部中，从心（忄⺗）的字，共有二百六十三字，另重文二十三字。

 部首409。《說文》520頁上右，音ㄙㄨㄟˇ（才規、才累二切）。惢，心疑也。从三心。凡惢之屬皆从惢。讀若《易》旅瑣瑣。

案：篆文惢，隸變作惢。該字是由三個心字相疊所構成。《說文》以「心疑」釋「惢」。三心以示多心。俗云：「三心二意。」有遲疑不決之意。故生「心疑」。按惢當屬「从三心」的會意字，如細分之，則為同文會意。因惢音近瑣，《說文》引《易》旅瑣瑣。旨在說惢之讀音。在惢部中，从惢的字，只有一個繠字。

 部首410。《說文》520頁上右，音ㄕㄨㄟˇ（式軌切）。水，準也。北方之行，象眾水並流，中有微陽之氣。凡水之屬皆从水。

案：篆文，隸變作水。《說文》以「準」釋「水」。準字見《說文》565頁，作「平」講。天下之物莫如水之平也。今土木建築師所用之水平尺，又叫準尺，賴以測量建築之高低平穩。按（水）為獨體象形字，象眾水並流之形。當以「流津」為本義。準，為其引伸義。至於「北方之行，中有微陽之氣」。乃陰陽五行之說，與字義無關。在水部中，从水（氵）的字，共有四百六十五字，另重文二十五字。

 部首411。《說文》573頁上右。，二水也。闕。凡沝之屬皆从沝。

音ㄓㄨㄟˇ（為筆者妄自加注其音）

案：篆文，隸變作沝。所謂「闕」。段玉裁注：「此謂闕其聲也。其讀若不傳，今之壘切者，以意為之。」按沝字不僅闕聲，也闕義。許慎說解文字，必先說義，再言形，複體字自不例外。如「从」，相聽也。从二人；艸，百卉也。从二中；炎，火光上也，从重火之類。都是先言義，再言形。惟沝字但云「二水也」，只言形，可說是聲義俱闕。沝字應視為水之複體，與水之聲義也應相同，仍當視沝為象形字。在沝部中，从沝的字，有㳅，（今作流）。𣶒（今作涉）。二字。

瀕　部首412。《說文》573頁上左，音ㄅㄣ（必鄰切）。瀕，水厓人所賓附也。顰戚不歬（前）而止。从頁从涉。凡瀕之屬皆从瀕。

案：篆文瀕，隸變作瀕。該字是由「涉」與「頁」二字所構成。涉字見《說文》573頁，作「徒步行走水中」講。頁字見《說文》420頁，作「頭」講，是人頭的象形字，在此引伸為人。當涉與頁相結合成瀕字。以示在水涯邊的人將要渡水。因水太深，故「顰戚不前而止」。顰戚即顰蹙。也就是顰眉蹙額表示憂愁之意。按「瀕」當屬「从涉，从頁」的會意字。以「人涉水」為本義。在瀕部中，从瀕的字，只有一個顰字。作「涉水顰戚」講。

く　部首413。《說文》573頁下右，音ㄑㄩㄢ（姑泫切）。く，水小流也。《周禮》：「匠人為溝洫，枱廣五寸，二枱為耦，一耦為伐，廣尺深尺，謂之く。倍く謂之遂，倍遂曰溝，倍溝曰洫，倍洫曰巜。」。凡く之屬皆从く。甽，古文く，从田川，田之川也。畎，篆文く，从田犬聲。六畎為畮。

案：古文〜，隸變作く。《説文》以「水小流」釋「く」。段玉裁注：「涓，小流也。く與涓音義皆同。」按〜（く）為水字之省體。所謂「水小流」。即涓滴之細流。《説文》引《周禮》匠人為溝洫云云，為《考工記》匠人職文。旨在説明建築溝洫之規格。甽，古文く，是「从田川聲」的形聲字。篆文畎，是「从田犬聲」聲不兼義的形聲字。「六畎為一畮」。段注：「六畎為一畮者，謂其地容六畮耳。」按〜（く）當屬省體象形字。象小水涓涓細流之形。在く部中，从く的字，只有く之重文甽、畎二字。

巜　部首414。《説文》573頁下左，音ㄎㄨㄞˋ（古外切）。巜，水流澮澮也。方百里為巜，廣二尋，深二仞。凡巜之屬皆从巜。

案：篆文巜，隸變作巜。徐鍇《説文繫傳》説：「巜，讀若澮同。」按《釋名》水注溝曰巜。巜，會也。小水之所聚會也。今人作澮。」依徐氏説，巜澮為古今字。澮字見《説文》531頁，音古外切，與巜音同。澮為水名，出河東彘霍山西南入汾。徐鍇氏之説可信。巜字是由兩個く字相並所構成。雖比く之水為大，但仍當視巜為象形字。以「溝澮」為本義。在巜部中，从巛的字，只有一個粼字。「方百里為巛，廣二尋，深二仞」。疑為建造溝洫之規格及範圍。

 部首415。《說文》574頁上右，音ㄔㄨㄢ（昌緣切）。，貫穿通流水也。《虞書》曰：「濬く巛距巛。」言深く巛之水會為川也。凡川之屬皆从川。

案：篆文，隸變作川。如作他字之偏旁，則作巛。所謂「貫穿通流水」。就是水能暢流之意。川（巛）字是由三個く字相並而成，く為「水小流」（說見く字）。三く以示水之大，匯而成川。按川字甲骨文作、、、諸形。象有畔岸，而水暢流其中之形。與く、巛同屬象形字。在川部中，从川（巛）的字，有巠、巤、侃等十字，另重文三字。

 部首416。《說文》575頁上右，音ㄑㄩㄢˊ（疾緣切）。，水原也。象水流出成川形。凡泉之屬皆从泉。

案：篆文，隸變作泉。泉字甲骨文作、、、等形。

均象水從石罅中涓涓流出之形。許云：「象水流出成川形。」凡川固必有泉，而泉未必都成川。按泉為獨體象形字。以「水原」為本義。在泉部中，只有一個繁字。

 部首417。《說文》575頁上左，音ㄑㄩㄢˊ（疾緣切）。，三泉也。闕。凡灥之屬皆从灥。（其音為筆者改訂）

案：篆文，隸變作灥。該字是由三個泉字相疊所構成。所謂「闕」。段玉裁注：「此謂讀若未詳，闕其音也。」按灥字說解「三泉也」。只言字形。不僅闕音，也闕義，可說是音義俱闕。與沝字的情形完全相同。三灥，猶一泉也。只能視灥為泉之複體字，其音義也應與泉相同，且仍當視灥為獨體象形字。在灥部中，从灥的字，只有一個厵字。其篆文作，即今行之原字。

 部首418。《說文》575頁上左，音ㄩㄥˇ（于憬切）。，水長也。象水巠理之長永也。《詩》曰：「江之永矣」。凡永之屬皆从永。

案：篆文𣱵，隸變作永。《說文》以「水長」釋「永」義。以「象水巠理之長永」為「永」解其形。高鴻縉氏說：「永字，即潛行水中之泳字之初文。原以从人在水中行，由「人彳」生意。故託以寄游泳意，動詞。金文或加止以足行意，作𣱵。益證从彳之確。後人借用為長永，久而為借意所專，乃加水旁為泳，以還其原。」（見《中國字例》309頁）。高氏之說合理，可從。不過，還得稍加補充，才更明白。高氏之意，永之篆文作「𣱵」，是由「彳」（彳）、「人」（人）、「く」（く）三字所構成。以人為主體。彳字見《說文》76頁，作「道路」講，引伸為行走。く（く）字見《說文》573頁，作「水小流」講，引伸為流水。當「彳」（彳）、「人」（人）、「く」（く）三字相結構成𣱵字，正顯示人行走水中之形，永字金文「杞伯敏父鼎」作𣱵，下加止字，止即足，益證高氏之說可信。又泳字見《說文》561頁，作「潛行水中」講。自當以人為主體。可證永、泳為古今字。惟高氏視永為象形字。拙意，永當以「从人、从彳、从く」為「會意」字為宜。會「人行走水中」之意，以「人涉水」為本義。永字借為「長遠」等意後，其本義已不彰顯，為後起之泳字所取代。泳為

「从水、永聲」的形聲字。在永部中，从永的字，只有一個羕字。《說文》引《詩・漢廣》：「江之永矣。」旨在說江、漢水之長。

𠂢 部首419。《說文》575頁下右，音ㄆㄞˋ（匹卦切）。𠂢，水之衺流別也。从反永。凡𠂢之屬皆从𠂢。讀若稗縣。

案：篆文𠂢，隸變作𠂢。所謂「从反永」。就是該字是由永字篆文反寫而成。《說文》以「水之衺流別」釋「𠂢」。所謂「水之衺流別」。段玉裁注：「流別者，一水岐分之謂。」流別，也就是水之支流。支流則勢必斜（衺）行。就其𠂢之篆文「𠂢」言，左為正流，右為斜（衺）流，屬象形字。𠂢、派本為一字。派字見《說文》558頁，音ㄆㄞˋ。作「別水」講，別水也就是別流。𠂢、派二字音義皆同。𠂢是派之初文，派是𠂢之後起形聲字，今派字行，而𠂢則罕見用矣。在𠂢部中，从𠂢的字，只有衇、覛二字。「讀若稗縣。」當云：讀若稗縣之稗，語意方為完整。稗縣在蜀地。

谷 部首420。《說文》575頁下左，音ㄍㄨˇ（古祿切）。谷，泉水通川為谷。从水半見出於口。凡谷之屬皆从谷。

案：篆文谷，隸變作谷。《說文》以「泉水通川」釋「谷」。段玉裁注：「《釋水》曰：水注川曰谿，注谿曰谷。山瀆無所通也。川者、貫川通流之水也。兩山之間必有川焉。」簡言之，谷就是兩山之間泉水流出的通道。谷字就其篆文言，是由「仌」與「口」所構成。仌是水的省形。即《說文》所云：「从水半見。」巛（水）省去中間之「丨」，而保留「仌」，故只見水字一半。「从水半見」是個倒裝句，如改以「从水之半」，就較易明白。口，本為人之口舌之口，在此借為水之出口之口。按谷當屬「从水省，从口」的會意字，以「泉水出口」為本義。在谷部中，从谷的字共有八字，另重文二字。

仌

部首421。《說文》576頁上左，音ㄅㄧㄥ（筆陵切）。仌，凍也。象水冰之形。凡仌之屬皆从仌。

案：篆文仌，隸變作冫。《說文》以「凍」釋「仌」。凍字見《說文》576頁下右，作「仌」講。凍、仌二字義同，是為轉注。以「象水冰之形」為「仌」解其形。惟各本作「象水凝之形。」段玉裁改凝為冰。徐灝氏《說文注箋》說：「水凝成仌，有坼文，故象其坼裂之形。」坼文即坼紋。仌，正象凍冰裂開之形。屬獨體象形字。按仌（冫）為冰之初文，冰為冫之後起形聲字，今冰字行，而冫（仌）僅用為偏旁，在冫部中，从冫的字，有凍、治、滄、凜、冽等十七字，另重文三字。俗謂「氵」為三點水，是對的。如言「冫」為兩點水，就錯了，當說兩點冰才正確。

 部首422。《說文》577頁上左，音ㄩˇ（王矩切）。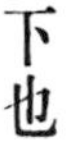，水從雲下也。一象天，冂象雲，水霝其間也。凡雨之屬皆从雨。，古文。

案：《說文》對雨字的說解已很清楚。雨字上一橫象天，下之冂象雲層，冂內之⺀丨象雨點及雨絲，亦為水字。所謂「水從雲下」，即水從雲際中降下，也就是雨下。「水霝其間」的「霝」字，音霖ㄌㄥˊ，作「雨䨕」講。䨕，音ㄌㄨㄛˋ。即今行之落字。雨，屬象形字，在雨部中，从雨的字，共有四十六字，另重文十一字。古文作，亦為象形字，內象雨點及雨絲。

 部首423。《說文》580頁下右，音ㄩㄣˊ（王分切）。，山川气也。从雨，云象回轉之形。凡雲之屬皆从雲。，古文省雨。，亦古文雲。

案：篆文，隸變作雲。所謂「山川气」，即山川間之濕氣。山川初出者為氣，升於天空者則成雲。云為雲之古字。就其形體「」言，正象天空中雲層舒展之形。因云借為語詞，作「曰」講，作「詩曰」，也可作「詩云」。為借義所專，遂另造一「雲」字以還其原。雲為云之後起字，加雨為意符而成為「从雨，云聲」的形聲字，云與另一古文，均為象形字，象層雲舒展之形，在雲部中，从雲的字，只有一個霒字。

 部首424。《說文》580頁下右，音ㄩˊ（語居切）。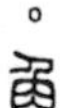，水蟲也。象形。魚尾與燕尾相似。凡魚之屬皆从魚。

案：篆文，隸變作魚。所謂「水蟲」，即水生動物的一種。魚字甲文作、，金文作、，等形。與篆文之魚字大同小異。上象魚頭，中象魚身，下象魚尾。是個圖畫性很強的象形字。其尾雖與燕尾相似，但並不从火。在魚部中，从魚的字，共有一百零三字，另重文七字。

𩺰 部首425。《說文》587頁下右，音ㄩˊ（語居切）。𩺰，二魚也。凡𩺰之屬皆从𩺰。

案：篆文𩺰，隸變作𩺰。該字是由兩個魚字相疊而成。《說文》僅說「二魚也」，只言形，不言音，也不言義。可說是個音義俱闕的字。與𣏟字的情形完全相同（說詳411部首𣏟字）。只能視𩺰為魚之複體字，其音義自然也與魚相同。仍屬獨體象形字。在𩺰部中，从𩺰的字，只有一個𤁋字，作「捕魚」講，即今行之漁字。由此，可知𩺰與魚本為一字，段玉裁注：「立此部者，有𤁋字从𩺰也。」否則𩺰部可刪，改列魚下為重文。

燕 部首426。《說文》587頁下左，音ㄧㄢˋ（於甸切）。燕，燕燕玄鳥也。籋口，布翄，枝尾。象形。凡燕之屬皆从燕。

案：篆文燕，隸變作燕。各本無燕燕二字，為段玉裁所增補。所謂「玄鳥」。即淺黑色的鳥。是候鳥燕子的別名。籋口，即箝口，指燕字廿言。布翄，即張翅，指燕字兩側之北言。枝尾，指其尾似火之分岐。籋口、布翄、枝尾，謂燕子飛翔時之狀。燕自屬象形字，象燕子飛翔之形。在燕部中，無一從屬之字，許愼為何立之為部首？不明。古多假燕為宴安、宴享。

龍 部首427。《說文》588頁上右，音ㄌㄨㄥˊ（力鐘切）。龍，鱗蟲之長，能幽能明，能細能巨，能短能長，春分而登天，秋而潛淵。从肉，𦘒肉飛之形，童省聲。凡龍之屬皆从龍。

案：篆文龍，隸變作龍。所謂「鱗蟲之長。」即鱗甲類動物中之最長者。「能幽能明，能細能巨」云云，只能視之為神話。在古生物中，龍這類動物，如孔龍一樣，在多少億年前已絕跡於地球。經近代考古學家在化石中發現，定為爬行動物，種類很多，或一棲兩棲，其體長約十餘丈。按龍字甲骨文作等形。屬獨體象形字，不可分析。《說文》據譌變之篆文解其形，謂：「𦘒从肉飛之形，童省聲。」不可據。在龍部中，从龍的字，有靇、龕、龖，等字。

飛 部首428。《說文》588頁上左，音ㄈㄟ（甫微切）。飛，鳥翥也。象形。凡飛之屬皆从飛。

案：篆文飛，隸變作飛。《說文》以「鳥翥」釋「飛」。所謂「鳥翥」。即鳥振翅上飛之意。翥字見《說文》140頁，作「舉飛」講。舉飛自然是指鳥舉翅上飛。飛字就其篆文飛言，上之「[篆形]」為鳥之頭頸及羽毛。左右兩側之「[篆形]」，為飛鳥張其雙翅，中一直豎「丨」為鳥身及尾。此為飛鳥上飛之背面，故不見足。按飛屬整體象形字。在飛部中，从飛的字，只有一個𩙺字，其籀文作翼，即今所行者。

非　部首429。《說文》588頁下右，音ㄈㄟ（甫微切）。非，韋也。从飛下翄。取其相背也。凡非之屬皆从非。

案：篆文非，隸變作非。《說文》以「韋」釋「非」。韋字見《說文》237頁，作「相背」講。所謂「从飛下翄」。是說非字的構形。是由飛字篆文飛下左右雙翅所構成。也可說非是篆文飛之省體。按非字金文「公非鼎」作非，「毛公鼎」作非。正象篆文飛鳥雙翅相背張開之形。故非字有相背之義。按非為省體象形字，以「相背」為本義。惟本義今罕見用，引伸多作否定詞。在非部中，从非的字有：𩇯、靡、靠、陛，四字

卂 部首430。《說文》588頁下左，音ㄒㄩㄣˋ（息晉切）。卂，疾飛也。从飛而羽不見。凡卂之屬皆从卂。

案：篆文卂，隸變作卂。所謂「疾飛，从飛而羽不見。」段玉裁注：「飛而羽不見者，疾之甚也。」段氏之意，指鳥飛得太快，一剎即過，只見鳥影，而不見其羽毛。徐灝《說文注箋》說：「此取飛篆之上體也。疾飛則不見其羽，故从飛省。今卂疾字作迅。」段、徐二氏之說，均可信。卂為迅之初文，迅為卂之後起形聲字。迅字見《說文》72頁，作「疾」講。按卂為飛的省體象形字。在卂部中，从卂的字，只有一個煢字。迅字歸在辵部中。飛之篆文飛，頗堪玩味。竟分成二字。上作卂，下作非。

乙 部首431。《說文》590頁上右，音ㄧㄚˋ（烏轄切）。乙，燕燕乙鳥也。齊魯謂之乙，取其名自謼。象形也。凡乙之屬皆从乙。鳦，乙或从鳥。

案：篆文乙，隸變作乙。乙為燕之別名，象燕側飛之形，為獨體象形字。乙之或體作鳦，為乙之後起形聲字，乙為鳦之初文。徐鍇《說文繫傳》說：「此與甲乙之乙相類，其形舉首下曲，與甲乙字異也。」在乙部中，从乙的字，只有孔、乳二字。

部首432。《說文》590頁下右，音ㄈㄡˇ（方九切）。，鳥飛上翔，不下來也。从一。一猶天也。象形。凡不之屬皆从不。

案：篆文，隸變作不。《說文》以「鳥飛上翔，不下來」釋「不」。按不字甲骨文作等形。羅氏振玉說：「象花不形。（不通丕，亦為胚）花不為不之本誼，許君訓為鳥飛不下來。失其旨矣。」（見《增訂殷虛書契考釋》殷中36頁）徐灝氏《說文注箋》說：「鄭樵曰：『象花萼蒂之形。』……字上象鄂足著於枝莖，三垂象其承華之鄂蕤蕤也。艸部曰：芣，華盛也。與此音義同，不芣古今字，因不借為語詞，久而廢其本義。又加艸作芣，實為一字也。」羅、徐二氏之見，可從。按不為獨體象形字。象花盛開之形。當以「花開」為本義。惟不字借作否定詞，久借不還，其為「花開」之本義已不彰顯，於是，加艸為意符作芣，以還其原。不為芣之本字，芣為不之後起形聲字。在不部中，从不的字，只有一個否字。

 部首433。《說文》590頁下左，音ㄓˋ（脂利切）。，鳥飛從高下至地也。从一，一猶地也。象形。不上去而至下，來也。凡至之屬皆从至。

，古文至。

案：篆文，隸變作至。該字是由「」與「一」二者所構成。，為鳥。一，表地。象鳥從高空倒頭逕向地面下飛之形。故有至意、來意、到意。至，則為合體象形字。至之古文作，下从土，土猶地。其意與篆文無別。《說文》係就篆文說字，應算合理。自甲骨文出土後，文字學者們多否定《說文》對至字的說解。因至字甲文作、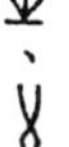等形。古矢字作，甲文至字則象倒矢落地之形。就甲文來解釋至字，也算合理。但仍為合體象形字。至字借為副詞、介系詞等，久為借義所專，於是加刀為聲符作到，以還其原。在至部中，从至的字有：到、臻、臸，等字。

 部首434。《說文》591頁下右，音ㄒㄧ（先稽切）。，鳥在巢上也。象形。日在西方而鳥。故因以為東西之西。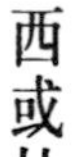（棲），西或从木妻。，古文西，，籀文西。

案：篆文，隸變作西。該字是由「」與「」所構成。象鳥，象鳥巢。故《說文》釋「」為「鳥在巢上」。也就是鳥棲於巢上之意。「日在西方而鳥。」鳥也像農漁社會的人一樣，日出而作，日落而息。鳥息時，日在西方。因而借為東西方位之西。西為借義所專，遂失其「鳥在巢上」之本義。於是加木為意符作「栖」，以取代西。復又作「棲」，即西之或體。棲，本專指鳥棲而言，引伸而為人之息止。按西（）為獨體象形。象鳥棲於巢上之形。其古文與籀文，亦為獨體象形字，下之「、」象鳥巢，上之「⺊」，象小鳥在巢上伸出頭之形。在西部中，从西的字，只有一個覀字，另重文三字。

 部首435。《說文》592頁上右，音ㄌㄨˇ（郎古切）。，西方鹹地也，从省，象鹽形。安定有鹵縣。東方謂之庐，西方謂之鹵，凡鹵之屬皆从鹵。

案：篆文，隸變作鹵。該字是由「」加「」所構成。所謂「西方鹹地」。即西方含有鹹性的土壤。可以製鹽。此西方乃指山西產池鹽之

地而言。即《說文》所說的：「西方謂之鹵」。以與山東產海鹽謂之㡿有別。名稱不同，其物一也。卤是西（𠧧）之籀文。𠧧借為東西南北方位之西。（說詳西字）卤與西之音義皆同，在此亦借為東西方位之西。囗象鹽粒，自然有鹹味。當卤與囗相合構成鹵字。即所謂「西方鹹地也。」按鹵為合體象形字。在鹵部中，从鹵的字，只有鹺、鹹二字。

 部首436。《說文》592頁上左，音ㄧㄢˊ（余廉切）。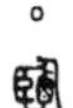，鹵也。天生曰鹵。人生曰鹽，从鹵監聲。古者夙沙初作煮海鹽。凡鹽之屬皆从鹽。

案：篆文，隸變作鹽。該字是由「鹵」與「監」二字所構成。《說文》以「鹵」釋「鹽」，鹵作「西方鹹地」講（說詳435部首鹵字）。監僅作鹽字的聲符。故鹽為「从鹵，監聲」，聲不兼義的形聲字。所謂「天生曰鹵，人生曰鹽。」天生者，指在鹽田中曬乾之生鹽；人生者，是經過人工煮成的熟鹽。夙沙，是最初知道煮鹽的人，是黃帝之臣（見《繫傳》）。在鹽部中，从鹽的字，只有盬、鹼二字。

户 部首437。《説文》592頁下左，音ㄏㄨˋ（侯古切）。户，護也。半門曰户。象形。凡户之屬皆从户。㦾，古文户从木。

案：篆文户，隸變作户。《説文》以「護」釋「户」。段玉裁注：「以疊韵為訓。」户、護音同，固為漢代人之同音之字的習慣音訓法。但護有保護之意。護著，所以護其户中所居之人也。「半門曰户」。即單扇的門。按户字金文「戊辰彝」作户，左一直豎為户之樞紐，右為户面，其中多一横，或為數板而成。屬獨體象形字。「㦾，古文户从木」。並非古文，而是户之後起形聲字。从木以示户為木質。在户部中，从户的字有：房、扇、扉等十字，另重文一字。

門 部首438。《説文》593頁上左，音ㄇㄣˊ（莫奔切）。門，聞也。从二户，象形。凡門之屬皆从門。

案：《説文》以「聞」釋「門」。門、聞疊韵。是為音訓。亦為漢代同音字的習慣音訓法。聞字見《説文》598頁。作「知聲」講。段玉裁注：「聞者，謂外可聞於內，內可聞於外也。」按門字是由兩個户字所構成，一個正寫，一個反寫，並不影響户之音義。門，為「从二户」的會意字，若細分之，則為同文會意。在門部中，从門的字，共有五十七字，另重文六字。

 部首439。《說文》597頁上右，音ㄦˇ（而止切）。，主聽者也。象形。凡耳之屬皆从耳。

案：篆文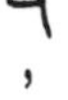，隸變作耳。所謂「主聽者也」，即主聽覺的器官，按耳字甲文作、金文作，外象耳之輪廓，中象耳竅。屬獨體象形字，在耳部中，从耳的字，共有三十二字，另重文五字。

 部首440。《說文》599頁上右，音ㄧˊ（與之切）。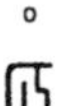，顄也。象形。凡𦣝之屬皆从𦣝。，篆文𦣝，，籀文从首。

案：篆文，隸變作𦣝。《說文》以「顄」釋「𦣝」。顄字見《說文》421頁，音ㄏㄢˋ。作「頤」講。段玉裁注：「顄，頤也。二篆為轉注。𦣝者，古文頤也。嚼物以養人，謂之頤。頤，養也。」簡言之，𦣝，就是下顎。

段玉裁注：「此文當横視之。横視之，則口上、口下、口中之形俱見矣。」，横之則成。正象人之下頷，俗稱下巴。篆文與籀文，均為之後起形聲字，从頁與从首相通。按𦣝為獨體象形字。

 部首441。《説文》599頁下左，音ㄕㄡˇ（書九切）。，拳也。象形。。凡手之屬皆从手。，古文手。

案：篆文，隸變作手。《説文》以「拳」釋「手」。拳字見《説文》600頁，作「手」講。段玉裁注：「今人舒之為手，卷之為拳，其實一也。手與拳二篆互訓。」在古代拳手不分。篆文象手掌五指及手腕，屬獨體象形字。古文，其結構與篆文同，其形稍有變化而已，仍屬獨體象形字。在手部中，从手（扌）的字，共有二百六十六字，另重文十九字。

 部首442。《説文》617頁上左，音ㄍㄨㄞ（古懷切）。，背呂也。象脅肋形。凡之屬皆从。讀若乖。

案：所謂「背呂」。就是俗稱的背脊骨。呂字見《説文》346頁，作「脊

骨」講𠦬字中一直豎象人之背椎，兩側之「仌」象脅肋，𠦬當屬獨體象形字。按𠦬為脊之本字，脊為𠦬之後起形聲字。脊，隸變作脊。在𠦬部中，从𠦬的字，只有一個脊（脊）字，亦作背呂講，由此可證𠦬、脊為古今字。「讀若乖」，有謂「讀若精」者。則𠦬、脊二字音義皆同矣。

 部首443。《說文》618頁上右，音ㄋㄩˇ（尼呂切）。，婦人也。象形，王育說，凡女之屬皆从女。

案：篆文，隸變作女。女字甲文作、。金文作、，等形，與篆文之形，大同小異。《說文》以「婦人」釋「女」。女泛指婦女而言。惟古代稱「處子為女，適人曰婦。」即未嫁者為女，已嫁者為婦。對女字的解讀，各家不一，有人認為就甲、金、篆之女字而言，像婦女交手曲膝，不敢站立之形，有人認為像兩手被縛長跪之形。也有人認為像柔媚婉約兩袖相掩，歛膝靜坐之形。均頗富想像力，各家都有理，也都說得通。我國自古即以男人為社會之中心，視女人為附屬物。常受到不公平的待遇，確有兩手被縛，曲膝長跪無奈之情。但女人的善良、温訓、賢淑確

也像柔媚婉約，兩袖相掩，斂膝靜坐端莊之形。按女字屬獨體象形字。象何形，何狀？各憑自己去想像吧！在女部中，从女的字，共有二百三十八字。另重文十四字。王育是許慎博采通人之一，東漢時人。

部首444。《說文》632頁下右，音ㄨˊ（武扶切）。毋，止之詞也。从女一。女有姦之者，一禁止之，令勿姦也。凡毋之屬皆从毋。

案：篆文毋，隸變作毋。該字是由女（女）字中間加一橫所構成。因婦女柔弱，易受人侵犯，一橫示有所守，勿使之侵犯，故有禁止之意。按一非數字之一，此一為止之通象，是指事的符號，故毋屬指事字。當以「禁止勿犯」為本義。在毋部中，从毋的字，只有一個毒字。

部首445。《說文》633頁上右，音ㄇㄧㄣˊ（彌鄰切）。民，眾萌也。從古文之象。凡民之屬皆从民。𢀩，古文民。

案：篆文民，隸變作民。《說文》以「眾萌」釋「民」。萌字見《說文》38頁，作「艸木芽」講。也就是草木初生出之芽。草芽蕃生，因而引伸為眾民之民。民字不見甲文，但在金文中卻有二三十個大同小異的民字。如「齊侯鐘」作，「晉姜鼎」作，「盂鼎」作，王孫鐘作，等形。似均象草木之芽初從土中長出的樣子，按民屬象形字。以「眾萌」為本義，引伸而為民眾之民。在民部中，从民的字，只有一個氓字。惟向夏氏引孔廣居《說文疑疑》說：「民象頫首折腰種植形。『』象身之頫而折，『』象手及所持種植之物也。」（見《說文解字部首講疏》401—402頁）此乃根據篆文民之分析，似專指農民而言。亦可另備一說，供為參考。民之古文作，與金文諸形類似，亦象草木初從土中生長之芽形。屬象形字。

 部首446。《說文》633頁上左，音ㄆㄧㄝ（房密切又匹蔑切）。丿，又戾也。象ナ引之形。凡丿之屬皆从丿。

案：「所謂又戾，象ナ引之形。」段玉裁注：「又ナ各本作右左，今正。戾者，曲也。右戾者，自右而曲於左也。故其字象自左方引之。音義同擎（撇）。書家八畫謂之掠。」段氏之意，丿字即從右向左彎曲的意思。

書法中俗稱撇。永字八畫中名「掠」。「丿」與「撇」之音義皆同，丿應是撇之初文，撇為丿之後起形聲字。按丿自屬象形字，如細分之，則為獨體象形。在丿部中，从丿的字，有乂、弗、乀三字。惟丿僅作為他字之部首，罕見獨用。

永字八法圖

厂

部首447。《說文》633頁下右，音ㄧˋ（余制切）。厂，抴也。明也。象抴引之形。凡厂之屬皆从厂。虒字从此。

案：段玉裁注：「明也。此義未聞。抴者，捈也。」高鴻縉氏以為：「厂象抴引之動象，屬指事字，動詞，後世加申為意符作曳，後又有抴字。」

俗又有拽字，皆古今字也。」（見《中國字例》418頁）歸納高氏之說，厂為抴之初文，抴為厂之後起字。《說文》以「抴」釋「厂」，是為後起字訓古字，且厂亦為曳之初文。高氏說為指事字，可從。在厂部中，从厂的字，只有一個弋字。

乁 部首448。《說文》633頁下左，音一ˊ（弋支切）。乁，流也。从反厂。讀若移。凡乁之屬皆从乁。

案：乁字是前一部首，作抴講之厂字之反寫。故《說文》說：「从反厂」。《說文》以「流」釋「厂」。向夏氏引錢坫《說文解字斠詮》說：『此流移字。』復引葉德輝《說文讀若考》說：『按乁流即移動，音義相同。』再引饒炯《說文解字部首訂》說：『案乁即遷移本字。從左引右，為勢最順，故遷移義象之。』乁移二字同音，一字之說可信。」（見《說文解字部首講疏》404頁）向氏所引錢、張、饒三位文字學者之言，均認為乁即移字。向氏本人也認為乁移二字，為一字之說可信。愚意，尚有瑕疵，須待商榷。移字見《說文》326頁，音一ˊ其音固與乁相同，但移之本義為「禾相倚移」。實不相類。按乀應為「迻」之本字。迻字見《說文》72頁，音ㄧˊ，作「遷徙」講，遷徙即乀流，乀與迻音義相合，乀為迻之本字，應無疑。乀為變體指事字，在乀部中，从乀的字，只有一個也字。

 部首449。《說文》634頁上右，音ㄕˋ（承紙切）。氏，巴蜀名山岸脅之𠂤旁欲落埥者曰氏。氏崩，聲聞數百里。象形，乀聲。凡氏之屬皆从氏。楊雄賦：「響若氏隤。」

案：《說文》以「巴蜀山岸脅之旁欲落埥之者」釋「氏」。按氏字金文「散氏盤」作，「頌鼎」作，「毛公鼎」作等形，似均象山岸上之石欲墮的樣子。徐鍇《說文繫傳》說：「，堆之形（疑指成堆欲墮之山石）乀音移。」徐氏就篆文解形，與《說文》同。《說文》引楊雄賦，旨在證氏字之本義。氏字就金文諸形言，為獨體象形字，象山石欲埥之形。當以「山崩」為本義。惟高鴻縉氏認為：「金文諸形不象山岸脅之形，本義當為「根本」。姓氏之氏由根柢之義引申。」高氏之說，甚有見地，可供參考。（見《中國字例》73頁）。

 部首450。《說文》634頁下右，音ㄉㄧˇ（丁禮切）。，至也。本也。从氏下著一，一，地也。凡氐之屬皆从氐。

案：篆文，隸變作氐。朱駿聲氏以為：「从氏下箸一。一，地也。指事。按此字即柢之古文。蔓根曰根，直根曰柢。《廣雅・釋言》：氐，柢也。《詩・節南山》：『維周之氐。』傳，本也……《說文》：至也。《史記・律書》：氐者，言萬物皆至也。」（見《說文通訓定聲》487頁）朱氏之說可從。按氐為柢之本字，柢為氐之後起「从木氐聲」的形聲字。氐為指事字。在氐部中，从氐的字，有⿰氐垔、⿰氐失、⿱𦥑氐三字。

 部首451。《說文》634頁下左，音ㄍㄜ（古禾切）。，平頭戟也。从弋，一橫之。象形，凡戈之屬皆从戈。

案：《說文》以「平頭戟」釋「戈」。戈與戟是古代兩種兵器的名稱，其形有別。戟字見《說文》635頁。段玉裁注：「戟為有枝之兵，則非若戈之平頭，而亦非直刃，似木枝之衺出也。」按戟應是由戈經過改良後的兵器，其性能自然要比戈為優。高鴻縉氏認為：「商時有戈無戟，成周以後

始于戈上加刺，名之曰戟，既可刺，亦可殺。漢時通用戟，不復用戈。許君釋戈為平頭戟，舉人所易知也。」（見《中國字例》210頁）高氏之見可從。按戈字甲骨文作、、，金文作、等形。而戟字金文「母乙鬲」作，其形與戈字甲、金文之形，顯然不同，其性能也自然有優裂。按戈為獨體象形字，而非「从弋一」構形的會意字。戟亦為獨體象形，今作戟。在戈部中，从戈的字，共有二十六字，另重文一。

 部首452。《說文》638頁下右，音ㄩㄝ（王伐切）。戉，大斧也。从戈レ聲，《司馬法》曰：「夏執玄戉，殷執白戚，周左杖黃戉，右秉白髦。」凡戉之屬皆从戉。

案：篆文，隸變作戉。《說文》以「大斧」釋「戉」。戉與斧也是古代兩種兵器的名稱。《水滸傳》中李逵使用的就是兩把斧。所謂「大斧」，是用來形容戉的。戉字甲文作、、、，金文作，都象大斧之形。屬獨體象形字。《說文》以「从戈レ聲」視戉為「形聲字」，乃釋形之誤。戉為鉞之古字，鉞為戉之後起形聲字」。在戉部中，从

戉的字，只有一個戚字，作「戉」講，也是斧。引《司馬法》之說，是在說明各時代使用戉之不同。

我

部首453。《說文》638頁下左，音ㄜˇ（五可切）。我，施身自謂也。或說：我，頃頓也。从戈手。手，古文垂也。一曰：古文殺字。凡我之屬皆从我。我，古文我。

案：篆文我，隸變作我。《說文》對我字的說解，頗多疑點。如謂「手為古垂字及古殺字。」垂字見《說文》700頁，查垂下並無作手之古文或重文；殺字見《說文》120頁，復查殺字下亦無古文或重文作手者。此疑後人所安增，非出許語。我字古文作「我」。羅振玉氏說：「古文作我，盂鼎作我與此同，知許書古文作我者，乃由我之傳寫之譌矣。」（見《增訂殷書契考釋》殷中72頁）按我字甲骨文作我、我、我、我、我。朱芳圃《甲骨學》引王國維言：「我字疑兵器形，訓余為借誼。」考金文我字作我、我、我、我等形。從甲、金文諸形視之，「我」為古兵器應無疑矣。可能屬斧鉞之類的兵器。我字从戈構形，且戈我音近，遂借為第一人稱之我字。「我」屬獨體象形字，當以「兵器」為本義。而非《説文》所云：「从戈手」的會意字。借為第一人稱的我字後，「我」為「兵器」之本義遂廢。在我部中，从我的字，只有一個義字。

 部首454。《説文》639頁下右，音ㄐㄩㄝˊ（衢月切）。，鉤逆者謂之亅。象形。凡亅之屬皆从亅。讀若橜。

案：篆文，隸變作亅。該字象個掛物的鉤子，自下逆上之形。屬獨體象形字，當以「鉤子」為本義，在亅部中，从亅的字，只有一個㇄字，是亅字的反寫，亅㇄本為一字，一個是反寫而已，音義也應該相同。亅音衢月切，㇄音居月切，都音ㄐㄩㄝˊ。

 部首455。《説文》639頁下左，音ㄑㄧㄣˊ（巨今切）。，禁也。神農所作。洞越，練朱五弦，周時加二弦。象形。凡珡之屬皆从珡。，古文珡从金。

案：篆文，隸變作珡。今俗作琴。《説文》以「禁」釋「珡」，因

琴、禁音同，固為漢代同音字的音訓法。猶門，捫也。户，護也。但琴音可陶冶性靈，禁人為非作惡。《白虎通》：「琴，禁也。以禁止淫邪，正人心也。」「洞越。」即洞空。也就是琴之腹腔中空，以達發音起共鳴之良效。「練朱五弦」，是說最初之琴是用五條紅絲作為琴弦。也就是宮、商、角、徵、羽五個音階的弦。據說至周代，文王與武文各加一弦而成為七弦之琴。所加之二弦，一為「變羽」，一為「變徵」，是兩個半音。可謂與西方音樂之七個音階：C、D、E、F、G、A、B完全相同。西方音樂之七個音階，其中也有兩個半音。琴為神農氏時就有的樂器，是我國弦樂器之最古者，故多稱七弦琴為古琴。按琴字就其篆文言，是全體象形字，象琴柱、琴弦及琴座之形。在玨部中，从玨的字，只有一個瑟字。琴之古文作，上部兩側各五斜筆，為五弦，下部之金，有謂製琴之質，此說可疑，周以前恐無技能使用金屬金琴，且琴亦非金屬所製，據余所知，製作古琴之材料，以梧桐木為最佳。或因金、今同音，可能金為今之譌。古文琴應為从今得聲之形聲字。今之琴弦，多用銅絲。

乚 部首456。《說文》640頁上右，音ㄧㄣˇ（於謹切）。乚，匿也。象迟曲隱蔽形。凡乚屬皆从乚。讀若隱。

案：《說文》以「匿」釋「乚」。所謂「匿」，就是隱蔽。乚形迟曲，以示隱蔽之意。按乚為臆構之虛象，故乚屬指事字。「讀若隱」。隱字見《說文》741頁，作「蔽」講。《廣韻》：「匿，隱也。」《說文》：「乚，匿也。」乚隱二字義同。且乚隱二字均音「於謹切」（ㄧㄣˇ）。二字音義皆同。據此，可肯定乚為隱之古字，隱為乚之後起形聲字。今隱字行，而乚字廢矣。在乚部中，从乚的字，只有一個直（直）字。

亡 部首457。《說文》640頁上左，音ㄨㄤˊ（武方切）。亡，逃也。从入乚。凡亡之屬皆从亡。

案：篆文亡，隸變作亡。亡字就其篆體言，是由「入」與「乚」二字所構成。入之本義為內，乚之本義為匿，（詳入、乚二字）當入與乚相結合構成亡（亡）字，以示逃亡隱匿之意。按亡當屬「从入，从乚」的會意字。以「逃亡」為本義。在亡部中，从亡的字，有乍、望、無、匄四字。

匸 部首458。《說文》641頁上右，音ㄒㄧˋ（胡禮切）。匸，衺徯有所夾臧也。从乚上有一覆之。凡匸之屬皆从匸。讀若傒同。

案：匸字是由「乚」字上加「一」所構成。乚為隱之古字，作「匿」講。（說見456部首乚字）一非數字之一，即《說文》所說的：「上有一覆之」的一。乃指乚中夾藏之物用一覆之，以示更為隱匿，不為人所知。按一為臆構之虛象，故匸為指事字，如細分之則為合體指事。當以「夾藏」為本義。「讀若傒同」，以傒（ㄒㄧ）為聲。在匸部中，从匸的字有：區、匿、㔷、匽、医、匹六字。

匚 部首459。《說文》641頁下左，音ㄈㄤ（府良切）。匚，受物之器，象形。凡匚之屬皆从匚，讀若方。，籀文匚。

案：所謂「受物之器」。就是盛裝物品的器皿。段玉裁注：「文如此作者，橫視之耳。」依段氏所注，如將匚字作90度之旋轉作「凵」，就容易明白了。下一橫為器底，兩側之二直豎為器圍、上空為受物之器口。正象方形之器皿。屬獨體象形字。當以「方器」為本義。籀文作，較繁複，

可能為柳枝或竹片所編成。似乎還有點飾紋。篆文匚較粗糙，可能為木板所製。「讀若方」。匚以方（ㄈㄤ）為聲。匚與前一部首音ㄒㄧˋ的匸字，隸變作「匸」。其形相同，易為混淆，如何分辨？凡與器皿無關的字从匸。如匸部中之區、匿、匹、医、㔷、匽六字，都非器皿。與器皿有關的字从匚，如匚部中所屬之匠、匧、匡、匜、匣、匱、匪等十八字，均為器皿。詳匸、匚二部所从屬之字，便知分曉。

 部首460。《說文》643頁上左，音ㄑㄩ（丘玉切）。，象器曲受物形也。凡曲之屬皆从曲。或說：曲，蠶薄也。，古文曲。

案：徐灝《說文注箋》說：「，隸變作曲。北人讀若去，與凵音去魚切，祇輕重之殊，蓋凵本一字，猶匚之為矣。曲有圓形，亦有方體。故別作，見漢簡，即之變體。」徐氏所言音「去魚切」之凵字，見《說文》215頁，音ㄑㄩ，為盛飯之器，用柳條所編成。與曲（ㄑㄩ）音同。徐氏認為凵與（曲）本為一字，應可信。猶匚之與同為一字，是一樣的道理（說見459部首匚字）。曲之古文作，應是方形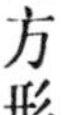之譌。

所謂「蠶薄」，即養蠶之器。按曲（曲）當屬整體象形字，象竹片所編成之受物的器皿。在曲部中，从曲的字，只有甾、䍗二字。曲之本義雖為器皿，惟本義罕見用，今行者為別義，如委曲、歌曲，不直為曲等等。

甾 部首461。《說文》643頁下右，音ㄗ（側詞切）。

甾，東楚名缶曰甾，象形也。凡甾之屬皆从甾。甾，古文甾。

案：甾，是個頗有爭議的字。「東楚名缶曰甾。」因而誤甾即甾字，且認為甾與缶同為瓦器。缶固為瓦器。（缶字詳《說文》227頁）惟近代學者們認為甾為由之譌。甾即由字。由是竹器，而非瓦器。徐灝《說文注箋》說：「此當从《玉篇》作由。戴氏侗曰：『由，竹器也。畚，甹，[illegible]，皆从由，是以知為竹器也。』」灝按甾（指古文甾字）正象竹編之形。仲達（侗之字）說是也。許云東楚名缶曰甾，疑有誤。」近人高鴻縉氏《中國字例》說：「王靜安說：『余讀敦煌所出漢人書《急就》殘簡，而知《說文》甾即由字也。』」高氏亦認同徐、戴、王三氏之說。按缶為瓦器，與由為竹器而有別。應無疑矣。甾，當屬獨體象形字。以「竹器」為本義。在甾部中，从的字中，有一畚字，今作畚，俗稱畚箕，在農村中最常見之用器，是由竹所編成。从畚字即足證「由」為竹器，為由之譌也。」

 部首462。《説文》644頁上右，音ㄨㄚˇ（五寡切）。，土器已燒之總名。象形也。凡瓦之屬皆从瓦。

案：篆文，隸變作瓦。段玉裁注：「土部坏下曰：一曰瓦未燒，瓦謂已燒者也。凡土器未燒之素皆謂之坏，已燒皆謂之瓦。」瓦，就是經高温燒成之屋瓦，屬獨體象形字，當以「屋瓦」為本義。在瓦部中，从瓦的字，共有二十五字，另重文二字。

 部首463。《説文》645頁下左，音ㄍㄨㄥ（居戎切）。，窮也。以近窮遠者。象形。古者揮作弓。《周禮》六弓：「王弓、弧弓，以射甲革甚質；夾弓、庾弓，以射干侯鳥獸；唐弓、大弓，以授學射者。」凡弓之屬皆从弓。

案：篆文，隸變作弓。「窮也」二字為段玉裁所增，因弓窮二字疊韵，為音訓之例。所增是否適當，見仁見智。所謂「以近窮遠」。就是藉弓發矢，由近竭力可射向遠處之意。按弓字甲文作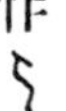、。金文作等形。有的上弦，有的未上弦，篆文，就是為未上弦的弓，「古者揮作弓」，揮為黃帝臣。出自《世本．作篇》：「牟夷作矢，揮作弓。」《周禮》六弓之說，是在說明弓之用途不同，而使用之弓亦有別，如近用弱弓，遠則用強弓。按弓為獨體象形字，當用「以近窮遠之兵器」為本義。在弓部中，从弓的字，共有二十七字，另重文三字。

 部首464。《說文》648頁上右，音ㄐㄧㄤˋ（其兩切）。，彊也。重也。从二弓。凡弜之屬皆从弜。闕。

案：弜字是由兩個弓字相並而成。二弓以示重弓，二弓亦表弓之彊（強）故《說文》以「重、彊」釋「弓」。所謂「闕」。段玉裁注：「謂其讀若未聞也。今音「其兩切」後人以意為之。」按弜當屬「从二弓」的會意字。如細分之，則為同文會意。應以「弓強」為本義。疑弜、彊本為

一字。在弜部中，从弜的字，只有一個弼字。作「輔」講。

弦 部首465。《說文》648頁上左，音ㄒㄧㄢˊ（胡田切）。弦，弓弦也。从弓，象絲軫之形。凡弦之屬皆从弦。

案：篆文弦，隸變作弦。該字是由「弓」與「幺」二者所構成。幺為絲之省體，古之弓弦，以絲為之。「象絲軫之形。」段玉裁注：「謂幺也。象古文絲，而系於軫，軫者，系弦之處，軫當作紾。」按紾就是弓之兩端的轉扭，其功能在緊弦而張弓。弦，當屬合體象形字，象弓已張弦之形。本義為「弓弦」。在弦部中，从弦的字有盭、玅、⿰玄曷，三字。

系 部首466。《說文》648頁下右，音ㄒㄧˋ（胡計切）。系，繫也。从糸，厂聲。凡系之屬皆从系。𣪠，系或从毄處。䌛，籀文系从爪絲。

案：篆文系，隸變作系。該字是由「厂」與「糸」二者所構成。糸為絲之省形，實質就是絲。《說文》以「繫」釋「系」。段玉裁改「繫」為「縣」。縣字見《說文》428頁，作「繫」講。繫縣二字義同，是為轉注（縣為懸之本字）。按系字甲骨文作、、。羅振玉說：「說文解字，系，繫也。籀文作，卜辭作手持絲形。與許書籀文合。」（見《增訂殷虛書契考釋》殷中六十一頁）羅說可從。《說文》所云厂聲之「厂」字，應為爪之譌變。爪為手爪，也就是手。《說文》以「从糸，厂聲」視系為形聲字，乃釋形之誤。系當為「从爪、从糸」的會意字，會「以手持絲」之意。以「持絲」為本義。惟本義今罕見用。引伸而為世系、系列等。系之或體作，則為从處、毄聲的形聲字。在系部中，从系的字有孫、緜，等字。

 部首467。《說文》650頁上右，音ㄇㄧˋ（莫狄切）。，細絲也。象束絲之形。凡糸之屬皆从糸。讀若硯。，古文糸。

案：篆文，隸變作糸。《說文》以「細絲」釋「糸」。絲固有粗細之分，總之，粗、細皆為絲，凡絲必須束，否則即亂，不知頭緒矣。糸之古文作，即可見頭緒。王筠《說文釋例》說：「糸則省文絲字耳。絲字業已緐重，用於偏旁，不便書寫，故省之。从糸者既多，即別立音義耳。」

其說是。按糸為絲之省形，糸、絲本為一字。在糸部中从糸的字，連同重文共有二百七十九字之多。例如織字从糸，如不省，必須寫成「絲戠」，不僅麻煩，也失去國字「方塊」之嚴整。「讀若覛」，以覛為音。按糸為獨體象形字，象束絲之形。

素

部首468。《說文》669頁上右，音ㄙㄨˋ（桑故切）。素，白緻繒也。从糸𠂹，取其澤也。凡素之屬皆从素。

案：篆文素，隸變作素。該字是由「𠂹」與「糸」二字所構成。𠂹字見《說文》277頁，作「艸木華葉𠂹」講，即草木花葉茂盛下𠂹（今作垂）。引伸而為光澤。糸為絲之省體（詳糸字）。所謂「白緻繒」，就是未經過整染潔白的絲織品。故生帛曰素。當𠂹與糸相結構成素字，以示潔白細緻未經整染的生絹。按素當屬「从𠂹，从糸」的會意字，如細分之，則為異文會意。在素部中，从素的字，有繛、𦅈，等字，另重文二字。

絲

部首469。《說文》669頁下右，音ㄙ（息茲切）。絲，蠶所吐也。

从二糸。凡絲之屬皆从絲。

案：篆文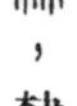，隸變作絲。絲與糸，古本一字，糸為絲之省體（詳467部首糸字）。《說文》以「蠶所吐」釋「絲」。糸亦蠶所吐也。絲、糸二字義同，只能視絲為糸之複體。亦當與糸同，絲屬象形字。二字應均以「蠶絲」為本義。在絲部中，从絲之字，只有、二字。

 部首470。《說文》669頁下左，音（所聿切）。，捕鳥畢也。象絲网。上下其竿柄也。凡率之屬皆从率。

案：篆文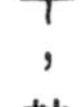，隸變作率。《說文》以「捕鳥畢」釋「率」。畢與率稍有區別。畢字見《說文》160頁，作「田网」講。所謂「田網」，就是用絲麻所編成，設在農田中以餌誘捕傷害作物的鳥、鼠、兔等小動物的捕捉器。率，也是絲麻所編成，繫綁在竹木竿上，以手持之在農田中專為捕鳥之器。按率字金文「穆公鼎」作，「盂鼎」作等形。上為絲網，下為手持之柄。與《說文》所云：「象絲网，上下其竿柄」相合。按率當屬象形字，以「捕鳥器」為本義。本義似已廢，今借為率領，直率、草率等義。

惟對率字，另有不同的解讀。徐灝氏《說文注箋》引戴侗言：『率，大索也。上下兩端象所用絞率者，中象率，旁象麻枲之餘。又為率帶之率，別作繂……。』徐氏從其言，亦認為率即麻索。別有見地，特提參考。

 部首471。《說文》669頁下左，音ㄏㄨㄟˇ（許偉切）。，一名蝮，博三寸，首大如擘指，象其臥形。物之微細，或行或飛，或毛或蠃，或介或鱗。以虫為象。凡虫之屬皆从虫。

案：篆文，隸變作虫。《說文》謂「一名蝮」。頗多疑點。蝮，是一種有至毒的大毒蛇，俗稱蝮蛇，長四尺餘，有謂長二三丈長者。與「博三寸，首大如擘指」的虫，其體形顯然不同。且在虫部中从虫的字，連同重文共有一百六十八字，並非都為毒物，就以蛇言，以無毒者居多。徐灝《說文注箋》說：「虫者，動物之通名，故或行、或飛、或毛、或蠃、或介、或鱗。皆以為象。因其文詰屈似蛇，故誤認為蝮虺之虺耳，然字形或重二（蚰）重三（蟲），則非蛇類明矣。戴侗氏曰：『蟲或為蚰為虫者，從省以便書』。」徐氏引戴侗氏言，蟲作為偏旁，為以便書寫，則省為虫。

此說合理。蟲為動物之通名，亦無疑，如《水滸．武松打虎》武松稱虎為「大蟲」。這是最為人所知之證。段玉裁注：「古虫蟲不分，故以蟲諧聲之字，多省作虫，如融赨是也。鱗介以虫為形，如螭、虯、蛤、蚌是也；飛者以虫為形，如蝙蝠是也；毛蠃以虫為形，如蝯蜼是也。」段氏之注，不僅可證虫為蟲之省體，亦可證虫為動物之通名。且與徐、戴二氏之說相合。虫，究為何物？按虫字甲骨文作、。羅振玉《殷虛書契考釋》說：「卜辭諸字皆象博首夗（宛）身之狀。」羅氏只為虫解其形，亦未明說為何物。依據該字甲文及篆文之形言，只能說牠是形體詰屈有毒或無毒的小生物，屬獨體象形字，在虫部中，从虫的字共字一百五十三字。另重文十五字。

 部首472。《說文》681頁上右，音ㄎㄨㄣ（古魂切）。，蟲之總名也。从二虫。凡䖵之屬皆从䖵。讀若昆。

案：篆文，隸變作䖵。該字是兩個虫字相並而成。《說文》以「蟲之總名」釋「䖵」。段玉裁注：「總名稱䖵，凡經傳言昆蟲，䖵蟲也。」

徐灝《說文注箋》說：「古言昆蟲者，謂眾蟲耳。後人以昆字當之，非也。戴仲達（戴侗）謂虫與䖵皆蟲之省。良然。融之籀文作𩰫，省而為融，又如䖸、𧓵、𧖇之類从䖵而又从虫，即其明證。凡从虫之字，皆因其合於偏旁而省之，非有他義也。」徐氏之說可信。按䖵為虫之複體。虫、䖵二字實為一字。因各有所屬字，才分之為二部首。䖵，不能視「蟲之總名」，亦不能視䖵為「从二虫」的會意字，䖵應為虫之複體，虫為象形，䖵亦當屬象形字。在䖵部中，从䖵的字有蠶、䖸、𧓵等共二十四字，另重文十三字。如部中𧓵字，今作蚤，即俗稱之跳蚤，已省去一虫字，又如䖸，今作蛾，也省去一虫字，音義無殊。此亦為其證。虫、䖵、蟲，偏旁互通，其義不變。

 部首473。《說文》682頁下左，音ㄔㄨㄥˊ（直弓切）。，有足謂之蟲，無足謂之豸。从三虫。凡蟲之屬皆从蟲。

案：篆文，隸變作蟲。該字是由三個虫字並疊而成。蟲為動物之通名（詳471部首虫字）。蟲，有無足者，亦有有足者。無足者如蚯蚓與蛇之

類。鳥獸與昆蟲等均為有足者。《大戴禮．曾子天圓》：「毛蟲之精者曰麟；羽蟲之精者曰鳳；介蟲之精者曰龜，鱗蟲之精者曰龍；倮蟲之精者曰聖人。」按蟲字當屬「从三蟲」的會意字，如細分之，則為同文會意，以「動物通名」為本義。在蟲部中，从蟲的字，有蠱、蠹等五字，另重文四字。

 部首474。《説文》683頁下左，音ㄈㄥ（方戎切）。，八風也。東方曰明庶風，東南曰清明風，南方曰景風，西南曰涼風，西方曰閶闔風，西北曰不周風，北方曰廣莫風，東南曰融風。从虫凡聲。風動蟲生。故蟲八日而化。凡風之屬皆从風。，古文風。

案：篆文，隸變作風。該字是由「凡」與「虫」二字所構成。風字不見甲、金文。古有借凡與鳳為風者。空氣流動曰風，所謂「八風」，指空氣八方流動所產生不同之風力與風速。段玉裁注：「立春，調風至。春分，明庶風至。立夏，清明風至。夏至，景風至。立秋，涼風至。秋分，閶闔風至。立冬，不周風至。冬至，廣莫風至。」段氏所言之八風，乃宇宙間周而復始的自然現像。天地萬物在此現像中有生有死，生死不息。又

豈只「風動蟲生而又化。」按風為「从虫，凡聲」的形聲字。以「氣流」為本義。風之古文作，上為凡，下或為虫之譌，否則其意不明。在風部中，从風的字，有颯、颶、飄等十二字。另重文二字。

 部首475。《說文》684頁下左，音ㄊㄨㄛ（託何切）。，虫也。从虫而長，象冤曲垂尾形。上古艸居患它，故相問無它乎？凡它之屬皆从它。，它或从虫。

案：篆文，隸變作它。它是蛇的古字。它字甲文作、、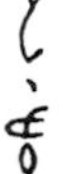、、、、等形。正象有頭、有身、冤曲垂尾的長蛇。北人稱蛇為「長蟲」。徐灝《說文注箋》說：「它蛇古今字。古無他字，假它為之，後增人旁作佗，隸變作他。」按它屬獨體象形字，本義為「蛇」。遠古初民無屋舍，或艸居或穴居，因而患它（蛇），相見時，彼此互問「無它（蛇）乎？」意思就是你未被它（蛇）傷到嗎？為彼此互為關懷之詞。它字今借為指稱詞，作器物等第三身之代名詞。它為蛇之初文，蛇為它之後起形聲字。亦即它之或體蛇字。

部首476。《說文》685頁上右，音ㄍㄨㄟ（居追切）。，舊也。外骨內肉者也。从它，龜頭與它頭同。天地之性，廣肩無雄，龜鼈之類，以它為雄。象足甲尾之形。凡龜之屬皆从龜。，古文龜。

案：《說文》以「舊」釋「龜」。舊本為鳥名。借為新舊的舊，引伸為長久。因龜齡長，故取舊之引伸義釋龜。龜字不从它（蛇）構形，猶它之不从虫。龜與它（蛇）扯不上一點關係，只是龜頭與它（蛇）頭之形相似而已。所謂「外骨內肉」。是說明龜是一種外有甲殼，內為肉的動物。至於「天地之性，廣肩無雄，龜鼈之類，以它（蛇）為雄。」那是漢代人尚無生物學常識所說的話。龜鼈豈無雄？還須靠它（蛇）與之交配才能繁殖嗎？現在聽來，簡直是天大的笑話。按龜之甲文作，金文作等形，是圖畫性很強之象形字，屬獨體象形，上象頭，背為龜甲，旁為足，下為尾。，為縮頭之龜，故只見其甲與足尾。古文，亦為獨體象形字，只是筆畫稍簡，今對岸簡龜為亀，恐本諸此。在龜部中，从龜的字只有、二字。

 部首477。《說文》685頁下右，音ㄇㄥˇ（莫杏切）。，鼃黽也。从它，象形。黽頭與它頭同。凡黽之屬皆从黽。，籀文黽。

案：鼃音ㄨㄚ，是蝦蟆屬亦即蛙類的水陸兩棲的動物。黽字甲骨文作。朱芳圃《甲骨學》引王國維言：「說文解字黽，鼃黽也。从它象形，籀文作。此略近今之蛙也。」從甲文之形觀之，黽就是今之青蛙，又稱田鷄，黽字不从它（蛇）構形，只是黽（蛙）頭與它（蛇）頭之形稍似而已。黽屬獨體象形字，當以「蛙」為本義。在黽部中，从黽的字有鼉、蠅、鼅等十二字，另重文五字。」

 部首478。《說文》686頁下左，音ㄌㄨㄢˇ（盧管切）。，凡物無乳者卵生。象形。凡卵之屬皆从卵。，古文卵。

案：篆文，隸變作卵。卵字不見金、甲文。就篆體言。似象男性之兩個睪丸。吾鄉廣西全州稱男人之生殖器曰「卵子」，即指睪丸言。魚、鳥、及昆蟲類固為卵生，其所產之卵（蛋）為圓形，與不類。按卵屬獨體象形字，當以「睪丸」為本義。在卵部中，从卵的字，只有一個毈字。

卵之古文各本均無，為段玉裁所增補。或為𠨍之省形，亦屬獨體象形字。

二

部首479。《說文》687頁下右，音儿（而至切）。二，地之數也。从耦一。凡二之屬皆从二。弍，古文二。

案：二字是由兩個一字上下相疊而成。《說文》以「地之數」釋「二」。段玉裁注：「《易》曰：天一地二。惟初大始，道立於一，有一而後有二。元气初分，輕清昜為天，重濁侌為地。」這是我國古代的宇宙觀，不宜據以釋字。簡言之一與二都是數字。一為第一個單數，即最初之奇數，二為第一個雙數，即最初之耦數。所謂「二耦」，就是兩個奇數一，加成一個耦數二。按二當屬「从耦一」的會意字，如細分之，則為同文會意。古文弍，非古文，是二之後起「从弋二聲」的形聲字。在二部中，从二的字，有亟、恆、亘、竺、凡五字。段玉裁認為：「二字兩畫當均長，今人上短下長，便是古文上字。」但亦有人認為：「文字是約定俗成的産物。」習慣就好，只要眾所公認，實無硬性規定之必要。

土

部首480。《説文》688頁下右，音ㄊㄨˇ（它魯切）。土，地之吐生萬物者也。二象地之上、地之中，丨，物出形也。凡土之屬皆从土。

案：《説文》以「地之吐生萬物」釋「土」。段玉裁注：「吐土疊韵。《釋名》曰：土，吐也，吐萬物也。」吐土二字疊韵，是為音訓。萬物從大地泥土中吐出（生出），這是眾所接受的事實。按土字甲文作、、，金文作、、等形。朱芳圃《甲骨學》引羅振玉言：「古金文作，此作者，契刻不能作粗筆，故為匡郭也。」羅氏之意，甲文時代之字是用契刻，只能刻成匡郭，到金文時代可以書寫了，故土字是實心。朱芳圃復又引王國維言：「土字作者，下一土上，象土壤。」又有謂土為社之初文，此説合理。戰士「執干戈以衛社稷」。社為土神，稷為穀神。「衛社稷」就是保衛國土，由此可證土社為一字。惟高鴻縉氏認為：「土為地之初文。甲文無地字，凡祭地皆曰祭土。金文亦無地字，凡稱地皆以土。古經言高天厚地，則謂皇天后土。秦小篆始加「也」為聲符，作地。故許氏釋地曰：「从土也聲」。然則土地，古今字也。漢以後始分化為二。土為泥土，地為天地。孰知於古不然。為土塊之形，

一為地之通象，故丄（土）為指事字，名詞。（見《中國字例》397頁）高氏之說，與上述並不相悖，可從。土為指事字，在土部中，从土的字，共有一百三十一字，另重文二十六字。

垚 部首481。《說文》700頁下右，音ㄧㄠˊ（吾聊切）。垚，土高貌。从三土。凡垚之屬皆从垚。

案：《說文》以「土高貌」釋「垚」，垚字是由三個土字相疊而成。土為土塊，三土以示多土，多土相堆積，則顯土地高聳的樣子。徐灝《說文注箋》說：「垚堯古今字，今又作嶢。」垚、堯、嶢三字音義皆同，垚為初文，堯、嶢均為垚之後起形聲字。按垚當屬「从三土」的會意字，如細分之，則為同文會意。以「土高」為本義。在垚部中，从垚的字，只有一個堯字。

堇 部首482。《說文》700頁下左，音ㄐㄧㄣˇ（巨斤切）。堇，黏土也。从黃省，从土。凡堇之屬皆从堇。堇，古文堇。堇，亦古文。

案：篆文，隸變作堇。堇字就其篆體言，是由黃（）之省形「」與「土」二字所構成。因黃土性黏，故稱堇為黏土。按堇字當屬「从黃省，从土」的會意字。如細分之，則為異為會意。以「黏土」為本義。古文「」。黃不省，為「从黃、从土」的會意字，另一古文作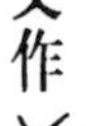。段玉裁注：「此篆各本皆譌。」在堇部中，从堇的字，只有一個艱字。

 部首483。《說文》701頁上右，音ㄌㄧˇ（良止切）。里，凥也。从田，从土。一曰：士聲也。凡里之屬皆从里。

案：里字是由「田」與「土」二字所構成。田為可耕之田地，土為土壤。《說文》以「凥」釋「里」。所謂「凥」，就是居處，凥為居之本字。在農業社會中，人民度居，必擇土壤肥沃可作耕種之田地處建構，以便于生計。故里字當屬「从田，从土」的會意字，如細分之則為異文會意。應以「居處」為本義。「一曰：士聲也。」疑為後人所妄增，非出許氏之語。既曰「从田、从土」明矣，豈可再視里為从士得聲之形聲字。豈不矛盾？在里部中，从里的字，只有釐、野二字。

田 部首484。《說文》701頁上左，音ㄊㄧㄢˊ（待年切）。田，敶也。樹穀曰田。口十，千百之制也。凡田之屬皆从田。

案：《說文》以「敶」釋「田」。段玉裁注：「各本作陳，今正。敶者，列也。田與陳古音皆音陳，故以疊韵為訓。」簡言之，敶就是指田畝整齊陳列于大地之意。「樹穀曰田」。說田是種植穀類的。古有所謂「種穀曰田，種菜曰圃，種果曰園」之分。「口十」，指田字的構形。口非圍之初文，十亦非數字之十。乃合「口十」而為田字。「千百之制」，即「阡陌之形」。《說文》無阡陌字。阡陌為田間小道，東西為阡，南北為陌，用以區分田地之界。按田當屬獨體象形字，以「樹穀」為本義。在田部中，从田的字，共有二十八字，另重文三字。

畕 部首485。《說文》704頁下右，音ㄐㄧㄤ（居良切）。畕，比田也。从二田。凡畕之屬皆从畕。闕。

案：畕是由兩個田字相疊而成。《說文》以「比田」釋畕。段玉裁注：「比田者，兩田密近也。」徐灝氏《說文注箋》說：「田相比，則畺界生焉。故从二田。依孫音畕即畺字。《繫傳》畕字下有闕字，蓋謂闕其音也。」李國英氏《說文類釋》說：「畕畺音義相同，乃一字之異體，則畕之音讀當與畺同。許氏云：闕。蓋不知畕畺一字，而闕其音讀也。」徐、李二氏之說相同，均可從。畕部所屬之「畺」字作「界」講。界，應指田界，即畺字上中下三橫為田之界線。畺之或体作「疆」，為畺之後起「从土彊聲」的形聲字。引伸為國界。按畕、畺、疆三字之音義皆同，亦實為一字之異構。今疆字行，而畕、畺廢矣。按畕當屬「从二田」的會意字，如細分之，則為同文會意。其本義為「比田」。在畕部中，从畕的字，只有一個畺字及一個重文疆字。

黃 部首486。《說文》704頁下左，音ㄏㄨㄤˊ（乎光切）。黃，地之色也。从田，炗聲。炗，古文光。凡黃之屬皆从黃。黃，古文黃。

案：篆文黃，隸變作黃。依照許氏對黃字的說解，就其篆文言，黃字是由「田」與「炗」二字所構成。田可引伸為大地。炗為光之重文，作「明」講。我國北方之泥土，尤其是黃土高原，其土色之黃，特別顯明。許氏以

「地之色」釋「黃」，應該是對的，視黃為「从田，炗聲」的形聲字，也算合理。惟高鴻縉氏卻不以為然，因黃字甲骨文作、，高氏說：「象佩玉之形，所繫玉左右半環各一，其下綏也。後世借為黃綠之黃，久而不返，乃另造珩字，以還其原。珩行黃之本義亡。說解（指許氏）言黃之本義（指地之色）與構造（指从田，炗聲）俱非。」（見《中國字例》139頁）高氏不僅否定了許慎對黃字的說解，並視黃為象形字，象佩玉之形，以「佩玉」為本義。可說與許慎對黃字的說解，大相徑庭。（珩字見《說文》13頁，作「佩上玉」講）許氏就篆文解字，高氏就甲文解字。甲骨文至晚清才出土，許慎為東漢時人，尚未見過甲骨文，許、高二氏之解說，難免有所差距。高氏為著名之文字學者，其說自有道理。誰對誰非，筆者不敢妄加定論，還是留待讀者自己去判定吧。在黃部中，从黃的字共有五字。

 部首487。《說文》705頁上右，音ㄋㄢˊ（那含切）。，丈夫也。从田力。言男子力於田也。凡男之屬皆从男。

案：篆文，隸變作男。該字是由「田」與「力」二字所構成。所謂

「丈夫」，乃指已成年之健壯男子之稱。凡能從事於耕作，須力強者能任，男子比女子體力強壯，古之耕者，多為男人。男字當屬「从田，从力」的會意字，如細分之，則為異文會意。在男部中，从男的字，只有舅、甥二字。

 部首488。《說文》705頁下右，音ㄌㄧˋ（林直切）。，筋也。象人筋之形。治功曰力。能禦大災。凡力之屬皆从力。

案：篆文，隸變作力。《說文》以「筋」釋「力」。筋字見《說文》180頁，作「肉之力」講。段玉裁注：「力筋二篆為轉注。筋者其体，力者其用也。非有二物。引伸之，凡精神所勝任者曰力。」簡言之，筋就是連接肉與骨之間，使之活動，能産生動力的筋絡。，正象人之筋形。屬獨體象形字。「治功曰力」。語出《周禮．司勳》。「能禦大災」，出自《國語．祭文》引以證力之能。力之本義雖為「筋」，惟本義罕見用，今行者為別義。在力部中，从力的字，共有三十九字，另重文六字。

劦 部首489。《說文》708頁上右，音ㄒㄧㄝˊ（胡頰切）。劦，同力也。从三力。《山海經》曰：「惟號之山，其風若劦。」凡劦之屬皆从劦。

案：篆文劦，隸變作劦。該字是由三個力字相合而成。《說文》以「同力」釋「劦」。同力就是同心協力。三力以示眾力，言力之強也。劦當屬「从三力」的會意字，如細分之，則為同文會意。引《山海經》言，以喻眾力合之，如急風之并起，其強莫能禦也。在劦部中，从劦的字，只有勰、協、恊三字均音胡頰切，與劦音同，義亦相近。疑劦為勰、協、恊三字之初文，勰、協、恊為劦之後起形聲字。今協字行，而劦罕見用矣。

金 部首490。《說文》709頁上右，音ㄐㄧㄣ（居音切）。金，五色金也。黃為之長。久薶不生衣。百鍊不輕。從革不韋。西方之行，生於土。从土，ナ又注象金在土中形。今聲。凡金之屬皆从金。金，古文金。

案：篆文金，隸變作金。所謂「五色金」，指五種不同顏色之金屬而言。銀為白色，鐵為黑色，銅為赤色，鉛為青色，黃金自然是黃色。黃為之長，遂獨專其名。《說文》在此所言之金，專此黃金。因黃金才有：「久薶不衣，久鍊不輕，從革不韋」的三大特質，是其他四種金屬所沒有的。

按金字就篆文「金」言，是由「今」與「土」二字加不成文的「丷」所構成。今是今之變體，與今之音義無殊，並以今作為金字的聲符，為金表音。土為土地，丷表金粒，是臆構之虛象，即土字ナ又（左右）之兩筆，楷作兩點。以示金粒在土中之形。按金（金）當屬「从土，从丷，今聲」，聲不兼義的形聲兼指事的字。以「黃金」為本義。古文作金，多了一粒金而已，亦為形聲兼指事的字。在金部中，从金的字，共有一百九十七字，另重文十三字。惟朱駿聲氏視金為「會意兼象形」之字，（見《說文通訓定聲》62頁）朱氏之說，必另有見地，提供參考。所謂「西方之行」，乃陰陽五行之說，不足據。

幵

部首491。《說文》722頁上右，音ㄐㄧㄢ（古賢切）。幵，平也。象二干對冓。上平也，凡幵之屬皆从幵。

案：《說文》以「平」釋（幵）義，以「象二干對冓」解其形。段玉裁注：「幵字古書罕見。」高鴻縉氏說：「干非干戈之干，乃象一笄之形。

筓之為用，恒為二。故其字作幵。象形。左右橫插髮內，兩端呈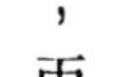狀。所以繫使固也。男女俱可用筓。後人以其多為竹製也，故又加竹為意符作筓。幵與筓乃一字之累加，非二字也。」（見《中國字例》140頁）高氏之說可從。幵筓本為一字之異體。幵為初文，筓為幵之後起形聲字，筓，俗稱簪子，我國古代男人亦蓄髮，男女均可用，用之以固髮，不使散亂。後專為婦女所用，古禮，女至十五歲時才梳頭插簪，稱為「及筓」，算是成年了。按幵當屬象形字，象二筓之形，應以「筓」為本義。今筓字行，而幵字廢矣，故古書罕見用。在幵部中，無一從屬之字，許氏為何立之為部首？不明。但从幵得聲的字倒是不少，如最常用的有研、姸等字。

 部首492。《說文》722頁上左，音ㄕㄠˊ（之若切）。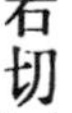，枓也。所以挹取也。象形。中有實，與包同意。凡勺之屬皆从勺。

案：篆文，隸變作勺。《說文》以「枓」釋「勺」。枓字見《說文》262頁，作「勺」講。勺枓二字義同，是為轉注。枓與勺都是器名，枓大勺小。勺小而淺，枓大而深。均為挹取酒漿之器。如將勺之篆文稍變其角度作

「」，即可看出上為柄，中為斗，斗中一「一」，即所挹取之酒漿，亦即《說文》所云：「中有實」。至於「與包同意」之說，並不同意，只是勺與包之構形均从勹而已。按勺當屬獨體象形字，以「挹取器」為本義。今作杓，為勺之後起「从木、勺形」的形聲字，从木以示其質，俗稱勺子或杓子。在勺部中，从勺的字，只有一個与字，今作與，与與同，疑与為與之本字。

 部首493。《說文》722頁下右，音ㄐㄧ（居履切）。，尻几也。象形。《周禮》五几：彫几、彤几、玉几、髹几、素几。凡几之屬皆从几。

案：所謂「尻几」，就是居几，尻今作居。几是供人坐時所憑者。我國漢以前無坐几，均席地而坐，漢以後發展有矮几，稱為踞几，指人踞身而坐之意，逐漸發展至今之高几，已不專供坐用，如茶几、案几等等，屬獨體象形字。上象之平面，其下為足。本為四足，因平視，故只見其二也。《周禮》五几之說，視身分不同其坐几亦有別。如《書．顧命》：「皇后憑玉几」。在几部中，从几的字有：凭、尻、處三字。

 部首494。《說文》723頁上右，音ㄑㄧㄝˇ（千也切）。且，所以薦也。从，足有二横，一、其下地也。凡且之屬皆从且。，古文以為且，又以為几字。

案：且字甲文作、，金文作、、等形。高鴻縉氏說：「按字本意為祖廟。只象祖廟之形。，上象廟宇。左右兩牆，中二橫為楣限，下則地基也。廟為祖宗之鬼所居，故與人居之無不同。字只分詳略之異而已。商、周皆為祖宗之祖。至戰國時，或加示為意符作祖。而經典中祖亦借為始。故許曰：『祖、始、廟也。』」（見《中國字例》144頁）依高氏之說。《說文》對且字之釋義與解形均不足據。且則為獨體象形字，以「祖廟」為本義。今且字借為語詞，作苟且、尚且、姑且等，其本義為「祖廟」已不彰顯，罕見用矣。在且部中，从且的字，只有俎、⿰豦且二字。另重文一字。

 部首495。《說文》723頁下左，音ㄐㄧㄣ（舉欣切）。，斫木斧也。象形。凡斤之屬皆从斤。

案：篆文，隸變作斤。所謂「斫木斧」。就是砍樹木的斧頭。斤字甲文作、，金文作、，等形，與篆文之形接近。段玉裁注：「橫者象斧頭，直者象柄，其下象所斫木。」按斤為獨體象形字，以「斧頭」為本義。惟斤字借為斤兩之斤的單位詞。為借義所專，其為斧頭的本義反而不彰顯了。在斤部中，从斤的字有斧、斫、所等十四字，另重文三字。

 部首496。《說文》724頁下右，音ㄉㄡˇ（當口切）。，十升也。象形，有柄。凡斗之屬皆从斗。

案：篆文，隸變作斗。斗為量器名，可容十升之穀物。斗字金文作、等形，上象斗、下象柄，今之斗則無柄，昔年在農村中所見之斗為圓形平口有耳，為量穀之器，十升為一斗，十斗為一石。按斗當屬獨體象形字。以「量穀器」為本義。在斗部中，从斗的字，共有十六字。

 部首497。《說文》726頁下右，音ㄇㄠˊ（莫浮切）。，酋矛也。建於兵車，長二丈。象形。凡矛之屬皆从矛。，古文矛，从戈。

案：篆文，隸變作矛。矛為古兵器名。矛有多種，有所謂夷矛、九矛、酋矛、蛇矛等，其長短也有所不同。如《三國演義》中之張飛，所使的就是蛇矛，有一丈八尺長。酋矛是專置在兵車上的，其長二丈。古之兵車，無論單騎或雙騎，只載三人，中為駕車者，左人持矛，右人持弓，作衝鋒陷陣之用。矛為可刺可句之兵，上銳而旁句。從矛之篆文很難看出象可刺可句之形。古兵器圖中矛形作，其上尖銳可刺，兩旁為句，下為柄。按矛當屬獨體象形字，在矛部中，从矛的字有矜、猎，等字，矛之古文作，「从戈矛聲」，為矛之後起形聲字。

車

部首498。《說文》727頁上右，音ㄔㄜ（尺遮切）。車，輿輪之總名也。夏后時奚仲所造。象形，凡車之皆从車。，籀文車。

案：所謂「輿輪之總名。」即有輿有輪，可供乘載的車子。車字甲骨文作，金文中更有數十種類似甲文的形體。以「盂鼎」作較為完備。中之方者為輿，輿旁二圓為車輪，中一直橫為車軸，軸之兩端為轄管，前短橫為衡，衡之兩邊為二軛，

前短直為輈。篆文車。段玉裁注：「象兩輪、一軸、一輿之形，此篆橫視之乃得。」段氏之意，如將車字橫作「」，即可看出中之方者為輿，長橫為軸，輿旁兩直豎表二輪。按車為獨體象形字。車並非夏朝奚仲所造，黃帝時已有車。黃帝名軒轅是為證。奚仲在車之改進中，可能有所貢獻。車之籀文作。羅振玉《增訂殷虛書契考釋》說：「說文解字車籀文作，毛公鼎作，象側視形。許書从戔乃由而譌。卜辭諸車字皆象從前後視形，或有箱，或有輈、或僅見兩輪，亦得知為車矣。」其說是。在車部中，从車的字，共有九十八字，另重文八字。

 部首499。《說文》737頁下右，音ㄉㄨㄟ（都回切）。，小𨸏也。象形。凡𠂤之屬皆从𠂤。

案：篆文，隸變作𠂤。《說文》以「小𨸏」釋「𠂤」，段玉裁注：「小於𨸏，故𨸏三成，𠂤二成。其字俗作堆，堆行而𠂤廢矣。」依段氏之注釋，𠂤，就是土堆，惟近代學者們多不以為然，且咸認𠂤為古師字。羅振玉氏說：「𠂤即古文師字，金文與此同，許君訓小𨸏，非。官字『从

宀从𠂤，𠂤猶眾也，此與師同意。』其言至明晰，古師字作𠂤，而許君於部首之𠂤，乃云小𠂤，得之於此而失之於彼何也。」（見《殷虛書契考釋》殷中21—22頁）羅氏如此肯定𠂤為古文師字。不妨再予求證。就以追逐二字言，此二字見《說文》74頁。許氏釋「追」為「逐」，釋「逐」為「追」。似乎追逐不分。追即逐，逐即追。其實不然。逐與追之義截然不同。逐為逐獸，追為追人。追字不僅从𠂤得聲，也从𠂤取義，如在戰時，軍隊所追的自然是敵人的軍隊，軍隊叫師。如「班師」，就是帶軍隊回來，軍隊猶眾也，與許氏釋官義𠂤猶眾也相吻合，由追字也可證𠂤即古師字，不過太為迂曲。羅氏之說應可從，𠂤為古師字，應無疑矣。師字見《說文》275頁，本義作「二千五百人」講。在𠂤部中，从𠂤的字，只有𡴎、官二字。

𨸏 部首500。《說文》738頁上右，音ㄈㄨˋ（房九切）。𨸏，大陸也。山無石者，象形。凡𨸏之屬皆从𨸏。，古文。

案：篆文𨸏，隸變作阜（阝）。所謂「大陸」。即高平之地。「山無石者」。即別于有石之山，也就是土山。該字甲文作、、，

金文作、等形。段玉裁注：「山下曰：有石而高，象形。此言無石，以別於有石者也。《詩》曰：『如山如阜。』山與阜同而異也。《釋名》曰：『土山曰阜。』象形者，象土山高大而上平，可層絫而上，首象其高，下象其三成也。」段氏之注可從。按𨸏當屬獨體象形字，象坡陀層層重絫之形。古文作，上象地面起伏之紋理，下象可拾級而上。仍為獨體象形字。在阜（阝）部中，从阜（阝）的字共有九十二字，另重文九字。

𨺅 部首501。《説文》744頁上右，音ㄙㄨㄟˋ（似醉切）。𨺅，兩山之間也。从二𨸏。凡𨺅之屬皆从𨺅。

案：𨺅字是由兩個𨸏（阜）字正反左右相對而成。雖為一正一反，但二字的音義無殊。𨸏之本義為「大陸」。（説見𨸏字）引伸而為層層重疊的高山，𨺅字以示兩山之間相對的樣子。徐灝《説文注箋》説：「𨺅蓋古隧字。……隧道也。此即𨺅之本義。」徐氏之説可從。𨺅、隧同音，且《説文》未另載隧字。按𨺅當屬「从正反二𨸏」的會意字。屬同文會意。

以「隧道」為本義。𨸏為隧之本字，隧為𨸏之後起形聲字。今隧字行，而𨸏廢矣。

 部首502。《說文》744頁上左，音ㄌㄟˇ（力詭切）。，絫坺土為牆壁。象形。凡厽之屬皆从厽。

案：篆文，隸變作厽。《說文》以「絫坺土為牆壁」釋「」。段玉裁注：「絫者，今之累字。土部曰：一臿土謂之坺。臿者，今之鍫。以鍫取田間土塊，令方整不散，累之為牆壁。野外軍壁多如是，民家亦如是矣。軍壁則謂之壘。」段氏之注釋，須稍加補充，才易明白。「坺土」是帶有根的土塊。臿為鏟土之器，猶今之鐵鍬（鍫）。「一臿土」，猶如一鐵鍬的土塊。如使「方整不散。」必須加工方可。筆者昔年在農村中，曾見用坺土為牆壁之過程：先用木板訂成長方形之模子，其體積比今之紅磚約大兩三倍。將田地中稍帶一點根的泥土，用鐵鍬鏟入模子中，用木棒打緊使平，然後將模子取出，即成為長方形之土磚，曬乾後，用以累砌牆壁。土中帶根之原因，據鄉人告知，可使成為纖維，固緊不散。「軍壁謂之壘」。

壘就是堡壘。為軍事之攻防設施。古之堡壘亦為坺土所建。按厽當屬獨體象形字，象坺土積疊之形。以「絫坺土」為本義。在厽部中，从厽的字，只有垒、絫二字。厽為壘之初文，壘為厽之後起形聲字，今壘字行，而厽字廢矣。

四　部首503。《說文》744頁下右，音厶（息利切）。四，侌數也。象四分之形。凡四之屬皆从四。四，古文四如此。亖，籀文四。

案：篆文四，隸變作四。所謂侌（陰）數，就是偶數，亦即雙數，可用二能除盡者。相對之奇數古稱陽數。亦即單數，不能用二除盡者。按四字甲文作亖，與籀文同，均為四畫，以示四份之意。金文中亦有作亖、三，等形。而「郘鐘」作四，將圓體切割為四，以表四份。篆文四即本諸「郘鐘」構形。四當屬指事字。以「四之數」為本義，古文作四，羅振玉《殷虛書契考釋》說：乃晚周文字。在四部中，只有一個古文四，及一個籀文亖。

 部首504。《說文》744頁下左，音ㄓㄨˇ（直呂切）。，辨積物也。象形。凡宁之屬皆从宁。

案：篆文，隸變作宁。所謂「辨積物」。就是具辨物資予以積貯。段玉裁注：「辨今俗作辦，古無二字二音。」貯存物資必須有器。（宁），即其器也。按宁字甲骨文作、。羅氏振玉《殷虛書契考釋》說：「上下及兩旁有搘柱，中空可貯物。」其說是。宁之篆文作，為多邊形，空間大，符合幾何原理，可多容物。按宁當屬象形字。以「貯物器」為本義。段玉裁注：「宁與貯為古今字。」段注可從，宁為貯之本字，貯字「从貝，宁聲」，為宁之後起形聲字。今貯字行，而宁字加「人」旁及「立」旁作佇及竚，作久立講。在宁部中，从宁的字，只有一個䍐字。

 部首505。《說文》745頁上右，音ㄓㄨㄛˊ（陟劣切）。，綴聯也。象形。凡叕之屬皆从叕。

案：篆文，隸變作叕。徐鍇氏《說文繫傳》說：「象交絡互綴之形。」朱駿聲氏《說文通訓定聲》說：「疑即綴字之古文。」李國英氏

曰：「叕即綴之初文，蓋凡物綴聯最密者，莫如纖維絲織品，故字又或从糸作綴。部中釋綴曰：『綴，合箸也。从叕糸，叕亦聲。』綴叕音義并同。」（見《說文類釋》96頁）朱、李二氏之見一致，可從。叕為綴之初文，綴為叕之後起形聲字。按為獨體象形字，象六條絲線聯綴之形。今綴字行，而叕則罕見用矣。在叕部中，从叕的字，只有一個綴字。

亞 部首506。《說文》745頁上左，音ㄧㄚ（衣駕切）。亞，醜也。象人局背之形。賈侍中說：「以為次弟也。」凡亞之屬皆从亞。

案：《說文》以「醜，象人局背之形」釋「亞」。亞字甲文作、、，金文作、、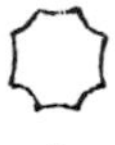、，等形，篆文作亞。無論從任何角度來看，都不象一個局背（彎腰曲背）醜惡的人。釋形之誤，為近代文字學者們所公認。因此，對亞字各有不同的解讀。徐灝氏《說文注箋》說：「此當以從賈侍中以次第為亞字之本義。爾雅釋言曰：亞，次也。……亞古音烏路切，與惡通，說文訓亞為醜，即以通作惡而誤也。」羅振玉氏《殷虛書契考釋》說：「亞與古金文同，與許（說文）訓象人局背之形不

合……。」高鴻縉氏《中國字例》說：「亞字本義失傳，吾謂字原象四向屋相連之形。乃古者宮室之制也。」李國英氏《說文類釋》說：「考土部，堊，白涂也。从土亞聲。亞即堊之初文，象室屋之形。故又或从土作堊。堊者，古居喪之室也。禮記雜記上云：『大夫居廬，士居堊室』雜記下云：『三年之喪在堊室之中』。堊室但涂白而無文飾。金文亞正有从白作者，是其證也。喪事為人所惡，因引申而有醜之義。復以亞之為室次于公館與廬，因又引伸而有次第之義。許氏釋亞為醜，而引賈侍中說以為次第，并其引申義也。」綜合以上四家之言，以李國英氏之分析合理可從。李氏云：「亞字有从白作者」。正是金文「丁亥父乙尊」之亞字作。內為白字，我國至今之禮俗仍以紅白代表喜喪。古代居喪之家，將其居室涂白，去其紋飾，以表哀戚。按亞字當屬獨體象形字，象四方屋舍相連之形，以「居室」為本義。至於「賈侍中說：以為次弟。」「次弟」由屋舍之等級所引申，猶今日之有錢者住大廈豪宅，窮困者居簡陋之破屋，豪宅與陋室之等級不同，則次第之義生焉。亞之本義，雖為「居室」，今罕見用，多用其引伸義，作次等、第二講，如競賽第二名為亞軍，台灣的地理位置稱亞熱帶。在亞部中，从亞的字，只有一個𣆪字。賈侍中是許慎博采通人之一，且為許慎的老師，言官（侍中）不言名，尊其師也。

𠄡 部首507。《說文》745頁上左，音ㄨˇ（疑古切）。𠄡，五行也。从二，侌昜在天地間交午也。凡五之屬皆从五。㐅，古文五如此。

案：篆文𠄡，隸變作五。五字甲文作𠄠、𠄡，金文作𠄡、⋈等形。朱芳圃《甲骨學》引丁山言：「𠄡之本義為收繩器，借為數字之五。」所謂「收繩器」，就是紡紗時套在紡車上將紡成之紗收集於其上。𠄡象器尚未收繩，故只見其縱橫交錯的樣子。收集到適當份量時，即取下，則成為俗稱繐子。高鴻縉先生亦認同丁山氏之說，於其《中國字例》說：「我古代數目之名，自六以前，皆為積畫，如一、二、三、亖、𠄠。後以積畫多者易於混淆，乃以同音之𠄡」（收紗具）代𠄠。久而便之，於是𠄠字廢。而𠄡亦失其本意。後世復造篗字以還收紗具之原。《說文》：「篗，收絲者也，从竹蒦聲。」高氏之說可從。按𠄡為收繩器，借為數字之五。當以「收繩器」為本義。《說文》以「五行也，从二，侌昜在天地交午」

釋「五」解形。此陰陽五行之說，不宜據以釋字。古文作X，段玉裁注：「小篆益以二耳。」只篆文上下多了二橫而已，與篆文之音義無殊。

 部首508。《說文》745頁下右，音ㄌㄨˋ（力竹切）。，易之數陰，變於六，正於八。从入从八。凡六之屬皆从六。

案：篆文，隸變作六。六字甲骨文作∧、∩，等形。羅振玉說：「六字作∧，前人不能定其為六為八。今卜辭有自一至八順列諸數者，得確定為六字。」（見《增訂殷虛書契考釋》殷中，二頁）朱芳圃說：「古借入為六。……蓋六之與入殷以前無別也。自周人尚文因∩之下垂而變其形為介，以別于出入之∩。于是鼎彝銘識中無由見入借為六之跡矣。」（見《甲骨學．文字編》文十四．八頁）羅、朱二氏之說大致相同，六為入字之假借，應無疑。六為指事字。因變其形為「介」，《說文》遂誤為「从入从八」的會意字。至於易之數陰云云，乃陰陽五行之說，與釋字無關。

部首509。《說文》745頁下右，音ㄑㄧ（親吉切）。，昜之正也。从一，微侌從中衺出也。凡七之屬皆从七。

案：篆文，隸變作七。七為十字之變體。朱芳圃《甲骨學》引丁山氏言：「七古通作十者，刌物為二，自中切斷之象也。考其初形，七即切字。說文刀部切，刌也。从刀七聲……。」丁氏之意：「二」為物，「|」為切物之器，將十字從中切為兩段。七為十之變體，故七也有自中切斷之象。七之本義為「切割」。後借為數字七八九之七。為借義所專。於是加刀為意符作切，以還其原。七實為切之初文，切字「从刀七聲」為七之後起形聲字。七為臆構之虛象，故七當屬指事字。至於「昜之正也」云云，為陰陽五行之說，不足據以釋字。

部首510。《說文》745頁下左，音ㄐㄧㄡˇ（舉有切）。，昜之變也。象其屈曲究盡之形。凡九之屬皆从九。

案：篆文，隸變作九。九字甲骨文作、、，等形。丁山氏認為：「九本肘字，象臂節形，臂節可屈可伸，故有糾屈意。」（見

朱芳圃《甲骨學．文字編》文十四．九頁）依丁氏之說，九為肘之本字，屬象形字，借為數字七八九之九字。當以「肘」為本義。有謂九為鉤之初文。另備一說，供為參考。

 部首511。

《說文》746頁上右，音ㄖㄡˇ（人九切）。，獸足蹂地也。象形，九聲。《尒疋》曰：「狐貍貛貉醜，其足蹞，其迹厹。」凡厹之屬皆从厹。，篆文厹，从足柔聲。

案：古文，隸變作厹（禸）該字是由「九」字與不成文的「厶」所構成。所謂「獸足蹂地，象形」。段玉裁注：「足著地謂之蹂，象形，謂厶。」也就是獸足著地之跡。厶象獸跡之形。簡言之，獸類踐踏地上留下之足跡叫厹。按厹當屬「从厶，九聲」，為意符不成文的聲形字。以「獸跡」為本義。引《尒疋》（即《爾雅》）言，旨在證厹字的本義。篆文蹂，从足柔聲，為古文厹之後起形聲字，今蹂字行，而厹則罕見用矣。在厹（禸）部中，从厹（禸）的字有禽、离、萬、禹等六字。

嘼　部首512。《說文》746頁下左，音ㄒㄡˋ（許救切）。嘼，獸牲也。象耳、頭、足厹地之形。古文嘼下从厹。凡嘼之屬皆从嘼。

　案：篆文嘼，隸變作嘼。所謂「獸牲」。就是畜牲。為人所飼養之牲口，即馬牛羊之類。「象耳、頭、足厹地之形」。段玉裁注：「象耳謂□，象頭謂田，象足厹地謂古也。」所謂「古文嘼下从厹」。段玉裁注：「嘼之古文作嘼也，言此者，謂古文本从厹，象足蹂地，小篆雖易其形，特取整齊易書耳，故以古文之形釋小篆。」按嘼當屬獨體象形字。以「家畜」為本義。在嘼部中，从嘼的字，只有一個獸字。

甲　部首513。《說文》747頁上右，音ㄐㄧㄚˇ（古狎切）。甲，東方之孟，昜氣萌動。从木，戴孚甲之象。《大一經》曰：「人頭空為甲。」凡甲之屬皆从甲。甲，古文甲。

　案：篆文甲，隸變作甲。甲字甲骨文原作「十」，與數目十相混，于是加□作「田」，又與田疇之田字相混。金文中亦有作「十」作「田」者。至篆文變其形作「甲」。《說文》以「从木戴孚甲之象」釋「甲」。

「冂」謂孚甲，「丅」謂木。所謂「孚甲」。就是植物種子的外殼。段玉裁注：「史記曆書曰：『萬物剖符甲而出也』。凡艸木初生，或戴穜於顛，或先見其葉，故其字像之。下像木之有莖，上像孚甲下覆也。」凡動植物之外殼堅硬者曰甲。如龜甲、鱗甲、指甲、獸皮為皮甲。可製戎衣，如盔甲、鎧甲。假借為天干之首位：按甲當屬象形字，象草木破土戴孚甲而出之形。至於「東方之孟，昜氣萌動。」云云，乃陰陽五行家之言，與釋字無關。引《大一經》：「人頭空為甲」，更是附會之說，不可信。惟朱駿聲氏說：「甲，鎧也。象戴甲於首之形。」（見《通訓定聲》118頁）朱氏之見，供為參考。

乚 部首514。《說文》747頁上左，音一ˇ（於筆切）。乚，象春艸木冤曲而出。侌气尚彊。其出乚乚也。與丨同意。乙承甲，象人頸。凡乙之屬皆从乙。

案：篆為乚，隸變作乙。段玉裁注：「乙乙，難出之貌。史記曰：『乙者，言萬物生軋軋也。』乙之言軋也，時萬物皆抽軋而出。物之出土艱屯，如車之輾地澁滯也。」按乙字甲文作、，金文作、，與篆文乙之形類似，均象初春時，寒氣未盡艸木初生冤曲之形。所謂「與丨同意」，丨字見《說文》20頁，作「下上通」講，喻草木之由下上長之意。所謂「乙承甲，象人頸」。皆《大一經》之謬說。按乙為獨體象形字，象艸木初生冤曲之形。當以「艸木抽軋」為本義。惟本義今罕見用，借為天干第二位，引伸而有次等之意。在乙部中，从乙的字，有乾、亂、尤三字。

丙

部首515。《說文》747頁下左，音ㄅㄧㄥˇ（兵永切）。丙，位南方，萬物成炳然。陰气初起，陽气將虧，从一入冂，一者昜也，丙承乙，象人肩。凡丙之屬皆从丙。

案：丙字甲文作、，金文作、等形。與篆文丙之形頗有差別。《說文》據篆文解字，將丙字拆而為三：一、入、冂。視丙為「从一、从入、从冂」的會意字。甲乙丙丁一系列之字，都是最古的象形文，顯係釋形之誤。所謂「位南方」云云，乃陰陽五行之說，不宜據以釋字。至於「丙承乙，象人肩。」更是《大一經》之謬說：「人頭空為甲、乙象人

頸，丙象人肩」。不可信。《說文》對丙字之說解，確有問題。高鴻縉氏認為：「原象兵器柄下之鐏，所以卓地者也。矛柄作，辛柄作，均見會意篇。可資互証。自古借為天干第三名，而戰國時五行家、陰陽家、曆數字、星相家等，又各借用為代名詞。許（指《說文》）說丙字，雜各家之言，且均出於後世。非造字之本義也。」（見《中國字例》216頁）高氏之分析合理。就丙字甲、金文諸形言，上象平台，左右為著入地下之足，用以插置兵器。丙字借為天干第三位，引申而為等第。在丙部中，無一从屬之字，許氏立之為部首，可能丙字無所歸之故。現行之字典，均歸在一部中，似欠當。

 部首516。《說文》747頁下左，音ㄉㄧㄥ（當經切）。个，夏時萬物皆丁實，象形，丁承丙，象人心。凡丁之屬皆从丁。

案：篆文个，隸變作丁。丁字金文作▼、▼、↑、○、●，等形。徐灝氏《說文注箋》說：「疑丁即今之釘字，象鐵弋形，鐘鼎古文作●，象其鋪首，个則下垂之形。丁之垂尾作个，自其顛渾而視之則為●。」徐氏

之意，俯視只見釘帽之形。惟高鴻縉氏《說文字例》認為「●」即頂之象形文，象人之頭頂。為頂之初文，丁字借為天干第四位，習用既久，於是在丁旁加頁（頁為古頭字）為意符作頂，以還其原。」徐、高二氏之見雖不同，但均甚明確。按丁為象形字，則無疑矣。或以「鐵釘」為本義，或以「頭頂」為本義。各人的主觀認知了。所謂「夏時萬物皆丁實」。乃陰陽家言，與釋字無關。至於「丁承丙，象人心」。更是《大一經》之謬說，不可信。

 部首517。《說文》748頁上右，音ㄨˋ（莫侯切）。，中宮也。象六甲五龍相拘絞也。戊承丁，象人脅。凡戊之屬皆从戊。

案：篆文，隸變作戊。戊字甲文作、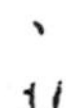、、等形，金文作、、等形。朱芳圃說：「戊象斧鉞之形，蓋即戚之古文。許書：戚，戉也。从戉，尗聲。段注云：『《大雅》曰：干戈戚揚。《傳》云：戚，斧也。揚，鉞也。依《毛傳》戚小於戉，揚乃得戉名。《左傳》：戚鉞秬鬯，文公受之。戚鉞亦分二物，許書則渾言之耳。』案戚小

於戉之說，是也。古音戊戚同在幽部，故知戊即是戚。」（見《甲骨學．文字編》文十四、十一頁）朱氏之說可從。按戊為獨體象形字，象斧刃及斧柄之形，以「斧鉞」為本義。戊字借為天干第五位名，為借義所專，於是另造斧字以還其原，所謂「中宮、象六甲五龍拘絞。」乃陰陽五行之說不宜據以釋字。至於「戊承丁，象人脅。」為《大一經》之謬說不可信。

在戊部中，从戊的字，只有一個成字。

 部首518。《說文》748頁上右，音ㄐㄧˇ（居擬切）。，中宮也。象萬物辟藏詘形也。己承戊，象人腹。凡己之屬皆从己。，古文己。

案：篆文，隸變作己。朱駿聲氏認為：「己即紀之本字，古文（指）象別絲之形，三橫二縱，絲相別也。」（見《說文通訓定聲》139頁）所謂「別絲」。就是別絲縷之數，己之古作，象絲縷縱橫之形。及後己字借為天干第六位名，又借為自己的己，己字為借義所專，於是加糸為意符作紀，以取代己。紀字見《說文》651頁，作「別絲」講。段玉裁注：「別絲者，一絲必有首，別之是為紀，眾絲皆得其首，是為統。……紀者，

絲縷之數有紀也。」簡言之，集眾絲於一處，合而束之為紀。按己當屬象形字。其本義為「別絲」。《說文》以「中宮」釋「己」義，以「象萬物辟詘形」解「己」形。乃陰陽五行之說，不宜據以釋字。至於「己承戊，象人腹。」乃《大一經》之謬說，不可信。在己部中，从己的字，只有巹、𢀜二字。

 部首519。《說文》748頁下右，音ㄅㄚ（伯加切）。，蟲也。或曰食象它。象形，凡巴之屬皆从巴。

案：篆文，隸變作巴。巴為巨頭長尾之大蛇，即今所稱之蟒蛇。段玉裁注：「《山海經》曰：『巴蛇食象，三歲而出骨。』」段氏之注，言蛇之大也。俗語「人心不足蛇吞象」，即本諸此說：「或曰：食象它（蛇）。」言過其實，再大之蛇也無法將象食下。《說文》以「蟲」釋「巴」。北人稱為「長蟲」。按巴當屬象形字。以「巨蟒」為本義。惟本義今罕見用，今行者為別義，在巴部中，从巴的字，只有一個𢀶字。

部首520。《說文》748頁下右，音ㄍㄥ（古行切）。，位西方。象秋時萬物庚庚有實也。庚承己，象人臍。凡庚之屬皆从庚。

案：篆文，隸變作庚。庚字是個頗有爭議的字。因庚字篆文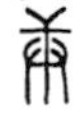，與今行之楷書庚，其形相差太大。且庚字甲文作、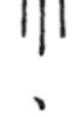、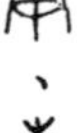等形。金文作、、，等形。與篆文庚也有很大的差距。故各家各視其形，各釋其義。因而各有不同的見解，看法自然不一致。朱駿聲《說文通訓定聲》說：「庚（），絡絲柎也。昜謂之㭮。从干，象柎形，左右手絡之會意。」朱氏是就庚之篆文「」釋字，認為「干」為絡絲的架子，形同紡車上收絲之器。左右「」兩手以示絡絲。朱氏視庚為从干从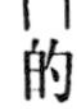的會意字。徐灝《說文注箋》說：「庚之取象，許君言之未詳。」李陽冰謂：『庚字从干、从、象人兩手把干立。』」李陽冰也是就庚之篆文（）釋字。認為「干」即干，是兵器、「」為人之雙手，象人双手持干（兵器）之形。徐灝《注箋》復引戴侗言：「庚鼎文作，庚蓋鐘類。」戴侗是根據金文「庚鼎」作「」釋字，認為庚字為鐘鼓之類的樂器，象置放在架上的鐘鼓之形。朱氏芳圃說：「庚字小篆作兩手奉干之形，然於

骨文、金文均不相類。……庚字彝銘有作者，前人釋為庚丙二字。吳大徵以為『从庚从丙，當係古禮器，象形字。臣受冊命時，所陳設。』余按此即古庚字也。文既象形，不能言其所从其下之丙字，形蓋器之鏄耳。觀其形制，當是有耳可搖之樂器，疑本革鼓之類。今世小兒玩物猶有作此形者。」（見《甲骨學》文十四、十二頁）綜觀以上諸家之言，拙以為朱氏芳圃對庚字的分析合理可從。按庚字金文「庚鼎」作，如同現在兒童們所玩之搖鼓，置放在架上之形。為獨體象形字。以「革鼓」為本義。《說文》對庚字的釋義解形，全不足據。至於「庚承己，象人齎」。此乃《大一經》之謬說，更不可信。庚字借為天干第七位名，引伸為年歲。例如請問別人的年齡時，尊稱為「貴庚」。

辛

部首521。《說文》748頁下左，音ㄒㄧㄣ（息鄰切）。辛，秋時萬物成而孰，金剛味辛，辛痛即泣出。从一辛。辛，辠也。辛承庚，象人股。凡辛之屬皆从辛。

案：篆文辛，隸變作辛。辛、辛本為一字，猶聿、聿之本為一字。聿與辛是兩種不同的筆，聿為輭筆，就是毛筆。辛為硬筆，即鐵筆。按辛字甲文作、、，金文作、、等形。均象刻鏤之筆。對俘虜或有罪者黥其額，為之奴役。如《水滸傳》中之宋江、武松等人，在額上刺字，發配遠處服役。辛由「黥」義，引伸而為辠人、辛酸、辛辣、辛苦等意。借為天干第八位名。所謂「秋時萬物孰，金剛味辛。」此說有語病，萬物成熟，未必其味皆辛。至於「辛承庚，象人股。」此乃《大一經》之謬說，更不可信。按辛為獨體象形字。象刻鏤筆之形。以「施黥刑具」為本義。《說文》以「从辛一」，視辛為會意字，乃釋形之誤。在辛部中，从辛的字，有辠、辜、辭等六字。

 部首522。《說文》749頁上左，音ㄅㄧㄢˋ（方免切）。，辠人相與訟也。从二辛。凡辡之屬皆从辡。

案：篆文，隸變作辡。該字是由兩個辛字相並而成。辛之本義為「施黥刑具」，引申為罪人。（詳前辛字）所謂「辠人相與訟」。說得通俗一點，就是兩個罪人相互打官司。按辡當屬「从二辛」的會意字，如細分之，則

為同文會意。以「辠人相與訟」為本義。在辡部中，从辡的字，只有一個辯字。疑辡為辯之本字，辯為辡之後起形聲字，今辯字行，而辡字則罕見用矣。

壬

部首523。《說文》749頁上左，音ㄖㄣˊ（如林切）。壬，位北方也。陰極陽生。故《易》曰：「龍戰于野。」戰者，接也。象人裹妊之形。承亥，壬以子生叙也。壬與巫同意。壬承辛，象人脛，脛任體也。凡壬之屬皆从壬。

案：《說文》以「位北方，象人裹妊之形釋「壬」。就篆文壬之形視之，實不象婦女懷妊之形。朱駿聲氏說：「此字前說象形，于形何有？且女部妊孕字，何不列為重文。至《大一經》以十幹（干）字聯屬為一大人形，直小兒語矣。愚按壬，儋何也。上下物也。中象人儋之。在六書為象形兼指事。」（見《通訓定聲》57頁）朱氏之意：壬字之上下兩橫「二」為物，中之「十」象人儋何（擔荷），擔荷即肩負。朱氏之說可從。所謂「位北方，陰極陽生」。乃陰陽五行之說，不宜據以釋字。壬字借為天干第九位名，久為借義所專，於是加人旁作任，以還其原，經傳皆以任為之。如《詩・大雅・生民》：「是任是負」。引伸而有勝任之意。按壬屬獨體象形字，象人擔物之形。朱氏認為壬為象形兼指事字，亦可通。在壬部中，無一從屬之字，可能無所歸之故，現行之字典，歸在士部中，欠當。

 部首524。《說文》749頁下右，音ㄍㄨㄟˇ（居誄切）。，冬時水土平，可揆度也。象水從四方流入地中之形。承壬，象人足。凡之屬皆从，，籀文，从癶，从矢。

案：篆文，隸變作癸。癸字甲文作、、，金文作、等形。朱芳圃說：「癸乃之變形字。於古金文中習見。羅振玉曰：顧命鄭注：戣瞿蓋今之三鋒矛。今字上正象三鋒，下象著地之柄。與鄭誼（義）合。為戣之本字。後人加戈耳。按此說無可移易。知即戣，則知、亦即戣之變矣。」（見《甲骨學・文字編》文十四、十六頁）朱氏之說可從。癸之篆體，為三鋒矛之兵器，應無疑。《說文》以「冬時水平土揆度也，象水從四方流入地之形」釋癸，乃釋義解形之誤。

至於「癸承壬，象人足。」更是《大一經》之謬說，不可信。癸字借為天干第十位名，久而為借義所專，於是加戈為意符作戣，以還其原。戣字見《說文》636頁。作「周制侍臣執戣立於東垂兵」講。按癸（）當屬獨體象形字。以「三鋒矛」為本義。癸之籀文作，為三鋒矛之變體，非从構形。在癸部中，無一從屬之字。

 部首525。《說文》749頁下左，音ㄗˇ（即里切）。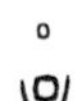，十一月昜气動，萬物滋。人以為偁。象形。凡子之屬皆从子。，古文子，从巛，象髮也。，籀文子。囟有髮、臂、脛。在几上也。

案：篆文，隸變作子。「十一月陽气動，萬物滋」。乃陰陽五行之說，與字義無關。「人以為偁」，為子之引伸義。子之本義為「嬰兒」。按子為獨體象形字。象頭、身體及併足之形。嬰兒在襁褓中，故足併，只見其一也。古文作，象有髮之嬰兒（嬰兒生而有髮）。籀文作，上為髮，中為頭，兩側為雙臂，下為雙足，象嬰兒被扶坐在几上之形。在子部中，从子的字，共有十五字，另重文四字。子字借為地支的第一位。

了 部首526。《說文》750頁下左，音ㄌㄧㄠˇ（盧鳥切）。了，尥也。从子無臂。象形。凡了之屬皆从了。

案：篆文了，隸變作了。《說文》以「尥」釋「了」。尥字見《說文》500頁，音ㄌㄧㄠˋ。作「行脛相交」講。所謂「从子無臂」。子之本義為「嬰兒」，（說見前子字）嬰兒在襁褓中，其手臂曲合相交在一起，故不見雙臂，只見其頭與雙足併為一足之形。按「了」當屬「从子省」的象形字，即篆文「子」（子）省去「凵」，亦即省去左右雙臂。本義應為「脛相交」，即雙臂相交合之意。惟本義罕見用，今行者為別義。在了部中，从了的字，只有孑、孓二字。

孨 部首527。《說文》751頁上右，音ㄓㄨㄢˇ（旨沇切）。孨，謹也。从三子。凡孨之屬皆从孨。讀若翦。

案：篆文孨，隸變作孨。該字是由三個子字併疊而成。子之本義為嬰兒（說見子字）。三子以示眾嬰兒。猶托兒所中之一群幼兒。《說文》以「謹」釋「孨」。段玉裁注：「大戴禮曰：博學而孱守之，正謂謹也。引伸之義為弱小……其字則假孱為孨。」按孨當屬「从三子」的會意字，如細分之，則為同文會意。應以「眾孺子」為本義。「謹」與「弱小」均為其引伸義。孨為孱之本字，孱為孨之後起形聲字，今孱字行，而孨則罕見用矣。在孨部中，从孨的字，只有孱、孴二字。「讀若翦」，以翦為音。

𠫓 部首528。《說文》751頁上左，音ㄊㄨ（他骨切）。𠫓，不順忽出也。从到子。《易》曰：「突如其來如。」不孝子突出，不容于內也。𠫓即《易》突字也。凡𠫓之屬皆从𠫓。㐬，或从到古字子。

案：𠫓字是由子之篆文「子」倒寫而成。故許氏曰：「从到子。」到為倒之本字，到子即倒子。所謂「倒子」。指嬰兒脫離娘胎時，其首必先出，也就是倒頭而出。「不順忽出也。」即逆出，亦即倒頭而出的意思。「不孝子突出，不容于內也」。疑「不孝」二字為後人所妄增。當云：「子突出，不容于內也」。指嬰兒在娘胎中已成長，難容于娘之腹內，如犬之出穴，脫胎而出。𠫓孳乳為突，按突之本義為「犬從穴暫出」，突字見《說文》349頁。許氏引《易》言：「突如其來如」。旨在證𠫓（𠫓）之本義。

「𠫓即《易》之突字也。」（𠫓）與突二字音義皆同。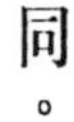（𠫓）為嬰兒脫胎而出，突為犬從穴出。據此，可知為突之本字，突為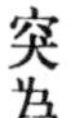之後起字。今突字行，而則廢矣。按子為象形字，象嬰兒在襁褓之形。倒子則為變體象形字，象嬰兒倒頭出胎之形。當以「嬰兒脫胎」為本義。字隸變作𠫓，在𠫓部中，从𠫓的字，只有育、疏二字。𠫓之或體作，是子之古文「」字的顛倒，亦為變體象形字。

 部首529。《說文》751頁下左，音ㄔㄡˇ（敕九切）。，紐也。十二月萬物動用事，象手之形。日加丑亦舉手時也。凡丑之屬皆从丑。

案：篆文，隸變作丑。《說文》以「紐」釋「丑」。紐丑音同，是為音訓。丑字甲文作、，金文作、等形。甲文與金文之形大抵相同。象手爪及手腕之形。當係古爪字。按丑為獨體象形字。象人手有所執持之形。以「手爪」為本義。借為地支第二位名。「十二月萬物動用事」云云，乃陰陽五行家言，不可恃以釋字。在丑部中，从丑的字，只有羞、𦙍二字。

部首530。《說文》752頁上右，音ㄧㄣˊ（弋真切）。，髕也。正月陽气動，去黃泉，欲上出，陰尚強也。象宀不達，髕寅於下也。凡寅之屬皆从寅。，古文寅。

案：篆文，隸變作寅。羅振玉說：「說文寅，古文作。卜辭（甲文）寅字屢變，與古文全異。去許書（指說文）謂古文者逾遠矣。」（見《殷虛書契考釋》殷中四頁）羅氏之說可信。按寅字甲文作、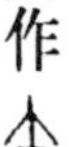、，等形。金文作、、，等形，與寅之篆文，均又大不相同。朱氏芳圃說：「寅字甲骨文作、若，均象矢若弓矢形。有作者，象兩手奉矢形。當即古之引字。與射同意……。」（見《甲骨學．文字編》文十四．18—19頁）朱氏對寅字之演變過程，作了極為詳細之分析，今僅擇其要點，朱氏之說可從。按寅為獨體象形字，象矢形，或象張弓發矢形。寅為引之古字。引字見《說文》646頁，作「開弓」講。寅之古文作，為金文之譌變。仍為象形字，象雙手張弓發矢形。《說文》以譌變之篆文寅字說字，與古金文全異。對寅字的釋義與解形，均不足據。寅字借為地支第三位名，為借義所專，其為「張弓發矢」之本

義遂廢，而由「引」字所取代。

 部首531。《說文》752頁上左，音ㄇㄠˇ（莫飽切）。，冒也。二月萬物冒地而出。象開門之形。故二月為天門。凡卯之屬皆从卯。，古文卯。

案：篆文，隸變作卯。卯字也是一個「眾說紛紜，莫衷一是」的字。惟高鴻縉氏之見，較合邏輯。高氏說：「卯即剖字的初文。从八（分）一物為二，物不知何物，合之為○，分之為()。乃物之通象也。故為指事字，動詞。甲文「剖十牛」，俱作「十牛。」自卯借為地支第四位之名，久假不歸，乃另造剖字。《說文》：『剖，判也，从刀咅聲。』是即之初誼矣！說解就其借義而言，又採曆數家語，既曰冒地，又曰天門，支離不可從。所載古文，亦見三體石經。乃戰國末年齊魯通行之破體文字。」（見《中國字例》366頁）依高氏說，卯為剖之初文，當以「剖分」為本義，屬指事字。卯字借為十二地支第四位名，引伸為時間，一天二十四小時，卯時約在上午六至七時之間，古時官府上班，多在卯時，故曰應卯或

畫卯，猶今上班時，人員之簽名。在卯部中，無從屬之字。

部首532。《說文》752頁下右，音ㄔㄣˊ（植鄰切）。，震也。三月昜氣動，靁電振，民農時也，物皆生。从乙匕。匕象芒達，厂聲。辰房星天時也。从二。二，古文上字。凡辰之屬皆从辰。，古文辰。

案：篆文，隸變作辰。辰字甲文作、、、，等形。金文作、、，等形。與辰之篆文，大不相類，因而各依其形，各釋其義，至各家有不同的解讀。朱氏芳圃說：「辰字甲骨文變形頗多，然其習見者大抵可分為二類：其一上呈貝殼形作若。又其一呈磬折形作若。金文亦約略可分為此兩類。……余以為辰實古之耕器。其作貝殼形者，蓋蜃器也。《淮南．氾論訓》曰：『古者剡耜而耕，摩蜃而耨。』其作磬折形者，則為石器。《本草綱目》言：『南方藤州墾田，以石為力。』此事古人習用之，世界各民族之古代均如是。……辰與蜃在古當係一字。蜃从虫，例當後起，蓋制器在造字之前。……。」（見《甲骨學．文字編》文十四．十八頁）朱氏對辰字的分析合理可從。

按辰蜃本為一字。辰當屬獨體象形字，象貝殼之形，應以「貝類」為本義，初民利用大貝殼作為耕器，農字从辰，可為證。蜃為辰之後起形聲字。蜃字見《說文》679頁，作「大哈」講。大哈亦為貝類。《說文》以陰陽五行說字，全不足據。辰字借為十二地支第五位名，引伸而為時間。在辰部中，从辰的字，只有一個辱字。

部首533。《說文》752頁下左，音ㄙˋ（詳里切）。，巳也。四月陽气巳出，陰气巳藏。萬物見，成文章。故巳為蛇。象形。凡巳之屬皆从巳。

案：篆文，隸變作巳。巳字甲文作、，金文作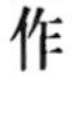、等形。均象胎兒在腹中，手足卷曲之形。按巳為獨體象形字，象胎兒在腹中之形。當以「胎兒」為本義。所謂「四月陽气巳出」云云，乃陰陽五行之說，與字義無關，不可據。「象蛇形」。疑為十二屬之說，即子鼠、丑牛、寅虎、卯兔、辰龍、「巳蛇」、午馬、未羊、申猴、酉雞、戌狗、亥豬。巳字借作十二地支的第六位名，引伸而為時間，巳時約在上午九至十一時

之間，在巳部中，从巳的字，只有一個㠯字。今作以。

 部首534。《說文》753頁上左，音ㄨˇ（疑古切）。，啎也。五月陰氣啎逆陽。冒地而出也。象形。此與矢同意。凡午之屬皆从午。

案：篆文，隸變作午。《說文》以「啎」釋「午」。午啎二字音同，是為音訓。午字甲文作、，金文作、等形，均象舂米之杵。舂（）字从（雙手）持杵臨臼，是其證。午字被借為十二地支的第七位名，引伸而為時間，久而為借義所專，於是加木旁作杵，以還其原。午為杵之本字，杵為午之後起形聲字。按午為獨體象形字。當以「舂杵」為本義。所謂「五月陰气午逆陽」云云，乃陰陽五行之説，不宜據釋字，在午部中，从午的字，只有一個啎字。杵字歸在木部中。

 部首535。《說文》753頁下右，音ㄨㄟˋ（無沸切）。，味也。六月滋味也。五行木老於未。象木重枝葉也。凡未之屬皆从未。

案：篆文，隸變作未。李國英氏認為：「未即味之初文，此以後起

字解古字也。字从木象重枝葉之形，枝葉重繁而後結果，乃有滋味。借為干支午未字，遂為借義所擅，于是又加口為意符作味，以還其字。説曰：『六月滋味也，五行木老於未』者，陰陽五行之説，不足恃以解字。」（見《説文類釋》133頁）李氏之説可從，按未當屬合体象形字。以「滋味」為本義，未字借為十二地第八位名，引伸而為時間，未時約在午後一至三時之間。未來、未有、未曾等未字亦為假借字，在未部中，無一從屬之字，現行字典未字歸在木部中，應屬適當。

申 部首536。《説文》753頁下右，音ㄕㄣ（失人切）。申，神也。七月侌气成体自申束，从臼，自持也。吏以餔時聽事，申旦政也。凡申之屬皆从申。，古文申，，籀文申。

案：篆文申，隸變作申。《説文》以「神」釋「申」。申神同音，是為音訓。對申字各家有不同的解讀。如朱駿聲氏《説文通訓定聲》説：「束身也。从臼，自持也。从｜，身也。指事。」朱氏認為申字是用帶子自為束身，屬指事字。徐灝氏《説文注箋》説：「虫部虹之籀文作云：从

申，申，電也。」按申字甲骨文作、、、、，等形。朱芳圃《甲骨學》引葉王森言：「此象電燿屈折形，乃初文電字，許書虹字下出籀文蚺，謂申，電也。可證。」徐氏與葉氏之說相同，均認為申為古電字。應可信。電字見《說文》577頁：電，「象霒昜激耀也。从雨从申，電，古文電。」從電字之篆文及古文之形視之，亦可證申為電之古字。申字借為十二地支第九位名。久而成習，遂為借義所專，於是加雨為意符作電，以還其原。今對岸電字簡化作电，其實电即申字，只是申字下之直筆變為曲筆而已。按申（电）屬獨體象形字，象雲中閃電之形，當以「閃電」為本義。至於「七月陰气成」云云。乃陰陽五行之說，不可據以釋字。在申部中，从申的字有轌、臾、曳三字。

酉

部首537。《說文》754頁上右，音ㄧㄡˇ（與久切）。酉，就也。八月黍成，可以酎酒。象古文酉之形。凡酉之屬皆从酉。丣，古文酉，从卯。卯為春門，萬物已出，卯為秋門，萬物已入。一，閉門象也。

案：篆文酉，隸變作酉。《說文》以「就」釋「酉」。酉就二字疊韵，是為音訓。酉字甲文作、，金文作、等形。按酉為盛酒之器，俗稱「酒甕」。為陶土所製。就其篆文「酉」而言：上之「一」為器蓋，下之「○」為器容，「八」為甕外之飾紋。酉當屬象形字。以「酒甕」為本義。酉字借為十二地支第十位名，引伸而為時間，酉時約在午後五時至七時之間，久而成習，為借義所專，其為「酒甕」之本義，已不彰顯了。至於「丣為春門、為秋門、為閉門。」乃陰陽五行之說，與字義無關。在酉部中，从酉的字，共有六十七字，另重文八字。

酋 部首538。

《說文》759頁上右，音ㄑㄡˊ（字秋切）。酋，繹酒也。从酉，水半見於上。《禮》有酋，掌酒官也。凡酋之屬皆从酋。

案：篆文酋，隸變作酋。《說文》以「繹酒」釋「酋」。所謂「繹酒」，就是經過久釀的陳年老酒。酋字由「八」與「酉」二者所構成。酉為盛酒之器（說見酉字）。「八」為半個水字。即《說文》所云：「水半見于上。」段玉裁注：「酋上、谷上，正同，皆曰水半見。」按酋字甲文作、、，象酒溢出酉器之形。酋字當屬「从水省、酉聲」的

形聲字。卜辭中酒字有作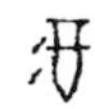、者。酉字水在酉上，酒字水在酉旁，應無別。酉、酒當為一字之異體。所謂「《禮》有酋」。《禮．月令》曰：「乃命大酋秫稻必齊，麴糵必時。」注：「酒孰曰酋，大酋者，酒官之長也。」古稱蠻夷之首領為「酋長」。即由酒官大酋而來。在酋部中，从酋的字，只有一個尊字，尊，酒器也。

戌 部首539。《說文》759頁上左，音ㄒㄩ（辛聿切）。戌，威也。九月陽气微，萬物畢成，陽下入地也。五行，土生於戊，盛於戌。从戊一，一亦聲。凡戌之屬皆从戌。

案：篆文戌，隸變作戌。《說文》以「威」釋「戌」。段玉裁注：「火部曰：威，滅也。本毛詩傳，火死於戌，陽氣至戌而盡，故威从火戌，此以威釋戌之恉也。」戌字甲文作、、。高鴻縉氏說：「戌為廣刃之句兵，形如斧。自借地支之名，習用不返，周人乃另造戚字。初不過就戌字加尗聲耳。後人誤以从戉。實則戚則器，與戉之刃兩端向內捲者不同。《詩》：『干戈戚揚。』《傳》：『戚，斧也，揚，鉞也。』故戚之

刃視戉為歛，一如戌字之古形，其柲應與戈同。」（見《中國字例》211頁）

高氏之說可從。戌為斧鉞形之兵器，自借為十二地支第十一位名，引伸而為時間，戌時約在午後七至九時之間，因久借不歸，乃另造戚字以還其原。戚字見《說文》638頁，作「戉」講，戉之本義為「大斧」。（詳戉字）按戌為獨體象形字，當以「斧鉞」為本義。「九月陽氣微」云云。乃陰陽五行之說，不可據。《說文》以「从戌一，一亦聲。」視戌為形聲字，乃釋形之誤。在戌部中，無一从屬之字。許氏為何立之為部首？不明。

 部首540。《說文》759頁下右，音ㄏㄞ（胡改切）。，荄也。十月微昜起接盛侌。从二，二，古文上字也。一人男，一人女也。从乚，象褱子咳咳之形也。《春秋傳》曰：「亥有二首六身。」凡亥之屬皆从亥。，古文亥。與豕同，亥而生子，復從一起。

案：篆文，隸變作亥。《說文》以「荄」釋「亥」。荄字見《說文》39頁，作「艸根」講，段玉裁注：「見《釋艸》及《方言》郭曰：今俗謂非根為荄。」《說文》既以荄釋亥，荄為艸根，自然是植物。復又言：「从

二、二、古文上字，一人男，一人女，从乚，象裹子咳咳之形。」又視亥為男女二人因婚媾而懷孕，豈不矛盾。似乎在「望文生訓」。引《春秋傳》曰：「亥有二首六身」。簡直是神話，更不可信。亥字借為十二地支最末之名，引伸而為時間，亥時約在晚上九至一一時之間，因久借不歸，於是加艸為意符作荄，以還其原。亥為荄之初文，荄為亥之後起形聲字。亥為獨體象形字。當以「草根」為本義。亥字借為地支之名，久而為借義所專，其為草根之本義遂廢。在亥部中，只有一個古文「」，亦為草根之象形字。

以上五百四十部首，經統計，「象形」二百八十九字，「指事」五十一字，「會意」一百四十二字，「形聲」五十八字。這只是筆者個人的認知。因為有少數的象形字與指事字，很難界定，說它是指事字也可，說它是象形字也講得通。就是形聲字與會意字，文字學者們也有不同的見解，看法不一致。

六書概要

在六書中，象形、指事、會意、形聲四者是造字之法，轉注與假借二者是用字之法，這是大多數文字學者們所認同的。許慎在六書中，每一項用八個字兩句話予以概說，並舉二字為例。

一、象形：「象形者，畫成其物，隨體詰詘，日、月是也。」意思就是畫成實物的輪廓，隨著實物的屈折形體而似其物。如⊙（日）之圓，☽（月）之闕。象形字是具體的，實像的，必有物可畫。因此，象形字絕大多數都是名詞。象形字大致可分為八類。

㈠天文類：日、月、晶（星之初文）、申（電之初文）等。

㈡地理類：山、川、水、田、泉等。

㈢人體類：頁（古頭字）、自（古鼻字）、而（古鬚字）、口、牙、心、止（足趾）、呂（脊椎骨）等。

㈣動物類：牛、馬、鳥、隹、貝、它（古蛇字）等。

㈤植物類：木、瓜、禾、來（古麥字）等。

㈥服飾類：衣、巾、先（簪之初文）等。

㈦宮室類：户、宀、囪（窗之初文）等。

㈧器用類：豆（古食肉器）、壺、皿、酉（盛酒之器）、斗、缶等。

二、指事：「指事者，視而可識，察而見意。上、下是也。」指事字之別於象形字，因象形字是具體的、實象的，必有形可象。而指事是抽象的，無物可象，它是以符號來表示意象。筆者業師許錟輝先生說：「視而可識，謂其形甚簡，察而見意，謂其義易明。指事文是心中先有一個意念，然後用線條表示出來，故指事文多為符號而非圖形，多為虛象而非實象。」事的範圍包含下列四項：㈠表示觀念，如「乃」字即以符號指明困難的觀念。㈡表示位置，如「上」字即以符號指明所處的位置。㈢表示狀態，如「凶」字即以符號指明凶惡的狀態。㈣抽象動作，如「入」字即以符號指明所作的動作。（見《文字學簡編．基礎篇》170頁）許師之說可從，大凡指事字多為形容詞及動詞。另如寸、刃、十、小、予、只、丩等。

三、會意：「會意者，比類合誼，以見指撝。武、信是也。」許慎對會意字構成的法則，用「比類合誼，以見指撝」予以概說，並舉「武」、「信」

二字為例。段玉裁注：「會者，合也。合二體之意也。一體不足以見其義，必合二體之意以成字。誼者，人所宜也。先鄭《周禮》注曰：『今人用義，古書用誼，誼者本字，義者叚借字。』指撝謂指向也。」近人林尹先生于其《文字學概說》說：「所謂會意，就是把兩個或三個四個初文，配合成一個字，使人領會出它的意思來。所謂『比類合誼』，就是排比配合二類或三類的文字，合成一個新的字義；所謂『以見指撝』，就是來發見新合成的字的意向。例如『武』字，是排比配合『止』與『戈』兩個初文，而合成『武』字的新義，人們見了，便可領會能止住天下兵戈者，不使動亂，才是真正威武的意向。又如『信』字，是排比配合『人』與『言』兩類文字，合成『信』的新義，人們見了，便可領會人能實現諾言，才算是有信用的意向。『武』與『信』兩字，可算是最純粹最有意思的會意字了。」根據段氏的注釋及林先生深入淺出的說明，使我們了解會意有兩層意思，一是會合兩個三個或四個的初文構成一個新字；一是使我們能領會新字的意義。

會意字大多都是兩個獨體的初文所組成。武與信二字即是。另如：

休：是由「人」與「木」二字所組成。《說文》以「息止」釋「休」。表示人在操勞過度時，常倚靠在木上休息之意。

男：男字是由「田」與「力」二字所組成。《說文》以「丈夫也，从田从力，言男子力於田也。」釋「男」。所謂「丈夫」乃指已成年健壯男子之稱。凡能從事於耕作者，須力強者方能任之。

章：章字是由「音」與「十」二字所組成。《說文》以「樂竟為一章」釋「章」。「音」指音樂歌曲，「十」為數之終。是說樂曲自始至終必須完整地演奏完畢，才算一章。如西方之交響樂，多分為四個樂章。以上「休」、「男」、「章」三字都是各合二字以見意。

合三字以見意者：

盥：盥字是由「𦥑」（雙手）、「水」、「皿」三字所組成。《說文》以「澡手」釋「盥」。所謂「澡手」，就是洗手。皿中有水，以示兩手在皿中洗滌之意。

羅：羅字是由「网」、「糸」、「隹」三字所組成。《說文》以「絲罟鳥」釋「羅」。网為網之古字，糸為絲的省體，隹即鳥。以示用絲製成羅網捕鳥之意。

春：春之篆文作「」。是由「午」、「」、「臼」三字所組成。午是杵之初文，示双手，以示双手持杵臨臼搗米之意。

合四字以見意者：

茻：茻字是由四個中字所組成，中為初生之草。《說文》以「眾艸」釋「茻」，眾艸就是叢草。莫（）、葬、莽从茻構形，疑茻為莽之本字，今莽字行，而茻則廢矣。

㠭：㠭字是由四個工字所組成。《說文》以「極巧視之」釋「㠭」。頗有爭議。筆者對㠭字曾作過詳細的分析。可詳本書第148頁部首㠭字。

㗊：㗊字是四個口字所組成。《說文》以「眾口」釋「㗊」。按囂字即从㗊構形。

四、形聲：「形聲者，以事為名，取譬相成。江、河是也。」許慎對形聲字構成的法則，用「以事為名，取譬相成」予以概說。並舉江、河二字為例。段玉裁注：「事兼指事之事，象形之物，言物亦事也。名即古曰名，今日字之名。譬者，諭也。諭者，告也。以事為名，謂半義也。取譬相成，謂半聲也。江河之字，以水為名，譬其聲如工可，因取工可成其名。」段氏之注，恐難令一般人所理解。筆者業師許錟輝先生于其《文字學簡編．基礎篇》183頁，在「形聲界義」中說：「事，事物，指表達各類事物的文字。名，文字，在此指形聲字的形符。譬、喻、說明，在此指形聲字的聲符。謂以一個表達各類事物的文字作為形符，再取一個可以說明此義的文字作為聲符，這形符與聲符相結合而成的新文字，謂之形聲字。如江、从水工聲，河、从水可聲，「水」是形符，「工」、「可」是聲符。」許師之說，簡明扼要，大家都能了解。

按形聲字的構成，必分兩部分，一為形符，是表意的，故又稱意符，一為聲符，是表聲的，且多兼表意。形聲字有表意、表聲兩種功能。前人認為形聲字之排列組合，不外下列六種方式，但也有極少的例外。

㈠上形下聲

竿、花、嶺、霧、庠、廳、罵、笙、字等等。

㈡下形上聲

盆、煎、妄、想、貸、肓、常、烈、召等等。

㈢左形右聲

江、河、村、徐、狗、險、僑、晴、銅等等。

㈣右形左聲

領、創、鴨、鵝、劍、翔、翻、視、削等等。

㈤外形內聲

國、園、圃、閔、匣、圍、闊、圇、閭等等。

㈥內形外聲

聞、問、悶、辯、閩等。

形聲字是我國文字的主流。在《說文》九千三百五十三個文字中，形聲字將近八千個。就是我們今日使用的常用字，不到五千字，幾乎有百分之九十都是形聲字。但有很多形聲字所从之聲，與今音不盡相同，甚至相差很遠，隨便舉幾個我們現在常用的形聲字為例。如：匿，从若聲，歐，从區聲，梁，从刃聲，害，从丰聲，寶，从缶聲，碧，从白聲等等。為何這些形聲字與今音相差如此之大？其原因有二：一為古今的音變；一為不同的人、不同的時代、不同的地方所造出的字，各自用不同的聲符記錄造字當時、當地的語言。古時尚未發明反切，更無今日的注音符號，自然無法求得語音一致的貫連至今。莫說古今音的不同，就是現在南北音也有很大的差異，尤其是各地方的方言音。假如廣東人與福建人各使用方言交談，絕對無法溝通，簡直就是「鷄同鴨講」。

五、假借：「假借者，本無其字，依聲託事。令，長是也。」許慎對假借字運用的法則，用「本無其字，依聲託事」予以概說，並舉「令」、「長」二字為例。段玉裁注：「託者，寄也。謂依傍同聲而寄於此。則凡事物之無字者，皆有所寄而有字。如漢人謂縣令曰令長，縣萬户以上為令，減萬户為長。令之本義發號也；長之本義久遠也。縣令、縣長本無字，而由發號、久遠之義引申展轉為之，是為借假。」段氏之意，是指只有語言沒有文字的事物，可依既有聲音相同或聲音接近的文字，寄託其意義。如縣令叫令長的「令長」二字，本無字，於是就用發號之義的「令」及久遠之義的「長」字來寄託，而有字。簡言之，「本無其字」就是語言中已出現這種詞，卻未造出其詞的形體來，於是就用「依聲託事」的方法，將既有該詞聲音相同或聲音接近的字來假借只會說不會寫的字，就不另再造字了。

中國文字，絶少未被借用過的。古人造字的本義雖然只有一個，而假借（引申）視須要是無限定的。如「令」字，它的本義只是「發號」，它不僅被假借為縣令的「令」字。我們最常見也最常用的借為敬詞，如尊稱他人的親屬冠以令，如令尊、令堂、令兄等。借作時令的「令」，如冬令、秋令、節令等。可引申為法令、律令、軍令等。可借作詞曲的牌名，如叨叨令、將軍令、如夢令等。另如「長」字，它的本義只是「久遠」。除被借為縣長的「長」字外，可借為物件長短的「長」字，動植物生長的「長」字，可引伸為長輩、長官的「長」字。假借的功能，可減少造字的數量，用字的累贅。否則一音一義都要造一字，那不知要造多少字？一字多義的假借，是非常合乎造字的經濟原則。

六、轉注：「轉注者，建類一首，同意相受。考，老是也。」許慎對轉注字運用的法則以「建類一首，同意相受」予以概說，並舉考老二字為例。惟「建類一首，同意相受」很難理解。近代學人如曾國藩、章太炎、王國維等諸先生均有論述，但說法都不一致，就是注釋《說文》的段玉裁氏在此八字下，旁徵博引，足足花了八百餘字予以解釋，仍難令人完全明白。

筆者認為還是近人國學前輩林尹先生對此八字的詮釋簡明扼要，容易理解，特錄之以供比較。

林先生于其《文字學概要》說：「『建類一首』，是指文字的聲韻屬於同一語基，包括雙聲、疊韻與同音。『同意相受』是說文字的意義相同，可以相互容受。所以『轉注』就是『語基相同意義相同而形不同的文字間之轉相注釋』。例如『考老』：論聲韻，是疊韻；論意義，《說文》「老，考也。」「考，老也。」也相同，論形體都不相同。因此，考老之間的轉相注釋，便是轉注了。文字不是一人一時一地所造，可是各種文字用以記錄語言的功能則一。因此，同一意義的語言，甲地所造的字可能與乙地造的字不同；起初用的字可能與後來用的字不同。這些在不同空間與時間造出的語根相同意義相同而形體不同的文字，在某時某地都已普通使用，既不能取消某一形體的文字，於是就用轉注的方法溝通它。例如：楊雄《方言》：「盂，宋衛之間或謂之盌。」盂與盌，意義相同；聲音上是雙聲字（都是喉音字）；可是形體不同。於是用「盂，盌也；盌，盂也。」去轉相注釋，以為溝通。丁度《集韵》：「吳人呼父曰爸。」父與爸，意義相同；聲音上也是雙聲字（古無輕脣音，故父為輕脣而讀重脣，與爸雙聲。）；可是形體也不同。於是用「父，爸也；爸，父也。」去轉相注釋，以為溝通。」

根據林先生的詳細説明及舉例，使我們聯想到我國幅員遼闊，歷史悠久，在四千多年前就知道造字了。但古代交通不便，人們甚少往來，一事一物的名稱，難免因人、因地、因時，其稱謂有所不同。因而造出的字也就自然有別了。後來人們接觸漸多，往來也較頻繁，發現這類意義相同而形體不同的字，各地都在分別的使用。但既不能廢棄某種形體的字不用，也只有任由各地繼續的使用，為了彼此了解，於是就用轉相注釋的方法來溝通了。例如中共在中國大陸建政後，實施文字簡化，造了不少的新字，原來稱為「正體字」的也改稱為「繁體字」。而台灣至今仍使用正體字，絕大多數的台胞，都不認識簡化字，而大陸年輕一輩的人，對簡化了的繁體字恐怕也會感到很陌生。台灣無權禁止大陸不用簡體字，同樣的道理，大陸也無權禁止台灣繼續使用正體字，只好各用各的。很多字必須也要用轉相注釋的方法才能溝通了。如：「队，隊也；隊，队也。」「从，叢也；叢，从也。」「尘，塵也；塵，尘也。」等等。在《説文》中，這類轉相注釋的字很多，例如：

頂：「頂，顛也。从頁，丁聲。」

顛：「顛，頂也。从頁，真聲。」

按頂與顛二字之本義均指頭上之最上端。都从頁，因頁為古頭字。《孟子．盡心》：「墨子兼愛，摩頂放踵利天下而為。」摩頂，就是摩禿了頭頂。陳師道寄參寥詩：「一別今幾時，綠首成白顛。」白顛，就是頭頂上的白髮。

依：「依，倚也。从人，衣聲。」

倚：「倚，依也。从人，奇聲。」

按依與倚二字意義相同。均指人有所恃、靠、憑藉，故均从人。自可轉注。

問：「問，訊也。从口，門聲。」

訊：「訊，問也。从言，卂聲。」

按問與訊二字意義相同，問从口，訊从言，口可引申為言，其意亦同，故可轉注。《禮．學記》：「今之教者，呻其佔畢，多其訊。」注：「訊猶問也。」

轉注的功能。是用來溝通古今各地所造之意義相同，而形體不同的重複文字。

編後雜感

我不是專攻語文的，勉強說，算是半路出家。少年時，在家拿鋤頭學種田，對日抗戰時，拿過槍桿。三十七年初，為生活，從廣西全州老家流浪到上海。先後做過碼頭工人，洋行中的小職員及小學教師。三十八年來到台灣，改行拿工具，操作機械，在軍工廠任職。以一個拿鋤頭拿槍桿的粗手，改拿筆桿，實大不相類。寫出的東西，生怕錯誤百出，難以見人。故在編撰此書之過程中，懷著極為嚴肅的情心，戰戰兢兢，不敢一字之苟。寫了又改，改了又寫。歷時四年餘，方為脫稿。自問已費盡心力，但個人所知，畢竟有限，難獲識者之認同，是可預見的事。

四年前開始執筆，快寫到一半時，心情不佳，因年老體力不繼之故。

打算停筆不寫了，但又不甘半途而廢。欣喜可愛的小外孫朱鴻穎悄悄地來到紅塵滾滾的大千世界。女婿與女兒都忙於工作，出生數日後，即抱來家中，由老妻撫養。從看著他學語學步，到能說能跑能跳。在他天真的嘻笑歡樂中，才伴隨我愉快地完成此作。鴻穎之名，是他祖父朱榮光先生取的，取得非常好。為人當有「鴻鵠之志」，才可望能「脫穎而出」。希望他長大後，千萬不要學他外公，路是走得很多，卻未踩死一根草。一生庸碌，半事無成。

《說文》五百四十部首，是漢字最基本的文字。所有的漢字，幾乎都是從這五百四十字繁衍而成。如能掌握住此五百四十字，對漢字的演變及構成，應可大致明瞭。希望拙作能提供有志於研究中國文字的朋友們作為參考。

近年來，由於意識形態，當局不重「中國」國文，意欲「去中國化」。各級學校，被逼減少國文份量及教學時數。以致青年學子們的國文程度一日不如一日。多位有識之士的學者，如余光中、李泰祥、許倬雲、譚家化等先生女士，職於是，曾發起「搶救國文」運動，也盼拙作在此項有意義的運動中，貢獻一點微薄之力，並願與青年同學們共勉，文字是人與人溝通的主要橋樑，豈可等閒視之，能不重視！

國家圖書館出版品預行編目

文字學。說文部首篇 / 蔣世德編著. -- 臺北市
: 秀威資訊科技 , 2007 .08
面 ; 公分 . -- (語言文學類 ; PG0150)

含索引
ISBN 978-986-6909-99-3(平裝)

1.文字學 2.六書

802.2 96014968

語言文學類 PG0150

文字學・說文部首篇

作　　者 / 蔣世德
發 行 人 / 宋政坤
執行編輯 / 詹靚秋
圖文排版 / 陳湘陵
封面設計 / 莊芯媚
數位轉譯 / 徐真玉　沈裕閔
圖書銷售 / 林怡君
法律顧問 / 毛國樑　律師
出版印製 / 秀威資訊科技股份有限公司
台北市內湖區瑞光路 583 巷 25 號 1 樓
電話：02-2657-9211　傳真：02-2657-9106
E-mail：service@showwe.com.tw
經 銷 商 / 紅螞蟻圖書有限公司
台北市內湖區舊宗路二段 121 巷 28、32 號 4 樓
電話：02-2795-3656　傳真：02-2795-4100
http://www.e-redant.com

2007 年 8 月
定價：450 元

讀　者　回　函　卡

感謝您購買本書，為提升服務品質，煩請填寫以下問卷，收到您的寶貴意見後，我們會仔細收藏記錄並回贈紀念品，謝謝！

1.您購買的書名：＿＿＿＿＿＿＿＿＿＿＿＿＿＿＿＿＿＿

2.您從何得知本書的消息？

☐網路書店　☐部落格　☐資料庫搜尋　☐書訊　☐電子報　☐書店

☐平面媒體　☐ 朋友推薦　☐網站推薦 ☐其他＿＿＿＿＿＿

3.您對本書的評價：(請填代號　1.非常滿意 2.滿意 3.尚可 4.再改進)

封面設計＿＿＿　版面編排＿＿＿　內容＿＿＿　文/譯筆＿＿＿　價格＿＿＿

4.讀完書後您覺得：

☐很有收獲　☐有收獲　☐收獲不多　☐沒收獲

5.您會推薦本書給朋友嗎？

☐會　☐不會，為什麼？＿＿＿＿＿＿＿＿＿＿＿＿＿＿＿＿＿＿＿＿＿＿＿＿

6.其他寶貴的意見：＿＿＿＿＿＿＿＿＿＿＿＿＿＿＿＿＿＿＿＿＿＿＿＿＿

＿＿＿＿＿＿＿＿＿＿＿＿＿＿＿＿＿＿＿＿＿＿＿＿＿＿＿＿＿＿＿＿＿＿＿

＿＿＿＿＿＿＿＿＿＿＿＿＿＿＿＿＿＿＿＿＿＿＿＿＿＿＿＿＿＿＿＿＿＿＿

＿＿＿＿＿＿＿＿＿＿＿＿＿＿＿＿＿＿＿＿＿＿＿＿＿＿＿＿＿＿＿＿＿＿＿

讀者基本資料

姓名：＿＿＿＿＿＿＿＿＿＿＿＿＿　年齡：＿＿＿＿　性別：☐女 ☐男

聯絡電話：＿＿＿＿＿＿＿＿＿＿　E-mail：＿＿＿＿＿＿＿＿＿＿＿＿＿

地址：＿＿＿＿＿＿＿＿＿＿＿＿＿＿＿＿＿＿＿＿＿＿＿＿＿＿＿＿＿＿

學歷：☐高中(含)以下　☐高中　☐專科學校　☐大學

☐研究所(含)以上 ☐其他＿＿＿＿＿＿＿＿＿

職業：☐製造業 ☐金融業 ☐資訊業 ☐軍警 ☐傳播業 ☐自由業

☐服務業 ☐公務員 ☐教職　☐學生 ☐其他＿＿＿＿＿＿

請貼
郵票

To：114

台北市內湖區瑞光路583巷25號1樓

秀威資訊科技股份有限公司　　　收

寄件人姓名：

寄件人地址：□□□

(請沿線對摺寄回,謝謝!)

秀威與BOD

BOD（Books On Demand）是數位出版的大趨勢，秀威資訊率先運用POD數位印刷設備來生產書籍，並提供作者全程數位出版服務，致使書籍產銷零庫存，知識傳承不絕版，目前已開闢以下書系：

一、BOD 學術著作—專業論述的閱讀延伸
二、BOD 個人著作—分享生命的心路歷程
三、BOD 旅遊著作—個人深度旅遊文學創作
四、BOD 大陸學者—大陸專業學者學術出版
五、POD 獨家經銷—數位產製的代發行書籍

BOD秀威網路書店：www.showwe.com.tw
政府出版品網路書店：www.*gov*books.com.tw

永不絕版的故事・自己寫・永不休止的音符・自己唱